———— 阅读之前 没有真相

午夜文库

美女

[日] 连城三纪彦 著
董纾含 译

NEWSTAR PRESS
新星出版社

目 录

1	夜光之唇
37	喜剧女演员
73	夜的肌肤
103	他人
139	夜的右侧
179	玩沙子
199	夜的平方
233	美女

夜光之唇 ——

那天不到下午一点，藤木集介在自己经营的医院的办公室接到一通电话。

"是您太太打来的。"

前台小姐说着，将电话转接给了他。

"喂？是我……"

电话里的声音由前台小姐变成了妻子熟悉的嗓音。沙哑，又仿佛陌生人一般冷淡。不过就连这股冷淡劲儿藤木也已经习惯了。那的确是妻子华江的声音没错。

"还记得今天是什么日子吗？"

"今天？今天……是什么日子啊？"藤木直直地盯着眼前的墙面嘀咕。

墙上挂着一张照片，按一般医生办公室的装饰风格来看，这张照片未免有些奇怪。

那是一张真人大小的美国年轻女演员的照片，画面中的她全身赤裸躺在沙滩上，魅人的眼波仿佛能勾得全世界的男人心旌摇荡。而坐在办公桌旁，电话听筒举在耳畔的四十八岁男医生，此刻就盯着画面中的那双眼睛。女演员的身材凹凸有致，仿佛蜿蜒的海岸线一般，几乎独占整面墙。藤木在墙面上四处寻找日历，好半天才发现它的踪迹。日历很小，挂在墙面下方，在女演员那被沙子埋了一半的脚旁。看这两者的位置关系，仿佛画中人一脚把日历踢到了那个角落一般。现在是十一月，这个藤木还是知道的。可是，要问今天是十一月的哪一天，就得费点劲儿找找了。

"今天不是十一月十六日吗？"

电话那头的人提醒他。可就算知道了日期，他也想不起今天是什么日子。他再度把目光投回到女演员的那双眼睛上，脑子里想的是"都过去这么多年了，我为什么就看不腻这照片上的女人呢"？

或许就是因为那双眼睛吧。濡湿的金发在海风的吹拂下有些散乱，长发掩映，双眼似乎蠢蠢欲动，瞳孔仿佛蓝色的舌头，伸出来，隔着白色的医生制服舔舐他的皮肤……没错，那眼睛和她那一丝不挂的身体一样，毫无防备，一览无余……

"十一月十六日是什么日子啊？"他一头雾水地问。

"真讨厌！一年里不就只有今天你才能想起我们结过婚吗？连今天是什么日子都忘了，干脆离婚算了。"

对方打趣一般哑着嗓子笑了，不过，那干巴巴的笑声里一定掺杂着妻子真正的心声吧。毕竟做了十三年的夫妻，这一细节逃不过丈夫的耳朵。

"哦，原来是结婚纪念日啊，工作太忙，我给忘记了。"

"想让你回忆起这个日子，要花的时间可是一年比一年长了。"

"因为我一年比一年忙了嘛。今天晚上我早点儿回去好了。礼物还是老样子，你自己挑，我付钱。我实在没时间跑去给你买。今天下午我要接两个诊，还得做一台手术。"

"早就知道你会这么说，我已经买完了。今年买了条迪奥的连衣裙。"

"多少钱？"

"三十七万。"

"这么贵？"

他忍不住苦笑。

"就依我一回嘛。考虑到咱们俩的关系，我要的礼物可是一年比一年便宜了。八年前你给我买的可是上百万的和服呢。而且，我今年给你准备的礼物相当豪华，成本也非同小可，会让你大吃一惊的哦。相比之下，一条三十七万的连衣裙可没几个钱。"

"怎么，总感觉你话里有话啊？"

"给你留点悬念喽。"

妻子在电话那头发出谜一般的笑声。正在这时，有人敲门。

"听上去你又该工作了对吧，拜拜。"

妻子华江说罢，没等丈夫回复就挂断了电话。藤木将听筒放回到电话机上，突然想到：成本非同小可的豪华礼物？她该不会是怀孕了吧？妻子今年已经四十二岁了，还没怀过孩子。不，藤木怀疑妻子过去曾怀过两三回，但可能都瞒着自己打掉了。华江不适合做母亲，再说了，她大概也无法保证怀的是自己的孩子吧。不过毕竟四十二岁了，算是生育子女的最后机会，说不定妻子在一番思想斗争之后，终于下定决心生一个孩子了……

倘若果真如此，那这成本不单对于妻子来说非同小可，对于自己也是一样。藤木当然想要个孩子，可是，他也不想失去自由。对于自由的贪念，他比妻子更甚。

此时房门被推开，前台小姐报告道："田村女士来了。"

"田村约的是一点钟吗？那先让她来我这儿吧。"

田村是上周打电话来预约手术的患者。在决定做手术前得先问诊，如果是第一次来，那至少要接受两次问诊。在院长藤木的办公室彻底讨论一番，再决定是否做手术。

"请问是田村叶子女士吧？"

一个女人走了进来，眼帘低垂，神态紧张。藤木一边看着桌上的诊疗簿一边和她搭话，请她先坐到沙发上去。

三十八岁。诊疗簿上写了她的出生年月日和年龄，此外全是空白。在接下来的大约一个小时的时间里，医生要负责填满这张白纸。

女人一脸迷茫地浅坐在沙发边沿，匆匆抬了抬眼，但马上又垂下头紧盯自己的膝盖。

藤木摆出面对患者时一贯的微笑。

"您现在已经非常美了，请问为什么还想做手术呢？"

"呃……那个……"

患者不知该如何回答，只好一味地用手指缠着膝上小手包的纽扣。

患者，没错，在他心里，来到自己医院里的女性都有"想要变美"的欲望。这欲望和溃疡、炎症并无二致，都是病。所以，他从不称呼她们为"客人"，而是称她们为"患者"。他认为每个女性都有属于自己的自然美感，无须借助他的手术刀就有足够的魅力。可是，对于一部分女性来说，那种对自身容貌的深切自卑以及想要变美的梦想，仿佛漆黑的病菌扎根于她们体内。如果没有他的手术刀去除病灶，这些女人会无穷无尽地烦恼下去，永远在痛苦中挣扎。

准确来讲，那欲望的名字应该是"想要变得更美"。

藤木从大学医学部毕业后留学美国，在世界顶级的洛杉矶美容整形外科医生约翰·罗伯茨手下工作了整整十年。罗伯茨医生时常说这么一番话：

"所有女人都认为自己是美的。来找我的女人，没有一个对自己的长相感到悲观，认为自己很丑。不过，她们虽不嫌弃自己手中的宝石，但又总觉得别人手中的那一块更华丽，所以想换块新的，仅此而已。所以她们愿意一掷千金，去弥补新旧宝石之间的差异，明白吗？美容整形的基本要义就在于此。比起照搬我这能赋予美国顶级名媛们无瑕美貌的手艺，我希望你能先把这种思维方式学到手。"

他是世界一流的名医，同时也是个商业天才。藤木回国后从新宿一栋破旧大楼的小屋开始白手起家，事业一点点发展壮大，如今他已经成功在青山占据了一整栋设计前卫的大楼。不过，从十四年前接待第一位患者到如今，他面前的沙发上已经坐过成百上千名患者，可他一次都没有主动劝说过对方接受整形手术。他学习了罗伯茨医生的做法，他那不支持患者做手术的态度反而抓住了对方的心。没有一个人因为藤木的劝阻而真的放弃了手术。她们坚信，一个认定她们美得无须整形的医生一定能把她们整得更美。所以，藤木的态度只会让她们加固想去雕琢自己的梦想与决心。

"您已经足够美丽了，没有什么需要经由我之手改动的部分。"

这种营业辞令他已经说过一万遍了。但是，藤木感觉到，这一次自己的语气里，包含着和以往并不相同的情感。

坐在他对面的这位田村叶子患者，无论眼睛还是鼻子，抑或脸颊的线条都非常端正，实在没有丝毫需要修改的部分。此时的她素面朝天，头发也只是随意在脑后扎起，但这一切却反而好似刻意凸显她的美丽一般。硬要挑一点瑕疵的话，那就唯有垂下的眼帘在脸颊上打下的影子了吧。那一小片阴影看上去颇显寂寞，却又仿佛是那张绝美容颜给出的一个借口，如此想来，多一丝荫翳，反而更显魅力。

"您在预约电话里提到想做面部整形，对吗？"

藤木一边微笑着如此询问，一边再度细致地观察着对方的模样。有的患者希望能重返年轻，所以会要求医生为她们做除皱手术。然而，眼前这位患者看上去要比她三十八岁的实际年龄年轻五六岁，皮肤很有光泽。她穿了一身像是职员会穿的朴素灰色套装，可那衣服怎么看都是在强调她那曲线优美的体态。灰色的布料十分自然地裹着丰盈的胸部，按藤木长年的专业经验，一眼就看得出这片波澜并非整形所为。她身材没有过瘦也不会太胖，轻盈、柔韧，是众多女性的理想体态。

"是……我想做全脸整形……眼睛、鼻子、嘴巴、脸颊，我都想整……"

漫长的沉默过后，女人仿佛下定了决心一般抬起头，面对医生回答道。

"这可如何是好？我真不知道怎么做才能让您更美了，您的脸简直就和已经做过整形了一样完美。"

他虽然这样说，但心里明白这不可能。藤木很有自信，经自己的手整形过的面孔都足够自然，不仔细端详是看不出任何手术痕迹的。但眼前这个女人的脸，他一眼就看得出从未动过刀，连一丝痕迹都没有。她一定是第一次来整形医院，绝对没错。

只见女人缓缓摇了摇头。

"我从没说过想要变美。正相反，我想请您帮我变丑一些。"她如此说道。

女人的双唇是自然的红色，与口红不同。那淡淡的一抹红浮动在她微笑的唇边。

"我想换张脸，比如这种。"

她说着，打开膝头的手包，从里面掏出一沓六寸大小的照片，大约五六十张的样子。女人好似在玩纸牌游戏一样摆成只有她自己能看到的角度，将那沓照片展成扇形。她对着手里的

"牌"迟疑了一会儿，最终选出了三张，摆在了桌上。那出牌的动作看上去十分自信，仿佛是扔出了三张王炸。

藤木皱起眉，拿起其中一张照片无声地看了一会儿，照片里是一个女人的上半身近照，背景是一片湖。

"您……是在开玩笑吗？"

"我没开玩笑，我想整成这样。"

女人一脸认真地紧盯着医生。

"可是，这照片里的，就是您啊。"

藤木说着，摇了摇头。

"没错，但不是现在的我，照片里的脸是我八年前的脸。"

的确，照片里那女人的脸比现在的她看上去更圆润，而且化了淡妆，并没有现在看上去那么雅致。藤木又看了看另外两张照片。有一张是脸部特写。双颊有赘肉，眼睑有赘皮，眼睛鼻子看上去也多有冗余。正相反啊，若是要藤木把照片里这张脸变成眼前这张完美无缺的脸，他应该能做得到吧。用手术刀修掉那些多余的部分，雕琢成眼前这副模样，这项工作他倒可以胜任。不，凭他的手腕，反过来将多余的部分再放回到这张脸上，让精致的线条变回过往的朴素，这也不是不可以，然而……

"不行吗？我真的非常厌恶现在的自己，我想回到过去的样子。这八年的时间，我的性格也彻底变了，我总觉得只要能找回往昔的面庞，我就能找回过去，找回过去那个真正的我了。现在的我，根本不是真正的我……"

藤木再次摇了摇头。有那么一瞬间，他怀疑眼前这个人精神有问题，而之所以摇头，则是为了告诫自己不要这样想。

"不行吗？"

女人的语气十分真诚。一定发生过什么……一定发生过什么事，导致她产生了这样的想法……

"说实话，有很多人在找我做了手术之后找回了自信，连性格也变得开朗了。但您这边情况正相反，我想，就算面容回到过去，性格应该也不会回到过去的吧。您倒不如把促使您产生这种想法的原因和我聊聊怎么样？我目前还只知道您的名字而已呢。"

他一边说着，一边把照片还给女人。又看了看她的脸。他对眼前这个人产生了兴趣。而且，与其说是作为一名整形外科医生对患者感兴趣，不如说，是产生了男人想要占有女人时的那种单纯的、近似欲望的兴趣。

一小时后，下一名患者来了。藤木暂停和田村叶子的交谈，用一句话收尾道："我希望能和您再详细谈谈，您近期有空吗？"

"嗯，我明天起因为工作缘故要去冲绳待一阵子。"

女人似乎对眼前这名医生暗藏的色心有所察觉，所以回复得略有些迟疑，但她又马上补充："不过，我今晚有空。"

"今晚？"

"是，医生您呢？今晚有空吗？"

藤木在"和妻子过结婚纪念日"与"和这个女人共度一夜"之间动摇了两三秒，立刻回答"有空"。经过刚刚那一个小时的对话，藤木坚信自己能轻易约到这个女人。田村叶子是一名染色家。藤木对她工作的领域毫无兴趣，所以并不知晓她的大名，但据说她是一位年轻的实力派，很受业内关注。染色的工作并不像大众想象的那样漂亮体面，它其实属于重度劳动，需要不逊男性的力气。所以迄今为止田村甚至连结婚都没考虑过。不过，她并非对男性毫无兴趣，她甚至还有一个交往了八年的男友……

"我在工作上从未犯过错，唯独错在了那男人身上。这八年间，我用那男人的手，把自己的肌肤染成了错误的色彩。等反应过来，我发现自己早已失去了属于自己的颜色。"

那男人有家室，他们的关系属于婚外出轨。这八年她完全处于典型的婚外恋状态。男人丝毫没有舍弃自己家室的意思，田村明明知道这一点，并尝试和他分手，却始终下不了决心。于是只能在错误的泥沼之中挣扎。

"所以您就想整容吗？可是就算脸变了，皮肤的颜色可是变不了的啊。"

"嗯，我知道的，这我明白。可是……"

女人用求助的目光凝望他，而他则回以一个浸透了欲望的眼神，那是男人的目光，不是医生的。藤木感觉到，眼前这个女人很快就会成为自己的所有物。

女人离开后，他趁下一位患者来访前给家里打了通电话，随便找了个借口，告诉妻子"今晚没法早回了"。

华江在电话那头回了一句："我就知道。"然后就挂断了电话。

虽然妻子的语气很不高兴，但藤木并没在意。因为华江说话一向如此，就算是在情绪最好的时候，她的嗓音依然又沙哑又不耐烦。藤木将听筒放回到电话机上，再次抬眼望向面前墙壁上挂着的女演员照片。她那双眼睛令全世界的男人为之倾倒，可谁能想到，那其实是罗伯茨医生用精湛的技术造就的艺术品呢？

女演员碧蓝的瞳孔中含着十分自然的媚态。就连那媚态，也是名医的手术刀雕琢出来的。

藤木回忆起了罗伯茨医生那满头的银发，还有好似希腊雕塑一般轮廓深邃的面容，他忍不住笑了。罗伯茨的美貌足以吸引无数女性的目光，可正是这一点，令藤木想到了"命运的捉弄"这么一个形容。因为，罗伯茨医生是个同性恋者。不，这其实也不能说是什么命运的捉弄吧。或许正是因为女人在他眼中并非欲望的对象，他纯粹是以美为逻辑去欣赏她们的，或许正是因为他可以完全站在女性的角度，明白如何做才能吸引男人的目光，才能为这名女演员塑造出独具魅力的美丽双眸吧。不过，他却无法占有自己亲手造就的、完美的性感尤物。

作为一名整形医生，藤木自知技不如人。不过他有玩女人的本事，这可要比罗伯茨医生幸福得多。一小时前从那女演员身上感受到的欲望，如今愈发滚烫活跃地投射到了另一个女人身上。而这种活跃滚烫的生命力，永远不可能出现在罗伯茨的血脉之中。

这么说来，自和上一个女人分开，藤木有三个月没有睡过女人了。夏季结束那阵子确实和妻子共枕过一次，倘若真的怀孕，大概就是那晚种下的种子，不过之所以与妻子发生关系，并非欲望牵引。

从赴美求学时代至今，他已经睡过了无数的女人。所以，藤木对自己的洞察力充满自信，他一眼就能从女人细微的反应之中看出这女人是否能被他据为己有。迄今为止，他的判断从未出现过错误。今天的这个女人也不例外。

晚上七点，田村叶子如约出现在赤坂酒店的自助餐厅。她依然穿着下午问诊时那身朴素的灰色套装，脖子上系了一条她亲手上色的蜡染围巾，浅葱色混合着淡粉色，晕染出无比梦幻的图样。看到这条围巾，藤木已经确信，她是对自己的要求给出了肯定的回应。而且，当他对田村说：

"在这儿聊天不太放松，咱们到房间里边吃些东西边聊天如何？我在这家酒店有熟人，随时可以帮我订房间。"

对方只是迟疑了一秒，就微笑着点头了。走进酒店房间后，田村还表示肚子不饿，喝点酒就可以了。藤木叫了客房服务，酒送来后，两人并排坐在沙发上啜饮。藤木假装不经意地和她进行肢体接触，田村虽有一瞬的僵硬，但立即站起身，亲自拉上了窗帘。

当窗外那令人目眩的东京夜景消失，房间里的双人床顿时意义深刻起来。女人的身体被他轻轻压倒在床，藤木伸手去解她套装的纽扣，女人伸手按灭了枕边的灯。那是女人出于个人意识做出的最后一个动作。整个房间唯有入口一隅剩下一束照明，昏暗之中，触觉要比视觉更敏锐，女人好似等待医生用手术刀剖开的患者一般，将一切托予藤木的双手。在藤木看来，接下来要做的事也和手术相似。只不过不是他擅长的那种让女人的脸变得更美的手术，而是仅此一晚，将原本在这女人体内筑巢的那个男人的影子剜去的手术。黑暗之中，他的手指触碰到了女人的肌肤，如他所想，那皮肤轻薄且柔软。

指尖穿越夜的沼泽，将那片肌肤从黑暗之中打捞出来。那皮肤纯白无瑕的颜色并不似女人白天的形容。藤木感受到身体之中的灼热在熊熊燃烧，令他应接不暇，没有余力多说些什么。可是，当他的吻即将落到女人的唇上时，藤木猛然顿住。

"你涂口红了吗？"他问女人。

在那张沉于黑暗之中的面庞里，唯有双唇浮现出来，散发着淡淡的光芒。就好似一枚嘴唇形状的银质胸针，装饰在她的脸上。

女人微微摇摇头，以示否定。

难道是他的错觉？可他的确在昏暗中看到女人双唇上闪着淡淡的光，好似涂抹了一层银色的染料一般。是维系了八年婚外情关系的那个男人，把她的嘴唇染成了如此晦暗的银色吗？他吻上了她的嘴唇，感觉到了涂抹口红才会有的黏腻感。但那触感又不像是涂了颜色，更像是被打湿了。是在夜的黑暗之中被男人拥抱着，于是身体之中积蓄已久的种种，仿佛树木的汁液从嘴唇逐渐渗出来了吧。

不过，这番思考只花了他两三秒而已，那濡湿的银色刺激着藤木，他被本能的欲望生吞，沉迷到了女人的身体之中。

——一个小时后，女人问他"我是医生的第几个女人呢"？

他们明明就在薄被单之下两肩相抵，可女人的声音却好似从十分遥远的地方传来的一般。

"忘了，没数过。"

"从结婚开始算呢？"

"不记得了，从今年开始算的话，是第三个。一年比一年少了。比起年龄，可以共枕的女人数量不断减少，倒是更能提醒我日渐衰老的事实……你呢？我是你的第几个男人？"

"是第一个。"

"你不是有一个相处八年的恋人吗？"

肩膀感觉到了女人摇头传来的震动。

"是第一个。"她又重复道。

我的手术很成功，顺利将她身上浸染的其他男人的颜色全部冲洗干净了——或许她是这个意思？想到这儿，藤木起身准备去洗澡，刚要迈步，却不小心踢到了床头边的椅子。

椅子上摆着的女人的衣服和手包都被晃到了地上。包扣颠开，里面的东西——那一沓照片散落在了地毯上。女人条件反射般地从被子里一跃而起，赤身裸体地想要去捡一地的照片。然而，藤木的动作更快些。他伸手捡起了地上的两张照片。入口的灯将地毯斜斜分割成明暗两面，藤木就站在光与夜的分界线上。

两张照片之中,一张是白天曾见过的田村叶子的独照,还有一张是她和另一个女人的合影。画面中两个人站在一个陌生的湖边,像是两个女性旅客拍的纪念照,藤木默默盯着照片中另一个女人的脸看了好几秒,然后抬起头。

"你是华江的……你是我妻子的朋友?"

女人后背抵着墙,仿佛被藤木的目光逼到了死胡同一样,瞳孔都在发抖。

"你认识我妻子,对吗?"

女人点了点头,此时她才仿佛如梦初醒,扯起床上的被单缠到了身上。

"八年前的今天,就是你们结婚纪念日这天,您太太买了一身扎染的和服,对吧?那和服的料子是我染的。我们就是在那时初次相遇,渐渐成了朋友……直到今天。"她说。

"关于我,您从未耳闻?"她问道。

妻子的确告诉过他,妻子每个月会和一些朋友聚个两三次,有时还会出门旅行。不过,藤木一直以为妻子其实是去和男人幽会,见朋友只是幌子,所以每次他都听得心不在焉。

"今天去您那儿问诊,也是您太太的建议。"

"既然如此,为什么要瞒着我?"

"这我不清楚,您去问她吧。我只是遵从了朋友的要求,没有把自己是华江介绍来的这件事说出口而已。"

藤木再度将目光投向照片。没错,照片上的人的确是妻子华江,她身上穿着花哨的旋涡花纹的连衣裙,脸上挂着一抹讽刺的讥笑。随后他又看了看田村叶子。

黑暗和恐惧夺走了她的面部表情,只剩下淡淡的、雪白的一张脸,好似人偶。

礼物——

他的耳边，突然回荡起今天下午妻子在电话中吐出的这个词。

两小时后，藤木回到了位于世田谷的家中。妻子不在家，只有晚秋的冷风迎接他。不过，就算妻子在家，这宅子也大得吓人，寒冷、空旷。

刚按亮客厅的灯，电话就响了起来。

藤木沉沉坐进沙发里，从边桌上拿起听筒。

"是我，你到家蛮早的嘛。"

电话里传来一个沙哑的声音，背景中还伴有钢琴声，不知那头是开着电视还是广播。

"你现在人在哪里？"

"和男人在宾馆呢。正要离开，大概一小时后到家。怎么样，我送你的礼物不错吧？比你替我付款的那件圣罗兰的衣服要昂贵很多不是吗？"

明明白天电话里说的还是迪奥的衣服呢。不过，是什么品牌对于妻子来说并不重要。妻子挑选服装的标准既不是颜色也不是设计，更不是合身与否，她只看价格。华江这个女人，只要能把钞票穿上身，就足够满足了。

"她联系你了？她告诉我你们认识，这件事她也向你坦白了？"

"她没说，不过，我那么五次三番地提醒她别说出来，她还是把我们的关系说出口了吗？这女人，真拿她没辙。我明明是想亲口告诉你的……'你今晚睡的女人啊，就是我送你的礼物'。要是没有这种大吃一惊的感觉，这礼物不就没意义了嘛。"

背景音是钢琴弹奏的《葬礼进行曲》。旋律沉重，单调，但又莫名地引人注意。华江的声音仿佛是那钢琴曲之中的一段不协调音，原本冷淡又略带不悦的嗓音在琴音的衬托下听上去要比平日里夸张了许多。

"所以，你迟早都是要告诉我的？"

"没错，我准备回家就告诉你。对了，等我回去，我们谈谈吧。有句话我先放在这儿，今天这通电话意义很不一般，它意味着我们夫妻二人的关系就此改变，现在和你讲话的不是你的妻子，而是一个女人。"

"你的意思是要和我离婚？"

藤木话说到一半，对方就挂断了电话。

他长叹一口气，外套没脱就躺倒在了沙发上。和女人亲热时明明还活力十足，过了这么一会儿，眼下便徒留一身疲劳。年近五十，这个岁数好似一副重担狠狠压在了他的肩上。不过，今晚的疲劳感并不全是上了年纪带来的。

那个女人，田村叶子，是妻子把她送上门来的。在意识到这件事的那一瞬间，一种和妻子十三年的夫妻生活所带来的沉重感猛然压下来，这重量要比自己的年龄还要沉重得多。十三年前，藤木经营的医院总算进入正轨，同行朋友就介绍了华江给他认识。在饭店第一次见到这个女人的脸时，藤木就明白：他讨厌这种类型的女人。

她眼睛很大，鼻梁高挺，微微有点鹰钩鼻。厚厚的上唇颇有些傲慢地翘着。她的五官并不协调，但面色白得好似一块画布，这纯白的基底从某种意义上弥补了五官不够和谐的缺陷，反倒使她的模样变得无比华丽。华江的确拥有一张颇富魅力的脸，去当女演员都不过分。但在藤木眼中，她那用力过猛的造型透着一股浓浓的人造气味，那张脸很像动过刀子。虽然他知道对方其实并没整过容，可是，和整过容的脸相比，这种天生长得好似人工雕琢过的面孔反倒更加不自然，甚至有些怪异。再加上她的性格也和脸一样，颇有些人造感。她的眼睛、鼻子、嘴巴，每一个部位都只顾着大声主张自我，吵闹极了。可从整张脸的全貌来看，她顿时又化成毫无表情的模样。性格也是如此，冷淡，干瘪，毫无波澜。

她说出的话，做出的动作，全都带着浓浓的矫揉造作的气息，十分刻意。但同时，她表现出来的感情又莫名地寡淡，就像一直在撒谎似的。总而言之，这女人是他最厌恶的那种类型。明明这么厌恶她，为什么和她相遇半年后，自己会和她申请结婚了呢？是啊，婚礼仪式结束的当晚，她成了自己的妻子。当他亲吻妻子的嘴唇时，同样的疑问也曾回荡心间。

我究竟为什么要和这个女人结婚呢……

藤木在婚后第二次出轨时被妻子抓住，她把证据摆在他面前，表情和语气都很冷淡地说："你别误会，我不准备惩罚你，我也没那个权利惩罚你。我也会和除你之外的男人约会。倒不如说，我觉得这是个好机会，咱们可以把话说开。以后我们还做夫妻，但各玩各的。尊重彼此的自由，绝不干涉对方的私人生活，这样可以吧？"

当时她是这么说的，十三年来她也是这么做的。不过他们的情况还没割裂到会公开谈论异性关系的程度。除了妻子之外，藤木睡过无数女人，还有过几个关系特殊的情妇，妻子那边的情况也一样。不过，他们出轨的时候还是会对彼此撒个谎，偶尔也会想起彼此在家中的身份，短暂亲热一番，维系一下表面上的夫妻关系。不单是展示给外面的人看，在家中他们也会比较在意对方的态度，有意识地扮演着夫妇。

十三年间，藤木也依稀感觉到夫妻生活中存在着矛盾和勉强，但迄今为止，他一直在随心所欲地享受着自由的生活，从未正视过他们婚姻之中的矛盾。然而，今晚藤木发现那婚姻的裂隙赫然扩大了。伴随着"礼物"的到来，伴随着"从妻子变成女人"的到来，扩大了。

四十分钟后，华江回到家中，她脱下外套，看到丈夫正眼神冰冷地看向自己。

"我难得穿了一身迪奥，你那是什么眼神嘛。这可是你送我的礼物哦。你这样的态度，把我送你的回礼也衬托得廉价了呢。"

明明她自己的眼神也冷淡得很。衣服牌子又从圣罗兰改回到迪奥了？藤木心里想着，没理会妻子。这身把纸币糊在一起的衣服上撒了一块块刺眼的艳色，但底色十分暗淡，看上去干巴巴的，很适合妻子。

"你这算坏了规矩吧？说好了尊重彼此的自由的，你这样不就等于在操纵我的私生活了吗？"

"你要是这么多牢骚，那为什么还要和她睡？你自己把持不住和她上床，结果听说她是我朋友，又在这里乱发脾气，你不觉得自己这样子很奇怪吗？就算是你这样的情场老手，能钓到那种女人的机会也不多吧？"

的确，田村叶子是个相当不错的女人。只约会一次，藤木还觉得意犹未尽。也正因如此，他更是对妻子插手感到火大。

华江仿佛能读出丈夫心中所想一般开口道："你是不是觉得被我干涉了，所以想就此结束你们的感情？但你不会的。你啊，还会再和她上床的，绝对没错。"

妻子坐到沙发上，一脸游刃有余地点燃手中的香烟。藤木极其厌恶烟味，一见妻子的动作，他马上站起身走到了窗边。妻子很爱抽一种德国产的、气味浓烈的香烟。

"该生气的是我才对吧?的确,是我把她送到你手里的。我告诉她:如果我先生主动邀请你,你大可以和他同床共枕。话虽如此,但我心底里还是隐隐在想:倘若你并不为她所动就好了。可是你却……一见到她就连一丝犹豫都没有,马上选择了去和她幽会,把和我的结婚纪念日扔到了脑后,对吧?"

"可是,你今晚不也一样找了别的男人……"

"那是接到你那通电话之后的事了。知道你要和她共枕,我感觉心里有些受伤,所以才那么做的。"

"所以,你究竟为什么把她送到我这儿啊?"

"你也听说了吧?她那持续了八年的婚外恋?你猜那男人是谁?就是你。你就是她八年间的恋爱对象。"

"我?"藤木笑着摇摇头,"我们今天可是第一次见面。"

"可她却非常了解你。你是不是忘了自己一向热衷于在公众面前抛头露脸,还自诩日本技艺最高超的整形医生?她从电视和杂志刊登的照片上,还有我口中了解到了你,爱上了你,甚至产生了一种从很多年前起就已经和你见过无数次了的错觉——不要紧,她早就知道你玩儿得花,又是个自恋狂。倒不如说,她就是迷恋你的这种玩世不恭。她就是那种女人,越是得不到的男人,她爱得越深。"

"可是,她说她想把交往了八年的男人忘掉,她想找回八年前的自己……"

"是啊,想要忘记那个只能在梦中承欢的对象,就选择在现实世界与他共枕,这可以说是最好的办法了吧?说实话,关于这件事,我起初也完全没当真。可是,我发现她是真的因为你的存在而苦恼,在她逐渐对我敞开心扉,讲述自己的痛苦后,我对她产生了一种……该说是友情还是同情呢？总之，就是一种源自怜悯的感情吧。反正你本来也随时会和除我之外的女人发生关系，那这对象是我朋友也不要紧吧。所以我就劝她，今天先以患者身份去找你问诊。这就是我所做的全部。此后的一切，全是你们凭自由意志所为了。"

"那你为什么要隐瞒有这么一个朋友？"

"我和你说过，说过不止一次。连她的名字我也和你提过。可是你对我的朋友没有一丝一毫的兴趣。我甚至和你讲过，她是如何对你意乱情迷的。没错，虽说是干涉，但我所做的一切也仅限于此。我也曾苦恼过，因为我知道你只要见到她，一定会被她吸引的。但我本来也选择了'自由'地活着，既然如此，我深爱的丈夫和朋友上床这种事，我也只能认了。"

"爱？你说你爱我？"

"是啊，我爱你，爱你这个丈夫。这种爱和我对其他男人的爱不同。"

"爱"这个词，随着妻子口中的烟雾一道被吐出来，飘散在空中。那浓稠的褐色烟草气烧灼着他们二人之间的空气。根据他们这段关系的状态判断，藤木认定对方说这话是在撒谎。

"你是不是觉得我在骗你？如果是骗你，我们为什么能做这么多年的夫妻？你一定也是爱我的，只是你没察觉罢了。"

华江说罢，并没有在意丈夫的回应，直接从沙发上站起身道："好了，接下来我不会再干涉你们了。我和叶子的友谊还会继续，但你们二人如何交往就请随意吧。"

她微笑着说完这最后一句话，转身走出了房间。

那仿佛手术刀精雕细琢过的人造微笑……所以，我究竟为什么要和这种女人结婚呢？

藤木在心里咕哝着，怒气和厌烦的情绪突然向着他从未预想过的方向扭转。他奔向门边，对着正走向浴室的妻子的后背喊道："这可是你说的！我和她发生什么……你都不在乎……"

"没错，我就是这么想的。"

她转过头看着藤木如此回答，唇边再度露出一抹微笑。

嘴唇？

在走廊昏暗的灯光下，妻子的整张脸中只有那两片嘴唇十分清晰地浮现出来。妻子的嘴唇红得好似涂过口红一般，带着强烈的人工色彩。藤木想起来了，妻子为了让自己红唇的颜色更加显眼，常在嘴唇上涂一层珠光唇彩。

她的两片唇发着光，撕破了黑暗的束缚，和酒店房间里那女人的双唇重叠在了一起。倘若那女人的嘴唇，是从妻子的唇上汲取了这片珠光的话……

"怎么了？"

"不，没什么。"

藤木摇了摇头。之所以摇头，是因为他心中悄然冒出这样一个小小的疑问：

今晚她去酒店之前，她们是否见过面？

三个月过去了，当他和田村叶子开始谈及"结婚"这桩事时，藤木就再也没办法无视这个小小的疑问了。

结婚纪念日过后大约十天，藤木又和叶子见面了，也立刻证实了妻子当晚所言全部都是事实。叶子流着泪表明心绪，将这仅存于自己幻梦之中长达八年的感情坦白："我想放弃，可是您近在咫尺，我一伸手似乎就能触碰到。您是我朋友的丈夫，如此近的距离反而成了我痛苦的原因。您就在不知不觉中将我彻底变成了另一个人。"

那晚他们再次同床共枕，这回是在她家的床上。到年关将至时，他们已经开始定期约会了。叶子从事的染色工作需要去全国各地出差，倘若需要和藤木见面，她一定会将工作推掉，优先约会。

一开始，藤木还以为自己这样做是因为对妻子心怀怨愤。那晚，妻子口中的"爱"是那么的矫揉造作，那一瞬，藤木反而明白了：妻子就是为了钱才始终没有离开自己的。为了捆绑住多金的丈夫，华江甚至不惜主动送来一个情妇。她让丈夫在看似无尽的大海里随意遨游，没想到那根本不是大海，只是一个上了锁的鱼缸。既然如此，那干脆就和田村叶子彻底亲密起来，这样妻子恐怕该慌神了吧？最开始，藤木的确是这么想的。他只是想看看妻子慌了神的模样而已。可是，叶子却非常自然地抹去了藤木心底里的这份邪念。

从很多方面来看，叶子和妻子华江都处于正反两极。叶子的面容和身体都洋溢着自然的美感，从她口中说出的"爱"是那么的真实。比起自己站在台前，她更愿意在男人的身后无私奉献。叶子是个十分保守的女人，妻子华江却耳根邦硬，宛如石膏，藤木对她说出的一切都会被冰冷地反弹。叶子却从头到脚都仿佛一块软软的海绵，能将藤木发出的一切声音尽数吸收。自从藤木开始定期和叶子约会，之前交往着的好几个情人都被他忘得一干二净。可每当叶子听到他和那些情人的过往，眼中就会流露出嫉妒的神色，还伴着一丝寂寞的笑。她那嫉妒的方式，可要比妻子口中的"爱"来得自然多了。

叶子那间位于代代木的住处十分普通，房间很小，没什么优点。但和他自己的房子不同，她家中的一切空间都毫无保留地欢迎着藤木的来访。叶子的身体也一样，是一处能让男人放松休憩的房间。藤木在忙碌的工作之余，开始频繁造访她的家，以及她的身体。

和叶子确立关系后，唯有一个女人，令他无法忘怀。

她就是妻子华江。只要妻子还在，叶子的家就同样存在一道透明的牢门。不过，华江的确信守诺言，从那晚起再也没有干涉过他们二人的关系。她甚至摆出了一副"既然给了你这么高的自由度，那我也不客气了"的态度，越发频繁地和其他男人约会，看上去一副彻底无视丈夫存在的样子。

这三个月里，妻子再度提到"叶子"的情况只出现过一次。

那是新年过后没多久的一天，某晚，藤木夜里十二点前回了家，只见妻子正在洗澡，客厅沙发上则躺着个比自己年轻不少的男人。一见藤木回来了，那男人慌忙坐起来，面带难色地向他问好。此时，华江身上裹着浴巾，面不改色地走过来道："你今天回来得挺早嘛，不过也正好，我知道叶子是你的情妇，但你还不知道我的情夫是谁，这样未免有些不公平。"

说罢，她就把男人介绍给了藤木。

男人名叫小田阳一，三十一岁。目前是一位著名建筑家的助手，未来有望走上建筑大师的道路。

这年轻男人帅气得过分，腿也长得吓人，和妻子倒很般配。他的脸看上去人工痕迹也很重，一看就是那种时代的工厂制造出来的，特别定制的优秀青年。除了这种印象，再加上妻子那濡湿的发梢滴落下来的水沫之外，那晚的两人在藤木脑子里没有留下丝毫痕迹。

自此之后，他们之间再没有任何的遮遮掩掩，一切都摆在了明面上。妻子会当着藤木的面泰然自若地和那个男青年煲电话粥，有说有笑。她沉迷于和男青年的恋爱之中，看上去根本无暇再顾及丈夫和朋友的关系。听叶子说，自那之后华江从未和她联系过。

从这一层面来看，自己似乎完全不必把妻子放在心上。可从另一个角度来说，这三个月里，妻子的存在就仿佛塞在他胸口的一团灰色的阴影，挥之不去。

第四次和叶子发生关系，是在十二月中旬的一天。在她的房间里，藤木闻到了妻子的味道。

"她来过？"

见藤木发现了烟灰缸里的烟蒂，叶子慌忙把它扔进盥洗池。她背对着藤木说："之前我弟弟来的时候发现家里没烟，正好想起您太太留下过一些，就拿来抽了。"

她的声音里带有解释与掩饰的意味。

到了转年一月份，同样的事再度发生了。在妻子把小田介绍给自己的几天前，藤木在叶子家浴室的置物架上，发现了妻子的那对镶了钻、旋涡形状的耳环。那是藤木送她的结婚纪念日礼物，虽不记得是哪一年了，但那是他最后一次亲自给妻子挑选礼物，所以他绝不会记错。藤木问叶子是怎么回事，叶子回答："这是您太太送我的。听她说其实是您送她的，我觉得让您看到了不太好，所以之前都藏起来了。"她眼神闪躲地解释道。一月末，藤木又在盥洗池一旁的垃圾箱里发现了喝剩的夏布利红酒瓶。叶子又解释说："昨天工作相关的人来家里吃饭，我不太会挑红酒，就准备了一瓶您太太常喝的牌子。"她一边说，一边毫无意义地一遍遍挽着头发。而且，藤木根本没有开口问她，这些都是她主动说出来的。

妻子一定屡屡造访叶子的家，而且她们两人都在向自己隐瞒这件事……

那对耳环就摆在浴室里。藤木想象到了妻子在这里赤裸的模样。第一次在酒店房间里,叶子对他说"你是第一个",他起初以为是叶子第一次和梦寐以求的男人同床共枕,所以才这样讲。但那句话真实的含义说不定是"第一次和男人上床"?倘若这八年间她的恋人其实是女人;倘若是一个女人身体中迸发出的色彩改变了叶子的颜色;倘若让叶子接近自己的丈夫,和那个男青年确立关系,都是为了掩盖自己特别的性癖;倘若这是妻子算出的一套颇为刻意的策略……

不过,藤木最终还是选择把那一层淡淡的、晦暗的疑虑收进心底的某个角落。大多数时候,藤木都沉溺在叶子的温柔乡里。年近五旬,他才第一次遇到这样一个可以让自己彻底放松身心,把自己全权托付出去的女人。藤木过去倒也曾出于好奇,和类似叶子这样性情的女人睡过那么两三次,但每次都会有种怪怪的感觉。可这种诡异的感受,他在叶子身上却一点都感觉不到。缠绵时叶子对藤木表现出的爱意无人能及,所以,他最终还是放弃了自己那一番无聊的胡思乱想,在三个月后下定决心:无论要付妻子多少离婚赔偿,他都必须和她离婚,娶这个女人为妻。叶子的爱意为藤木那具四十八岁、日渐干涸的躯体注入了足够安适与宁静的色彩。

当藤木把自己的打算说出口时,叶子的表情虽带着一丝担忧的阴郁,好似在说"可是您太太真的能那么简单就同意吗",但同时,她又是那么喜悦,一脸幸福地点了点头。看到她的模样,藤木再次告诉自己,单凭她的反应,妻子和她肯定没有什么异常关系。

然而,二月的一个漫天飞舞着纸片一样没什么水分的干雪天,下午藤木取消了一台手术，有了空闲，直接打车去了叶子家。

在车子正要抵达公寓大门口时，藤木让司机停了下来。

因为他看到一个身穿蓝色外套的女人一闪进入了公寓大门。那蓝色在这银装素裹的街角显得十分醒目，虽然只是背影，但藤木却仿佛透过车窗直接看到了华江的脸。藤木走下车，跟进了公寓，一直走上三楼。他凑近那扇正对着电梯的大门，把耳朵贴到门边偷听。

他听到了妻子的声音，是他早已听惯的那种情绪不佳的语气。那声音比平时听上去更沙哑，透过房门传进了他的耳朵。她好像在对叶子说着些什么，但听不清楚，唯独听清了一句：

"可别把实话告诉老公喽。"

他只听清了掺杂着嗤笑声的这一句。

藤木去了代代木站前的一家咖啡厅，整整一小时在那儿打发时间。然后他给叶子家打了通电话说："我突然有空了，现在从医院出发去找你。"

叶子的声音听上去还算冷静。不过刚过了十分钟藤木就敲响了她家的门。大概是被他过早的来访吓了一跳，只见来开门的叶子脸色铁青，很是狼狈。藤木一步跨进房内，开始仔仔细细扫视整个房间，不放过任何一个角落。他感觉得到，一旁的叶子在战战兢兢地观察着他。妻子已经走了。不过是慌忙离开的，一定留下了一些蛛丝马迹。

浴室的门是开着的。他冲进浴室，还能捕捉到空气中蒸腾的热气。不仅如此，卧室的床边地板上扔着一条刚脱下不久的长筒袜。上面缀着黑玫瑰模样的蕾丝，他对这花纹印象很深……

"华江来过对吧，你和她在这床上鬼混了对吗？"藤木厉声质问。

叶子仿佛想回答些什么，又仿佛努力将那些话语都硬塞回到嗓子眼里一样，双手紧紧捂住嘴巴，激烈地摇着脑袋。

"你说的那个八年的恋人，就是华江？"

"你在想些什么啊！"她的声音勉强从指缝间漏出来，"怎么可能啊！我和您太太不是那种关系。我只是想做您的太太而已……让我做你的太太！"

最后这一声，叶子喊得声嘶力竭。同时，她那泫然欲泣的面庞扭曲着，用尽了全身的力气冲向藤木。

藤木被她扑倒在了床上。女人仿佛要夺走他的声音一般，不由分说地用双唇堵住了他的嘴。那一瞬间，妻子身上德国香烟的味道流进了他口中。藤木从未见过叶子如此激动亢奋的模样，他脑中一片空白，同时，两个女人的那两片嘴唇也在他心里合二为一了。

"雪已经停了吗？"

"没有，比刚刚下得更大了。"

整个房间被灰色的寂静所笼罩。

藤木躺在床上，环视整个卧室。叶子身上披着他的外套站在窗边，看上去简直和家具融为了一体。米色的嵌入式衣柜大门和墙面齐平，那扇门，藤木从未打开过。他对这个房间的心态依旧像个客人，不愿去翻看柜子、抽屉一类属于女性隐私的角落。这种事，他觉得可以放到婚后再说。而且，此前他坚信自己对叶子身体里的那个房间了如指掌，他曾以为这样就足够了。可是，这个女人方才突然展现出了狂乱的一面，藤木突然对她感到陌生起来。

在德国香烟那褐色的气味之中，藤木产生一种刚刚和妻子睡过的感觉。他总觉得，自己的身体被无数涂了珠光的嘴唇啜吻，自己灵魂的颜色已经被从未见过的色彩所取代。

他想把那层珠光洗掉，于是起身准备去浴室。正在这时，枕畔的电话响了。叶子拿起电话听了一下，随后对他说："是您太太。她现在在秋田田泽湖的宾馆里。"

叶子将仿佛雪一样苍白的听筒递给了藤木。那一瞬间，藤木还认为田泽湖什么的肯定是在骗他，是为了隐瞒华江曾经来过叶子家里的事实而制造的不在场证明。

"我会给她打回去的，先帮我把她那边的电话号码记一下吧。"

藤木洗过澡后，照着叶子记下的号码打了过去。

的确是田泽湖宾馆的前台接了电话，前台很快帮他转给了妻子。

"我和小田君一起来的，算是我们的婚前旅行了。很久之前我和叶子一起来过这儿，当时我就想，我一定要带着下一个结婚对象来一次。"

……

"离婚协议书我放在客厅桌上了。我是两手空空离开家的，明天起，你就可以让叶子住进来了。我的东西全都可以送给她，反正在此之前我也已经送过她很多东西了。你，我的丈夫，也算其中之一吧。我瞒着你存了五千万，那些钱我就拿走了。"

随后，她又小声念道："我这十三年，就只是存了一笔离婚赔偿金呢。"那语气，仿佛此事与她无关一般。

这通电话，仿佛妻子在自言自语。

"你那边现在也在下雪吗？"

藤木只问了这么一句。

"是啊，怎么了？"

"没什么，只是问问。"

短暂的沉默过后，两人无言地挂了电话。

藤木感觉整个身体顿时轻盈了，他不由得感慨万千：这十三年的生活终于画上了句号。不，之所以感到轻盈，并不单纯是因为肩上强压着的这十三年间的沉重和痛苦消散了。在挂断电话的瞬间，他还感觉自己身体里的某个地方似乎开了一个大洞，从中生发出无尽的空虚感。但在当时的场景之下，他只觉得一身轻松。三个月来那略显愚蠢的疑惑从心底里消散了。

脚边还扔着妻子的长筒袜。妻子买了东西之后很快就腻烦了，然后就把它们像丢垃圾一样扔给了这个女人，仅此而已——刚才在公寓门口看到的那个穿蓝色外套的背影，也是捡了华江旧衣服的叶子本人。隔着大门听到的声音，应该也只是叶子在和谁打电话而已。只是因为他心生疑窦，才会错把叶子的声音当成了妻子的声音。

"怎么了？"

见藤木面带微笑，身上只缠了一条浴巾，叶子便找了件长衫披上他的肩膀。

藤木问道："你是不是瞒着我抽烟？"

"……是。我知道您不喜欢烟味，所以骗您说是我弟弟在抽。不过我真的不常抽，只不过偶尔会抽您太太落在我家的几包……现在已经戒了。"

"没事，你抽吧。别抽她喜欢的那个牌子就好。"

说罢，他好像话没说完一样嗫嚅道"我们结婚吧"。那本是一声叹息，可不经意间成了一句话，溜出了口。

那晚，藤木独自回到家。他的家依旧昏暗地迎接他的归来。自己的婚姻和寻花问柳、放浪形骸的生活就这样同时画上了句号。听到藤木那宛如一声叹息般的求婚后，叶子回应道："我只想问您一个问题。您真的不爱您的太太，对吗？"于是，藤木将他们刚刚通了电话，确定离婚的消息告诉了她。可叶子仍旧一脸担心地紧盯着他的眼睛。藤木猜想，对方一定能从自己的眼神之中找到答案吧，于是他轻轻点了点头。

是叶子的声音还回荡在自己的耳畔吗？当藤木按亮了客厅的灯，三个月前妻子的声音突然再度响起。

"你一定也是爱我的，只是你没察觉到罢了……"

想到这儿，藤木苦笑着摇了摇头。可那声音仍旧对他紧追不舍。藤木试图摆脱耳畔的低语，于是按华江在电话里说的，找到了桌上摆着的离婚协议书。他立刻拿起笔，在妻子的名字旁边写下了自己的姓名。

那一天的雪将东京彻底变成一片雪白，也将他的十三年，他那和白纸一样毫无意义的婚姻生活，换成了一张更无意义的白纸。

两个月后的春天，藤木和叶子在洛杉矶举办了婚礼。

小田在米兰首次承接了一项重大工作项目，华江也和他一起离开了日本。自上次一别，藤木再也没有见过华江，不过据叶子讲，华江出发去米兰前，在成田机场给叶子打过电话。

藤木和叶子的婚礼在洛杉矶的一座教堂举办，罗伯茨医生也来了。他送了新娘满满一大捧百合花。罗伯茨对藤木的再婚妻子表现出了十足的温柔，令藤木大吃一惊，他原本还怀疑罗伯茨对自己有意思来着。毕竟十年前罗伯茨来日本时，藤木曾向他介绍过华江，当时罗伯茨始终对华江冷眼相待。可这一回他面对叶子却是满眼的微笑。

"除了年龄，你又找到了另外一个忘记其他女人的理由哦。"罗伯茨如此说道。

结婚仪式结束后的派对上，藤木悄悄问罗伯茨："您觉得叶子脸上有做过整形的痕迹吗？"

他没别的意思，单纯是在离开日本前开始担心起叶子的脸是否真是"自然"的。

出发去洛杉矶的前一天，某周刊杂志来电话采访他。藤木以为对方的采访内容是"著名整形医生离婚又结婚，引发骚动"，结果对方是问他关于某人气歌手悔婚事件的看法。

"悔婚的理由是得知女方曾经整过形。所以想请教您一下，作为负责美容整形的大夫，您对此有什么看法？"

"当下这个时代，人们都享受着科学和医学带来的好处，可唯独不愿让面容享受到这种好处，这也太古板了。所以呀，是这个歌手太狭隘了。"

作为医生，他是这么回答的。不过，这只是一个冠冕堂皇的回答。作为一个男人，他的答案并非如此。

回去之后他把这件事也讲给了叶子，顺便表达了个人观点。

"那种整过容的女人我从来不碰，如果只是去个痣或者去疤一类的倒还好，可是那种人造的美感实在让人欲望尽失，直倒胃口。毕竟欲望本身就是一种自然而然的东西嘛。"

这才是他的真心话。唯一的例外就是经罗伯茨之手的脸。他手术刀下的面容统统都是优秀的艺术品，比自然更自然，比性感更性感。不过，藤木是从来不会和自己的患者上床的。

听到藤木这番话，叶子顿时面色苍白，嘴唇颤抖，难掩失态地扭过了头。不仅如此，叶子虽在华江出发去意大利的第二天就搬去了藤木位于世田谷的家中，可在这个家里和叶子亲热时，藤木感觉叶子从脸到身体都充斥着不自然。此前只顾沉溺而漏掉了什么细节，因为在意她和人造感很重的华江之间强烈的对比，所以没有引发藤木注意的细节。这些，统统都在华江消失的同时浮现于叶子的容貌与性格之中。只是藤木尚未摸清那细节具体是什么。不过，它有着藤木手术刀下那种乍一看很自然，但总感觉哪里多了些后天人造的矫揉造作的……细节。可是，倘若她真的做过整容手术，自己之前和她亲热过那么多次，不可能注意不到任何蛛丝马迹啊。

"绝不可能。如果她真的做过手术，那除了我，也没有谁能达到那么完美的程度了。"

听到罗伯茨如此斩钉截铁的回答，藤木稍稍放下了心。但那隐隐的怀疑仍旧萦绕在心头。

洛杉矶碧空如洗。明亮得炫目的太阳为天空投下一个蓝色的影子，染透满溢的春光。他们两人在洛杉矶度过了几天新婚的甜蜜日子，可是回到成田机场时，日本正下着铅色的雨，简直看不出丝毫春天已经来临的样子。之前的幸福仿佛是提前透支，如今阴郁变本加厉地找回来了，藤木的脸色在抵达成田的时候已经是阴云密布。而叶子那张脸，越发的……

藤木直奔自己的医院去了，直到那晚雨停，他才返回家中。

按门铃没有人应答，藤木掏出钥匙自己开了门。客厅黑漆漆的，他正准备伸手开灯，却突然察觉到了什么，停下了动作。他嗅到了德国香烟的味道，伴随着大雨的尾韵，蒸腾在濡湿的黑暗之中。与此同时，借着门厅的亮光，他看到了窗边女人湿漉漉的背影。

"你什么时候回的日本？"

那个吸着德国香烟的背影绝对是属于妻子的——不，是前妻，华江的。她还穿着大红色和明黄色搭配的衣服，那色彩仿佛融进阴影中的她那肌肤上的文身。

女人转过头。一直到凑近她，藤木都还以为那是华江。所以，当他彻底看清那张脸属于谁时，那一瞬间，恶寒猛地窜过他的后背。

那女人梳着华江的发型，戴着华江的耳环，涂着珠光口红。只有脸——只有脸属于别的女人。而在刹那间，藤木似乎看到了一张整容失败、五官崩塌的面孔。

"我不是说过不许抽这个牌子的烟了吗？还有衣服，我不是让你把华江留下的全扔了，自己买新的了吗？"

"为什么？这就是我的东西啊。"叶子回答。

她的回应令藤木产生一种被真实的恶寒瞬间冻僵的感觉。她不是叶子。是只有脸属于叶子的另一个女人。她是华江。

"我本来就想成为您的太太，而现在我的确做到了。"

那两片嘴唇吸收了来自屋外的光亮，从其中流淌出来的声音是那么的沙哑、不耐烦。是华江借用了这女人的嘴唇在讲话。而这嘴唇上，洋溢着人工雕琢的浅笑。华江借用了另一个女人的五官和皮肤，冲自己露出了微笑……

"惊不惊讶？去年结婚纪念日那晚，往这儿打电话的人是我。八年间我一直在模仿，当时我的声音已经能完美复刻您太太的声音了。我当时不是说了吗，现在和你讲话的不是你的妻子，而是一个女人。"

不，并不算完美。藤木摇了摇头。当时，这女人在电话里搞错了衣服的品牌……

"在没有遇到你之前,我就爱了你八年。这八年里,我一心想要成为你的太太,如今总算如愿了。我夺走了你太太的一切,你太太也帮了我,把一切都给了我。我们一个是妻子一个是情妇,但关于你,我们的目标一致。所以我们成了朋友,携手并进。尤其是从你太太遇到了那个青年,决心离婚起。没错,八年间,我在一点点地成为你的太太……外衣、内衣、装饰。现在这个家、我们的婚姻生活、你的身体,还有一纸婚姻登记书,全部。"

那充满人工感的语言、表情,还有此时飘荡在黑暗之中的气味——藤木又一次激烈地摇着头嗫嚅"为什么"……

"因为爱你。因为你的太太也爱你,所以才愿意帮我。因为爱你,所以你太太自和你结婚起就非常痛苦。虽然痛苦,可她爱你,所以无法离开你。可是,忍耐总有极限。所以她才决定离婚,和那个男青年远走高飞。即便如此,她仍旧爱你,所以才想在离婚后,仍把自己的身影留给你。"

华江借助另一个女人的双眼凝望着她曾经的丈夫。那是人工雕琢的视线。

"可是,唯有一点,我无法从你的太太身上夺走。"她补充道,"那就是你对她的爱。"

那声音和结婚纪念日那一晚一模一样。

"唯有一点",指的就是我的意志。你还无法夺去我个人的想法。藤木想这么说,可他又立刻否定般地对自己摇摇头。这个女人其实并不爱我。她对一个素未谋面的男人爱了八年,那这爱不过只是妄想。如今遇到我,和我结婚,她也依然在爱着那个妄想中的男人。她只是给自己洗了脑,告诉自己这就是爱。并且一心想成为我的妻子,于是开始扮演起妻子的角色。就好似一个尽职尽责的演员,因为入戏太深,甚至开始忘记自己正在演戏了。可是，无论入戏有多深，唯有一点无法凭演技如愿。她们的身形一致，她穿华江的衣服正合适，所以她们的皮囊真的非常相像。然而唯有一点……

"我第一次以患者的身份走进你的房间时，原本是想把你太太的照片拿给你看的。我想和你坦白一切，再请你为我做手术。你太太一开始说这样做有点操之过急，但最终还是表示随我喜欢。可是，临场我又突然没了自信，于是决定在彻底得到你之前先耐心等待机会。而且，我当时对你说的那些话都是发自真心的。当时我的确还想找回过去的自己。"

藤木想说些什么，可却什么都没说出口。就算真能说出口，那些话他也不想讲给借用了这女人一只耳朵的华江听。是妻子。妻子离婚后仍要做他的妻子，她从没想过把丈夫让给情妇。她只是利用了这个愚蠢的女人，让自己在离婚后仍能把丈夫死死捆在这个家里。

"如果你不愿意，我明天就返回洛杉矶，拜托罗伯茨医生为我整形。他已经同意了我的请求，不过我还是希望由你亲手为我整容，所以，明天我们在你工作的地方细聊好了。"

她说罢，又补充道："这一次不需要照片了对吧？毕竟，你还爱着你太太，你一辈子都不会忘记她的那张脸。"

最后的最后，这个女人——他的妻子，露出了她惯有的那个干巴巴的、人工的微笑。

然后她便转身离开了，将陷入混乱的丈夫独自留在窗畔昏黄的灯光之下。那张脸，隐入了黑暗之中。

喜剧女演员

我是毯江，你应该从雄一那儿听说过我吧？我也是从他那儿听说你的。

不过之前只是听人讲，像这样打电话直接听到你的声音，还是头一回。你叫秋美对吗？森河秋美。你是雄一的女朋友，不如说，你自以为是他的女朋友。没错，如果你要问我如何得知你的存在的，那你现在知道了。

雄一说，他被一个丑女缠上了，很烦。他说是在某个工作派对上认识她的，他只是对那丑女人比较客气，对方就不依不饶的，甩都甩不掉。

当然，我很清楚你们已经发生肉体关系了。不过我们事先约好的，订婚之前互不干涉彼此生活。不过从今天开始我可要出手了。这通电话就是要通知你这件事，并且自报家门。因为我们俩昨天订婚了。他送了我超美的订婚戒指。戒托仿佛银色的绳索，正中镶嵌着的那块紫水晶仿佛紫色的夜光虫，灿烂闪烁……

在我眼中，这漂亮的紫色就仿佛我们幸福的未来，我真是怎么看都看不够呢。我甚至想把这份幸福送给你这个被抛弃的女人，由衷地劝你早点儿忘掉雄一，赶快另找个男人结婚吧。

你问我是谁？我是他的未婚妻啊。昨天之前我和雄一如何，这不重要。因为男女之间的契约关系是从订婚开始的嘛。没错，这儿是酒吧，我工作的地方。不过也就到今夜为止了。我和雄一之间虽然也发生了很多事，但最终还是走上了结婚这唯一的一条路——你怎么了啊？怎么突然不说话了？

欸？你知道？你说你知道有个像我一样的女人藏在雄一身

边，只是不知道叫什么名字。你什么意思啊！不单只有我，这是一场包含雄一在内，一共七个人的感情戏？你这女人在沉默过后突然说了这么一番恐怖的话，真是可怕，但我知道，什么七个人的感情戏，纯属胡扯吧？这场感情戏里只有我和雄一两个人。你在我们的剧本里已经分不到任何角色了。不过，我允许你再和他见一面。仅此一面，允许你和雄一道个别……我啊，现在可是幸福得很，所以就赏你这么一次机会好了。谁让你的幸福是建立在不幸之上的呢？谁让你一直在拼命演着一出单恋雄一的独角戏呢？

一直到昨天为止，我还仿佛一名女演员。

雄一。

如果说和愚蠢的你谈的这场愚蠢的恋爱只能被形容成一出喜剧，那我就只能是个喜剧女演员了。我想打你，却反被你打了。我被打成乌眼青，痛哭了一整晚，哭得脸都肿了。我决定让这段感情就此结束，可没想到，到了今早我还是余情未了，写起这种信来。我啊，果真是个喜剧女演员啊。而且还是个无视观众，自顾自傻笑的愚蠢透顶的喜剧女主角。

在写下这封信前，我对着浴室的镜子端详着自己那哭崩了的脸，看了将近一个小时。哭到最后，我已经哭不出来了。留给我的只有观看一出不好笑的喜剧时观众们发出的干笑声。没错，最后一滴泪滑过脸颊落下时，我回归了观众身份，成了这出爱情戏剧的看客。唯独给你写着这封信的我，心中还留有一丝丝不甘，我为自己的演技在感情戏中没有发挥完美而感到懊悔，终场的大幕落下，我还躲在舞台角落练习修改我的表演，就好像还盼着能再追加一场演出似的。

从另一层意义上来看，我也是很适合表演喜剧的女人。我一直保持着十六七岁的少女心态，可不知不觉间，我已经是个三十二岁的女人了。明明没什么兴趣，我却假装很享受自己的翻译工作，仿佛在英语和日语的国境线上丢了护照一样，盲目乱晃。就因为拗不过前辈的劝说，我就用足足两个月的收入，买回一条根本不适合我的蕾丝礼服裙。又单纯因为这裙子贵，所以我穿着它参加了某个有钱外国实业家在酒店的豪华包间里开办的酒会。酒会上的所有日本人都会说英语，于是我只能百无聊赖，尴尬地贴墙站着。这时，是你主动和我搭话。你和我一样，穿着不合身的西服，被所有人无视。被你搭话，我莫名地感到开心。还有更幸福的，那就是在酒会结束后，你对我说："我送你回去。"我们走到车站时，你好似突然想起了什么，对我说了一句"你很美"。你知道吗？听到你的那句话，我整个人仿佛突然沉醉到了香槟酒的粉红泡泡里一样，深深爱上了你。

这一场酒醉，一直持续到了半年后的昨天晚上，你把我的脸打歪了的那个瞬间——

刚刚在浴室照镜子时我想到，倘若看到我这被打得破烂不堪的脸，那么就算你今天和我一样心有悔意，也依然会笑出声，会对我感到彻底的厌恶吧。

不——和我分手，你怎么可能会心有悔意呢？根本不可能。

半年前，我们第一次的那个晚上。你小声说"没想到我们住在同一条铁路沿线旁呢"，于是，我请你去了我家。你与我同床共枕。但你的手离开我身体的同时，你就已经把我忘了。可是，在同一个瞬间，我还能感觉到你在我的身体里愉快地游弋。我对你的爱从那一瞬开始与日俱增。你只渴求我一次，至多也就五六次而已。可你那晚对我说过的那句"你很美"，却已是我人生的全部意义。

我自幼就对自己这副和日本人有些不同的面孔颇有自信。读小学之前，我就时常照着镜子自我欣赏。看着镜中那个装饰着蝴蝶结的自己，我都忍不住夸好可爱。在此后的近三十年光阴中，我一直都是这么想的。可是，从来没有人夸过我美。儿时关系最好的小我三岁的妹妹，从读初中起就成了我最亲密好友的由纪，还有高中时介绍翻译工作给我、如今做了我上司的松村前辈，这些在我的恋爱戏码之中出场的女人，这些应该把我看得比任何人都重要的女人，没有一个人，没有一次，说过我长得美。

由纪对我一直特别温柔。无论我有什么缺点，她都会说"你的这一点特别好"，她是我最好的朋友。可是就连由纪，也从未对我的这张脸做过任何评价，十五年里她始终对此保持沉默。我之前就和你提过很多次了对吧？由纪是我最要好的朋友，她对我比对她自己还要好。在我难过的时候，她会陪我一起哭泣，我感到高兴时，她的笑声比我还大，比我还开心。我和妹妹的关系也特别好。我们是同母异父的姐妹，母亲经常训斥我说我对妹妹态度过于冷淡。我被她骂哭了，由纪知道后马上找到父亲，让他私下里好好训斥母亲一顿。有一次去横滨玩，我走错了路，还赶上下雨。我费了好大劲才找到公共电话亭，给由纪打了电话。她在电话里说"听好，你就待在电话亭里不许动了哦"，随后扔下了手中的工作，开着车狂奔来找我。

由纪对我这么好，唯有两句话，我那么想听她对我说，她却绝不松口。一句是在我提到你的时候，我特别期待她说一句"那你们结婚吧"。可她却只是非常冷淡地吐出一个"哦"字，随后就转移了话题。如今，我倒是彻底明白了她当时为什么是那种态度。还有一句，就是"你好美"。不知为何，由纪从小到大从没对我说过这句话，我实在想不通为什么。个子娇小、皮肤雪白的由纪曾说过她非常羡慕我略有些过高的身材，她还说我那天生仿佛被太阳晒过的小麦色皮肤是她"在这个世界上最爱的颜色"。她还因为想让我的肤色"传染"给她一些，特意贴过来蹭我。她明明表现得那么爱我，但唯独无视了我这张脸。不，岂止是无视。每当她望着我时，那双好似少女漫画画风的漆黑双眸中，都写满了"我唯独讨厌你的脸"这句话。一和她视线相触，我就会立刻埋起头来。

不过，这么一来，我反倒觉得大家都是惧怕我的美，嫉妒我的美，所以才会对我的脸产生憎恶的，我对此深信不疑。不过，一直到参加酒会那一晚，我才第一次从他人之口听到了"你很美"这三个字。就在参加酒会的几天前，我套上那条为酒会买来的白色礼服裙，对着镜子打量自己，这时我第一次对自己的美产生了疑问。我本来就高，蕾丝荷叶边缀在肩上显得我更加魁梧。这裙子看上去是为一个身材和我正相反的女人设计的。看着眼前的一幕，就仿佛在童话中最幸福的那一页，白雪公主的脸被坏心眼的皇后所取代一般，而我就是那个皇后。我愕然发现自己竟在自恋的陷阱里度过了三十二年，我的人生在这时狠狠背叛了我。于是，参加酒会那天被所有人无视时，我以为是自己的丑陋所致，所以真的绝望极了。

然而，也正是在那一晚，我得到了你的那句话。

"你很美。"

打出生起，头一次有人这么对我说。这句话（而且是在我深陷自卑泥沼，挣扎着难以脱身的当晚）给了我全部——倘若我说，我从这句话中看到了爱，婚姻，幸福的未来，谁又有资格苛责我？其实从第一天起我就明白，酒会主办方只是出于人情才把你喊去的，所以你一点也提不起兴致。那位美国大款之所以办这场酒会，为的是在日本攒一笔大买卖。他是要在酒会上决定合作公司的，像你就职的那家小企业根本入不了他的眼。你明白自己连一成的胜算都没有，第二天上班肯定会被上司骂得狗血淋头。为了暂时忘掉这郁闷事，所以你就想随便找个女人睡睡，对吧？

我当时隐隐意识到了，但当你突然出现在我面前时，我觉得你好像个王子一样。就因为你的那句认可，我简直想把自己的全部都献给你。三天后，你又想再睡我一次，于是把我约去了酒吧。我还记得当时喝的那杯紫色的鸡尾酒，我又一次醉了。鸡尾酒的紫色和酒会上那个粉色的梦重叠在了一起——这半年，紫色和粉色始终渲染着我的现实生活。到昨天为止，你"再"来了十七次……

当然，在这半年里，我也有过得知自己并不美，你也并不是什么王子的机会。

准确来讲，这种契机出现过两次——

一次是我在你家时，你的一个名叫K的同事突然造访。他看上去更有精英风范，不像你嗜好烟酒，他喜欢打网球，看演奏会。他的皮肤是健康的棕褐色，镜片后是一双目光直率且充满知性的眼睛。他的声线有些细过了头，但听得出温柔有礼，真是名青年才俊啊。和你不一样，他那套意大利制的西装，合身极了。最重要的是，他不像你，总是啰唆些无聊的闲话，他寡言少语，过了十分钟就起身说"我似乎打扰到二位了，那我先告辞了"。

"他都说我什么了？"

见你送完他回来，我急忙追着你询问。因为我真的非常非常在意我在你朋友眼中是什么形象。

"什么都没说。"

是的，你当时只咕哝了这么一句，然后就和平时一样卑鄙地露出逃避的眼神。我的耳畔突然响起K对你说的话："怎么回事，这太不像你的风格了。你怎么突然和那种丑八怪交往起来了啊？"

那绝不是幻听，我确实听到了。当然，如此卑劣的感觉只是一闪而过。大约两个月前，寒冷的冬季总算逐渐离开东京的街道，但再早半个月那阵子，冬的寒冷还像走投无路的暴风一般冲撞着我房间的窗户。就是那样一个寒风呼啸的夜晚，正当你伸手要抚摸我的身体时，我妹妹冴子突然造访，这件事，你还记得吧？

我和冴子是同母异父的姐妹。我的生父在我刚出生不久时就遭遇事故死亡。母亲带着我改嫁，和第二任丈夫生了冴子。虽然我们只有一半的血缘关系，但这并不妨碍我们相处得十分融洽。我和冴子就像长相不同的双胞胎一样亲密无间，关系好到母亲都忍不住嫉妒，想破坏我们的关系。或许是因为带了拖油瓶再婚，有明显的软肋吧，母亲专宠冴子一个人，明明我也很喜欢冴子，可母亲却总把"你对冴子怎么那么冷淡"挂在嘴上，动不动就训斥我。所以，我大学一毕业就马上搬离了老家，开始了独居生活。那之后，妹妹也会来找我聊大学考试的事，聊谈婚论嫁的恋人，无论我和她说什么她都频频点头，对我表现出十足的仰慕。不过，或许是被母亲和我宠溺过度了吧，冴子有点怕生，那晚第一次见到你，她一句话都没说，很快就走了。你很在意她对你的印象，第二天就向我打听她对你的评价，我的回答也是"什么都没说"。

其实她说的是："他好帅啊，配姐姐你真是浪费了。"

我没有把她的这句话转达给你，因为她明明没有我美（我非常坚信这一点），却不知为何很受男人欢迎。所以，我莫名地开始不安，我担心你被冴子抢走。我想起了自己当时撒的谎，于是如此自我安慰：因为看上去K是很受女人欢迎的类型，所以你一定是起了戒心，怕我会移情别恋爱上K，所以才那么对我说的吧。

可是，我的自我安慰不作数，正确的是那一瞬的"幻听"。

K一走出房间就马上说"你怎么突然和那种丑八怪交往起来了啊"对吧？不，我现在能更加肯定地断言。当时你假装要送送K于是也走出家门，与此同时，你是这么对他说的："你可别真以为我在认真和那种丑八怪交往，我最爱的只有毬江。"

可是，我依然执着于自己的美梦，就这么又过了两个月。五天前，我在前辈松村的办公室商量这次去英国出差的工作内容，正开着会，我接到了毬江的电话，美梦终于破碎了。

当然了，这半年间，我始终能隐约从你身上感觉到其他女人的影子。比如，你房间里扔着一看就是女人会用的花手帕。我打电话给你时，你压低嗓音说"不，今晚不行"。还有从你胸口隐约飘散出的、陌生的香水味——可是，比起这些非常具体的证据，我更相信感觉。那感觉只有一瞬，却无比强烈。当你不再看着我，当你喋喋不休地发着公司的牢骚，聊着我根本不感兴趣的动作片，当有那么一瞬，你甚至忘了我就在你身边，于是突然噤声，留下一段短暂的休止符般的沉默。我从以上种种，无比明确地感受到了其他女人的存在。

所以……

"我是毬江。你应该从雄一那儿听说过我吧？我也是从他那儿听说你的。"

五天前，我接到了这通电话。我本应该被这突如其来的声音吓一跳，可我却波澜不惊。我甚至觉得，我唯一不知道的就只有这女人的名字而已。所以我又问："请问，他和你提到我的时候，都说了什么呀？"

说出这句话时，我的语气就好像是在问一个早已见过面的人一样，极其自然。于是，毯江回答："他说，他被一个丑女缠上了，很烦。他说是在某个工作派对上认识的，他只是对那丑女人比较客气，对方就不依不饶的，甩都甩不掉。"

挂断电话后，我依然波澜不惊，甚至可以用过度冷静来形容。松村问我："什么事啊？"我就只是微笑着摇摇头，回了一句"没事"。如此平静，连我自己都吓了一跳。我就这样保持着微笑坚持了四天，一直到昨晚你终于有闲暇为止。毯江的存在并未伤害到我。要说伤害，我可是受过大得多、也深得多的伤。不过，即便如此，在挂断毯江的电话时，我第一次想起了"喜剧女演员"这个词，它曾似一把锐利的剃刀伤到我，令我感到极度的疼痛。与此同时，高一戏剧节时发生的事也翻涌上来……

十六年前的秋天，当时戏剧部副部长松村前辈喊我来参与演出，那是我唯一一次登上舞台。她从那时起就是个很强势的人。"你必须来，必须！那个角色只能你来演。只要你肯出场，今年咱们学校的优胜就拿定了！"她说着这些话，近乎胁迫般要求我上场，我也只能点头答应。我听说她们要演莎士比亚的《奥赛罗》，于是一心笃定自己的角色是苔丝狄蒙娜，就是那个因为一方手帕而被冤枉出轨，被嫉妒到发狂的丈夫杀害的薄命人妻。结果，她们给我的角色竟然是狡猾又工于心计，妄图玩弄命运的伊阿古。那是个男人。

"那个男人如女人般善妒，所以与其让一个男人来演，不如找你演，你是最适合这个角色的人选。"

松村用这番话操控我，我只好拼了命，努力走上舞台。结果在演出中两次当众摔倒，六次说错台词，一出悲剧就这样变成了爆笑喜剧。当时台下的笑声化为此次这出好戏中七个主人公的笑声，冲我劈头盖脸地洒下来。我那么认真地恋爱，结果又丢人地栽了跟头，变成一出喜剧。可是，让我身处如此高声大笑之中的正是我自己。在挂断毬江那通电话的瞬间，我就等于被人从这场爱情戏剧的主角座位上突然扯下来，成了可有可无的配角。于是，我只好屈居观众席，讪讪发笑。

除此以外，我难以置信地冷静。最终我决定对你缄口不提这件事，最后再被你抱一次，然后以我的方式无声地向你道别，永远离开你。

一直到敲响你的房门时，我的确还是那么想的。可是，当你摆出比平时还赤裸裸的嫌弃态度，一边别过脸，一边向我的身体伸出手的那个瞬间……

"我知道了，全都知道了。我还知道你为了毬江准备抛弃我，对吧？"

我用一种连自己都感到毛骨悚然的、扭曲的哭喊声问道。我本想哭喊着打你，可被甩了一巴掌的清脆响声却从我的脸颊上发出。明明是你揍了我，你却反倒露出痛苦难耐的表情。你对我说："难道不是你背叛了我吗？你那个叫由纪的朋友昨天给我打电话了。她说你爱的不是我，是我的朋友K。我其实也隐约感觉到了，因为你异常关注K。可是，那个叫由纪的女人究竟是怎么回事？她在电话里一副对你了如指掌的态度，语气咄咄逼人。"

"我不是跟你提到过很多次由纪吗？我们只不过是朋友而已啊。我觉得，我们只不过是朋友而已。"

"也就是说，她并没当你是普通朋友？"

"嗯，她当我是她的情人。由纪一直很爱我，从中学时起，一直如此。她认为你抢走了我，所以才打电话撒谎骚扰你的。可是那个毯江的电话可不是简单的骚扰，而且，你就是有其他的女人，你背叛了我，我都知道。你说，你房间里扔着的黄色花手帕是谁的？我……"

当时的我好似再度站上了高中的舞台，扮演起了伊阿古。其实我根本不知道那手帕是谁的，我只想用它去"陷害"你。我只是想看看你被质问后会有什么反应，所以才信口开河。结果，你的脸一下子变得苍白，比我预想得严重多了。不过，关于手帕的主人我没有再继续逼问，只是说"我还知道别的事"。

"我还知道松村和你过去是情人关系——不，这么说更准确：半年前你还是松村的情人。"

松村昌代的形象非常符合"前辈"这个称呼。她是个精神方面十分成熟的女性，口头禅是"我很强哦"。强大的女性往往喜欢非常脆弱易碎的东西。所以，她家里有一个一米见方，甚至比田纳西·威廉斯在书中描述的还要大的"玻璃动物园"。玻璃做的围栏里，圈养着玻璃做的羊和马，由松村前辈亲手喂养。

"你这个人呀，靠自己是活不下去的。不过没关系，我可以领着你走。"

她曾经这样对我说。其实她只比我年长两岁而已，却把我当成妹妹，不，甚至是当成女儿一样疼爱。事实上，我如今拥有的一切都是松村前辈给的。她帮我找了翻译这个工作，帮我找了这栋公寓，就连这房间里的家具，甚至衣柜里的衣服都是她给的。

"你审美太差了。"她这么对我说，不单把她自己的衣服转让给我，还每个月给我买一身新衣服。所以，她才会把你这样一个只懂嘴硬，实际脆弱易碎的男人养在她的玻璃围栏里。养了两年，她玩腻了，于是转让给了我，而我就这么默默地接受了，没说半个不字。

半年前那一晚的酒会，当你凑近我时我就认出你了。你就是松村常提到的那个"胆小但又爱排场，一开始觉得蛮有趣，过两年就玩腻了"的年轻人。那场酒会牵扯到金额过亿的订单，相当重要，理论上应该由松村前辈参加才对，结果却让我去了，这安排本身就很不自然。像你这种水平的小业务员，能出席这种酒会，也很不可思议。所以我立刻就明白了，你也是她亲手塞进来的。可即便如此，我依然没有任何不满。那晚，在华丽筵席上孤零零缩在一角的我眼中，你已经足够有魅力了。还有你的那句"你很美"，哪怕那是前一天你的主人让你准备好的台词，对于从未听过这句话的我来讲，这三个字也足够在我耳中无比甘美地回响。我就仿佛默默地穿上"前辈"扔给我的衣服一样，默默地接受了你——我没说错吧？

昨晚，你被我讲出的这番话噎得无言以对，于是背过了身。而我好似突然回忆起了远去的往昔，那曾经的一幕幕再度鲜明地出现在我眼前，如今我还在心中反复咀嚼着。我对着你的后背，用我自己的方式无声地说了"再见"，然后离开了你的房间。

我们俩只是表情扭曲地用两张丑脸对骂了几分钟，但就是这短短的对骂，却把这场持续了半年的好戏真正的主人公暴露出来了，不是吗？这场戏里不仅有你我二人，它是一出总共包含七名男女的好戏。而且，在你心里我只是微不足道的小配角，于我来说亦然。你的朋友K，你背后的女人毬江，同时饲养着你我二人的松村昌代，你，我，无比深爱我、想从你手中将我夺回来的由纪，还有一个人，就是和你秘密发生了关系的那张手帕真正的主人——

　　昨夜我回来后，妹妹因为担心我，马上给我打电话，还说："我怕姐姐会自杀。"那通电话是你让妹妹打给我的吧？无论妹妹打来的电话，还是五天前毹江打来的电话，我都说了，这不过是我们七个人的一场戏。如果有观众，也只会觉得滑稽可笑，会伴着哈欠发出大笑声，这场戏就是这样的一出七人喜剧。当然，这里面最滑稽可笑的那个角色分给了我。分给了拼死演出一个无聊小角色，在舞台上拼命跌跤的我。可是……

　　可是你也一样，不是吗？

　　雄一。

　　我刚才写了，我对着镜中破碎的自己发笑。可是，这笑声有一半是在笑你。因为由纪打给你的那通电话说清了一个事实，没错，至少我的确是爱着K的。写到这儿，虽显得很坏心眼，但我总算可以把真相说出来了。雄一，我昨天不是为了和你告别，而是为了和K告别才去你房间的。我想悄悄地以自己的方式无声地和K告别，因为，和你分手，就等于和你的朋友分手，没有你的存在，我就没有机会见到K。你别以为我是站在一个遭你背叛的女人的立场上写下这些的。K偶然去了你家，在那短短的、十分钟不到的时间里，我凭着自己的意志，将那个被前辈甩给我的你抛弃了，选择了各方面都与你不同的K，这是不争的事实。你是破绽格外显眼的旧人，他却是毫无一丝缺点的新人。女人会对这位完美的英俊青年心动着迷，也是理所当然啊，不是吗？

　　不过，这个选择是悲哀的。我想再见K一面，所以和你谈起了K。结果你嫉妒心过强，干脆让K彻底远离了我。我之所以选择无声地告别，也是因为这段恋情是无法说出口的单相思。可是，雄一，对K的这份隐秘的思慕之情，我从没打算告诉你或者周围的任何人。尤其是松村前辈……

　　因为我很清楚，一旦告诉了她，她一定会毁掉这段恋情。我想你应该早已了解松村的"玻璃动物园"了，可是，她不单乐于用它来装饰房间，有时还会一只又一只地把那些玻璃做的动物摔碎在浴室的瓷砖地上，然后再另买新的回来。这件事你应该不知道吧？松村喜欢易碎的东西，但她更喜欢毁掉易碎物的那个瞬间。雄一，你懂了吧？

　　那个人对你感到腻烦了，所以想让你和我在一起。可实际上当我们二人真的在一起了，她又想要毁了我们的关系。不，她就是为了享受毁灭的瞬间，才故意接近我们的。没错……那么你懂了吧？你说你几天前接到了由纪的电话，她告诉你我真正爱着的是K。其实，打电话的那个人根本不是由纪，而是松村。

　　我有确凿的证据证明这一点。因为我从没和由纪提过这件事，我只对松村倾吐了真正的想法。那件事就发生在几天前。明明唯独松村前辈，我是绝不能让她知道我内心的那份爱恋的，可松村不知何时已经成了比我母亲还重要的人，她的阴影始终笼罩着我，我最终还是被她的花言巧语所蒙蔽，稀里糊涂地和她坦白了。

　　在我说出了全部的那一瞬间，她说："是吗？那这件事包在我身上吧。这回我也会动用手腕替你打点的。"

　　我听她微笑着这样讲，心中不由得哀叹：这么一来，我对K萌生的那微小的爱情嫩芽，估计就要无疾而终了。所以，昨天我才想偷偷通过你，默默和K做一番告别。可是，我又为什么要情绪失控地对你大喊大叫呢？毬江打给我的那通电话丝毫没有影响到我。硬要说的话，我生气的原因应该是你至今都丝毫没有察觉到松村的残酷这一点吧。

你背叛了我，我也背叛了你。如果这出戏里只有我们两人，那这可真是一出蠢得不行的爱情故事了。可实际上，我们两人都是被松村的铁腕逼迫着起舞，逼迫着背叛彼此的。我现在这张碎掉的脸，就是她，是那个年纪轻轻就创立了翻译中介公司的铁腕制造出来的作品之一。

已经说到这分儿上了，不妨再把我的一个大秘密告诉你吧。

还有一个绝对的证据，能证明由纪给你打过电话这件事是不可能的。

因为，由纪这个女性朋友，其实是我这个又土又没存在感的孤零零的家伙自己编出来的。世界上根本就不存在这样一个人……

这么多年我一直在撒谎，松村则对我的谎话信以为真。所以她才会借用由纪的名字偷偷向你告发我。想必她在电话里假装成了另一种音色吧，你也知道，她读高中时是戏剧部的，对吧？没有任何人见过由纪，不过，我有时会产生一种她真的存在的错觉。尤其是和别人聊天的时候，我本人完全相信由纪是真实存在的，所以自然也就骗过了别人。无论是你，妹妹冴子，还是松村——尤其是在和松村聊的时候，我心中由纪的形象非常鲜明，细节丰富，根本不像是虚构出来的。

若由我来分析这种喜欢给自己编造不存在的女性朋友的习惯，我想不仅是因为我交不到朋友，太过寂寞，最重要的理由还是我真的很想从高中起就控制我，给我的人生套上铁索的前辈手中逃离。被前辈那钢铁般的爱所捆绑、强烈渴求爱意的我，将一个真正爱我的、名叫由纪的温柔人偶，缝进了我空白的胸膛。也正是这一大铁证，证明了给你打那通电话的人绝不可能是由纪。我创造的由纪是不会打出那通毁掉我恋情的电话的，她绝不是那种性格恶劣的女人。我因为单恋K而感到痛苦，她也会陪我一起痛苦。此刻她也在我身边陪伴着我，为我这段恋情的结束而悲叹。

当然，我的精神状况并无异常，有时虽会相信错觉，但也始终提醒自己"她是个虚构的女人"。而每当我注意到这种虚无，就会用更坚实的针脚把由纪缝在胸膛里，把她的存在塑造得更加浓墨重彩。

对不起，雄一。

在写给你的这最后一封信中，我写了这么多无聊的话。一开始我写了对你的不舍，但其实我是对K余情未了。我对我一开始撒的这个谎向你道歉。然后是那个"再见"，我心里残留的就只有你的笑声，我会伴随着笑声，低吟一句"再见"。现在，就让这出愚蠢简短的小喜剧落下帷幕吧。

追记：

我虽然说了这是一场七个人的戏，可是其中的由纪已经消失了。去掉一个人，这场戏里只有六个人。

松村女士，请问您知道雄一现在在哪儿吗？没错，是我，雄一的朋友……是这样，刚刚我收到一封加急信，信的内容很奇怪。看了这封信我有点慌了，我想尽快把这件事告诉雄一。我给他打了电话，可他不在。明明他周日总会一直睡到下午的。您问"为什么我会知道前男友在哪儿"，我知道您抛弃了雄一，但我也知道您在分手后依然控制着他。这封信也提到了这一点。我只能用"奇怪"来形容这封信。这封信的收件地址写的是我的公寓，可是收件人写的是雄一。我收到的时候心里还想：送信的人都不看看收件人就投递啊？可是，拆开信封一看，信纸上也写了雄一的名字。内容里反复出现雄一、雄一……写这封信的女人也有可能是弄错了地址，但如果是那个女人的话，我总感觉她有可能是假装写雄一收，其实是故意寄给我的。比起雄一，她更想让我读到这封信，而且她有意用缩写称呼我为"K"，我认为这也是她想让我读到这封信的证明。

我曾见过她一次，不到十分钟。雄一和我讲过她的许多事。有些人说话支支吾吾，总是遮遮掩掩不说真心话，好像莫名地藏着什么，还明显摆出一副故意想让对方追问的模样，说话方式让人很恼火，她就是那种女人。就连眼神也很烦人，低下头，同时又爱死死盯着对方。对，就是你那个后辈，在你公司工作的那个女人。你抛弃雄一，然后当她是垃圾桶，把雄一甩给了她。那个女人早就看穿了你和雄一之间的关系哦，信上说，你最近听她讲过，她真正喜欢的是我？原来如此，原来她对我一见钟情这件事是真的啊。然后你还假装成一个叫由纪的女人，给雄一打了电话，这些她也写在信里了——你问我在说什么？别装傻！看样子对方比你脑筋聪明多了，比起你说的，我现在更相信这封信里写的。你这个女人的确不一般，可写这信的女人更胜一筹。想骗别人结果反倒被骗的，是你。

我本来也没什么立场说别人的。不到十分钟的一场戏，我让那个不简单的女人相信了我是个大好青年。不，或许并非如此。她可能早就看透了我背后真正的模样，所以才故意——没错，她故意在信中称呼我为"K"……

好了，没必要那么生气吧。我知道你恨我。比起这个绕着弯写一封胁迫信给我的女人，我更喜欢你。你就像这封信里写的那样，沉迷于把人当成玻璃一样踩个粉碎。可你却没意识到，你自己也一样有着脆弱易碎、仿佛玻璃制品般的一面。一个不小心，你会被他们反杀，粉身碎骨……

所以呢，我们与其彼此憎恶，不如联手吧。那个女人在信上写了，这是一场七个人的戏。其中一个女人把自己的黄色花手帕忘在了雄一家。那个女人应该注意到了，她知道那个黄色花手帕的主人是谁，因为那手帕上绣着姓名首字母"K"。

她知道了，那是我的手帕，他知道躲在雄一背后的女人究竟是谁了。哎呀，我都说了你会这么生气也正常，毕竟在半年前的那个晚上，你是在那种情况下知道了我们之间的关系的。当然，没给门上锁的雄一有错，说想就那么开着灯的我也有错，可连个门铃都没按就走进屋里的你才犯了最大的错啊。话说回来，我们俩联手，这样才比较好。毕竟我们很相似。你好像冒用了由纪的名字，逼雄一和那个女人分手是吧？我也用我在店里的名字，给那个女人打电话逼他们分手了。没错，用的是毬江这个名字。所以，我们联手迎战那个女人才是最好的。她虽然在信里写了"不爱雄一，和雄一分手了"，但她其实还爱着他，还想着把他从你我手中抢走呢。这封信就是她算计的一部分。所以里面写了好多骂你的话。她看透了我会把这封信拿给雄一看，也就是说，那女人采用自己擅长的绕远路、惹人厌的方式离间我和雄一，并让雄一厌恶你。读了这封信，雄一肯定会嫉妒我的。因为那女人在信里写了不少对我的热情表白。没错，他会嫉妒我，绝对没错。雄一可能迷上那女人了……你说不可能，你那么有自信吗？你说比起那女人，雄一更爱你？我不这么认为。雄一很爱劈腿各种女人，在这件事上，我，包括你，总是身处下风。雄一更喜欢女人。所以他只肯和装扮成在店里那样、身穿蕾丝裙的我上床。每次我们做完，他看我的眼神都和当时你看我的眼神一样。你问

"当时"是什么时候？就是你突然闯进他房间的时候啊。你看我的眼神，就仿佛在看一头丑陋的野兽一样扭曲，不是吗？

如今，我所在的这个房间还是夜晚。我拉着厚厚的窗帘，挡住阳光，这个房间永远沉溺于黑暗之中。至少对于我来说，这个房间就意味着黑夜。黑夜和床……可是那个女人不一样，离开床，她一样要缠着雄一。所以我才打了那通电话，我在电话里说"雄一要和我结婚了"。因为恐惧，因为我害怕。雄一在谈到那个女人时用的是和平日不同的非常认真的语气。劝你也不要小瞧了那女人。你似乎是假装成一个叫由纪的女人给雄一打过电话对吗？由纪这个女人，根本就不存在。那是那个女人幻想出来的一个虚构的朋友……你说我撒谎？欸？你说你在那个女人家见过由纪？

她好好介绍过吗？那个人真的叫由纪吗？你看，果然，你听到的只有名字对吧？你应该是把一个毫无关联的女人误认成由纪了。信上写得清清楚楚，由纪根本不存在……你说什么？什么意思啊？你问我掉在雄一房间的那个花手帕真的是我的吗？当然了，那就是我的手帕。雄一还因此骂过我呢，他嫌我把这种东西落在他家，搞得我们之间的关系险些被她察觉。嗯，那当然是我的，上头还绣着我的名字首字母啊。不，那我倒是不能断言它百分百是我的啦。我有几十条绣了名字首字母的手帕，但也不是每一条我都记得很清楚。你问我为什么在手帕上绣"数也"？因为我就叫这名字啊。毯江只是我的角色名，是我在晚上演出的时候才会用的角色的名字……

比起这个，事到如今为什么突然开始问我那手帕是不是我的东西？什么意思啊？那个女人房间里的由纪也用的是绣有"K"的花手帕，这样就对了吧？这不正说明你看到的那个女人根本就不是由纪？由纪的话，名字的首字母是"Y"啊。欸？她自我介绍的时候说姓"笠原"？说不定那个女人长着少女漫画一般圆溜溜的黑眼睛，所以她一说自己姓笠原，你就擅自觉得她一定叫"由纪"吧。不，那女人不叫由纪。如果你没撒谎，你是真的见过那女人的话，那就说明这场戏里又有一个我们不认识的女性登场了。那女人近在咫尺，而且和雄一有纠葛……说起来，信上写了这是我们七个人，不，实际上是六个人的一场戏，其中有一个人掉了手帕。我本以为她已经知道丢了手帕的是我，所以满怀憎恶地写下了这句话，但现在看来，那手帕有可能不是我的，而是那个姓笠原的女人的。嗯，我虽然不知道这个叫笠原的女人究竟以何种形式参加到这场六个人的戏中，但总之呢，我唯独深信那个叫由纪的一定是那女人虚构出来的、不存在的人物。像那种阴暗的女人，凭借幻想创造出一个好朋友的可能性非常大。然后呢，那个女人知道我和毯江其实是同一个人了，所以才会用写信这种方法。也就是说，那个叫毯江的女人也可以划掉了，这场戏，实际上只有五个人参与。

　　啊，当然了，我就是数也。数也只在夜晚会变成毯江。只是……不，真的只是在有些时候，我会觉得自己其实是个女人，而数也只不过是毯江变装成的男人而已……

　　阿雄吗？嗯，是我。我一直等着你呢，等你给我打电话。今早数也给我打过一通电话，他说有封写给你的信寄到他那儿了……嗯，读过了。是秋美写的。数也坚持说你读了就会掉到秋美的陷阱里，所以已经把信撕掉了。可最终他还是留在了那个房间里。里面写了好多关于我的坏话对吧？数也在电话里读给我了，全部。真可悲啊，我在秋美和阿雄心里竟然是那种人……

谢谢。秋美那边暂且不提，你说你不觉得我是那种会用铁链把人束缚起来的女人是吧。不过，你错了。秋美那封信最让我感到难过的，就是她提到的这一点的确属实。我就是那样的人，她狠狠地触及我最痛的点。比起数也，比起你，秋美最希望能读到那封信的人应该是我。我确实把你和秋美都当成是玻璃动物园里的动物了。的确，我很爱摔碎玻璃做的动物。为此我才把它们装饰在房间里欣赏，不过，也不仅仅如此。绝不仅仅如此。我以我的方式在爱着秋美，爱着你。我的爱要比普通的爱大许多，我很任性，我担心不能把秋美和你死死握在自己手中，我的人生也会就此从指缝流走。我一直被这种不安所侵扰。

没错，我明白，我理解你的愤怒。半年前是我抛弃了你，事到如今我没立场再和你提什么"爱"了。可是，如果说半年前因为数也的存在，于是震惊之下抛弃了你的是我，那无法彻底舍弃你的也是我。这半年，我身体里的两个观点不同的女人一直在逼着我，使我情绪摇摆不定。那件事是我一生遭遇的最大的冲击。那一晚，我在那张床上看到了身穿粉红色女士内衣，化着浓妆，扭动着身子的数也……看到那一幕，想要把你甩了也算可以理解不是吗？不过，想要让你和秋美交往，通过这种方式彻底抛弃你的是我，不愿彻底抛弃你，于是为了斩断你们的关系又冒名顶替打出一通电话的人，也是我。这半年我一直被心中的两个我拉扯，为此感到极度的痛苦，我想唯有你，一定懂我的感受……

没错，我否定了数也，但几天前那个以由纪的名义打给你，告诉你秋美真正喜欢的人是数也的秘密电话，是我打的。这一点秋美也在信里写了。没错，就是那件事。我是以秋美的朋友由纪的身份，等你打来电话的。秋美在信里说由纪是虚构的女人，但我在秋美家的确见过由纪。她叫笠原由纪对吧？秋美不在家的时候，那个女人自称"笠原"。我听秋美说她的这个朋友像从少女漫画里走出来的人物一样，所以我坚信那个女人一定就是由纪。呃，不对？由纪和笠原是两个人？你不认识由纪，但是对笠原很熟，所以，笠原并不叫笠原由纪？

我仅凭那双圆溜溜的黑眼睛，就误将那女人当成由纪了。我懂了。可是，那个叫笠原的女人又是谁？那个和数也拿着相同的绣了K字的花手帕的笠原，究竟是谁？为什么一个我不认识的女人可以自由出入秋美和你的房间？那女人也去过你的房间不是吗？她甚至把手帕都落在那儿了。

你说此事和我无关？你说我半年前把你甩了，这件事和我没一点关系，这是我们的最后一通电话？不，我对你其实没有死心，我一开始就说了，我还爱你，不是吗？——好过分，你怎么可以这么说我！你怎么可以说我又在演戏了。怎么可以说我演腻了女人抛弃男人的戏码，开始演起爱情戏了。我说这些都是出自真心啊！

你说这次是你彻底抛弃了我？你觉得自己有这么说的权利吗？你抛弃不了我。抛弃我，就相当于抛弃我迄今为止送给你的一切。那栋房子，这个电话，你现在穿着的衣服，甚至内衣，全部，全部都是我给你的。就连秋美也不过是我赏给你的物件之一。还有，你今天去了医院对吧？医院的挂号费，还有周末特意让医生来为你出诊的诊疗费，这么一大笔钱都得我出！你说你没去医院？你问我医院是怎么回事？

我懂了。你果然就像数也担心的那样，对秋美认真了对吧？没错，数也是那么说的。今早……没错，你是真的要抛弃我对吧？既然如此，那我就把这半年来我忍着没说的话全都讲出来好了。自打我看到数也扮成女人在你房间床上的那个恶心模样以来，我一直隐瞒着。现在几点了？房间里的表坏了，我都不知道时间。四点？哦，又到这个时间了？既然你说你没去医院，那你刚才去哪儿了？去秋美那儿了？撒谎精！你自己都不知道自己去哪儿了。从早上到现在，你的记忆都消失了。我知道你这一天都干了什么，让我告诉你好了。你今早十点收到了秋美寄来的信，读完之后立刻给我打了电话。然后我劝你去医院。数也虽然非常厌恶我，但他和你不一样，他有患病的自觉，所以他老老实实地听了我的话。半年前的那个晚上，那个让我知晓了一切的晚上，你恐怕也不记得了吧？让我告诉你好了。

　　那晚，你独自一人，化了浓妆在床上蠕动。当时我还不知道有数也这样一个年轻人。当我看出那浓妆之下是你的脸，我真的震惊得快要气绝……你说我骗你？你说我又演戏？我读高中的时候可是戏剧部的，这么低俗的戏我才不会演。你就是数也。是喜欢化妆成毯江那个女人的数也。秋美在信里说，这是一场六个人的戏，对吧？数也今早在电话里承认自己是毯江，他说这其实是一场五个人的戏，不过，现在你又抹掉了一个人……变成四个人的戏了。

　　不，我说得再准确些吧，被抹掉的是数也。数也就是你。现在的你就是你，你是阿雄，对吧？因为你的嗓音是阿雄的嗓音。现在在电话那头怒火中烧，不晓得我在说什么，气得直囔囔的，是"我的阿雄"，对吧？

　　请问是笠原家吗？不好意思，嗯……是的，能请您找她接一下电话吗？

　　啊，是我。雄———这样啊，她也给你打电话了啊，你们刚通了电话？因为我也刚刚和那个女人打了好长的一通电话。她总是戏瘾上身，坚信自己不是一般人，还血口喷人，于是我们大吵了一架。算了，我懒得和那种女人较真。她以前不是戏剧部的嘛，所以把戏里的事情全当真了，她根本没有真正的自我。说起来，她说她在秋美家见过你，然后一直把你误认成秋美的朋友由纪了。哎呀，那种女人真是不可救药。她说的那些话也是在演戏吧。说起来，有件事稍微有点棘手，今天早上我不在家的时候，秋美寄来了一封信。看样子我们俩的关系已经被秋美发现了。虽然你只来过我房间一次，但是你把手帕落下了对吧？结果就被秋美发现了。当时我随意糊弄过去了，秋美也点头接受了。可她其实只是假装被糊弄过去了而已。实际上，那条花手帕一直深植在她内心，不知不觉间就生根发芽，茁壮成长，然后开了花。我们前天的一场争吵，还有这封信，就是它开出的花朵。虽然它应该是一株隐花植物，开出的花朵本不该被人看到。啊，可是前天晚上我和秋美吵架的直接原因和你无关，是因为有其他女人给秋美打了骚扰电话。可是，秋美似乎揪出了那女人的真实身份，那个女人也不过是个借口。她真正无法原谅的是你。虽然我们只在那晚上了一次床，可就是这么一次，否定了她和我共处的所有夜晚。对她来讲，这是非常严重的背叛……

绝对没有错，你伤她最深。证据就是，她在信里提到这是一场七个人出演的戏，但唯独你的名字她没有写出来。她只写了"手帕的主人"这几个字。嗯，你的确也出场了，但只是顺带一提。她不就是那种人吗？你应该最明白吧？封闭自我，默默孕育着幽暗的幻想，如果自己的幻想和他人不合，她就会突然用这种迂回的方式开始报复……和那种性格共处了最长时间的头号牺牲品，不就是你吗？

不过，我也是牺牲品之一。秋美那么蠢，可我却最喜欢她。

她真的很蠢。她爱着我,但又对我的老实认真感到不满足,于是在幻想中将我塑造成一个玩弄女人的危险男人,又为了这出幻想开始演戏……

没错,我也是她的牺牲品。秋美的房间里不是有个玻璃动物园吗?她一直坚称那是前辈买给她的,她说前辈看腻了那些玻璃动物当作自己房间的装饰,于是硬塞给她,其实这是在撒谎。她才是最想把你和我当成玻璃动物豢养起来,再亲手杀掉。

与其说她在撒谎,不如说是在演戏吧。她在信中说自己是可怜的喜剧女演员。她觉得自己只能成为一名喜剧女演员,这一点正意味着她是绝无仅有的悲剧女主角。她在信里提到自己是这场戏里的小配角,事实上她根本就不相信这个说法。她假装成小角色,其实是想神不知鬼不觉地吞噬其他演员,让整出戏变成只有她最醒目的独角戏。以前她扮演过的那个角色伊阿古就是这种人,她和那个角色如出一辙。我和你都已经被她吃掉了,喜剧演员,小配角,就是你和我。

不过,我该怎么说呢?男人有时候就是会爱上那个让自己沦为牺牲者的家伙呢。秋美那么残忍又愚蠢,可我觉得能和她交往是最幸福的一件事。我会这么想,或许也证明我会被秋美豢养并最终杀掉吧。所以,我打这通电话是来和你告别的。请你忘掉那晚我们之间发生的事,就当它从未发生过吧。

哎呀,谢谢你。我就知道你会这么说。你很聪明,从某种意义上讲,我喜欢你的这点更胜秋美。这是实话——所以我们在讨论秋美的那个晚上,不知哪一方先诱惑,最终我们上了床。以后我会在遗忘的记忆之中缅怀你的……还有那一晚,你在我臂弯中凝望着我的那双眼。只有那一晚,我有生以来第一次成了秋美期望的危险人物——可我总觉得,就连那一晚我的"危险"属性,也是在秋美的操控之下形成的。为了成为悲剧女主角，秋美不惜让你我都去背叛她。

那晚你的眼神？对哦，你看不到自己当时是什么眼神。你只记得我的眼睛。那晚，你在我略有些危险气息的臂弯之中，用你那好似从甜美梦幻少女漫画中走出来的角色才有的圆溜溜、黑漆漆的双眼凝望着我……没错，那是由纪的眼睛。由纪虽然是从秋美编织的晦暗幻想中走出来的女性朋友，但她在编织这个幻想时直接借用了你的脸。这也证明了她有多么青睐你的脸。她在信里提到你们从小就是最好的朋友，这和我从你那儿听到的说法完全相反。说起来，在刚刚那通电话里，她好像也把在秋美房间遇到的你和由纪搞混了。你问什么电话？就是我给你打这通电话之前，和她打过的那一通长电话啊。我不是刚跟你提过吗？她说了好多荒唐话——还说我是双重人格，我有病，我才该去看病什么的，于是我们大吵了一架。你问我给谁打过电话？我没说吗？是和秋美，和你姐姐森河秋美啊。说来奇怪，你们明明是姐妹俩，但是姓氏并不一样，她是森河秋美，你是笠原冴子。嗯，我知道，你们俩是同母异父的姐妹，你姐姐和继父处不来，所以离开你们家用了她已故生父的姓……

你问我刚刚那通电话？哦，对，我说过刚刚给秋美的前辈打了电话，所以把你搞糊涂了对吧？不过秋美的前辈同时也是秋美，所以我并没有撒谎，也没有搞错什么。松村昌代……这个名字你应该听你姐姐提过很多次吧？不过松村昌代和由纪一样，也是根本不存在于这个世界上的。翻译的工作其实都由你姐姐独立完成，还说什么在松村前辈手下工作，根本不可能。因为太寂寞，秋美就在读中学的时候创造了一个名叫由纪的朋友。可是等到念高中，她开始不满足于只会温柔地附和的由纪了。于是，她又创造了一个和由纪完全相反的、会把她彻底束缚起来的前辈。也有可能是为了加倍突出由纪的温柔吧，如此一来，由纪越是温柔，松村昌代就越是冷血，越是要掌控一切。这两者，都是极度缺爱的秋美渴求的爱。不，与其说是幻想，不如说是在演戏。松村昌代由秋美本人出演，所以是她的角色名。秋美是个与生俱来的演员，高中时活跃在戏剧部……我没跟你讲过吧？两年前，一个叫松村昌代的女人接近我的时候，我根本没意识到那是另一个女人演的。直到半年前，她脱下那身伪装，向我袒露真面目时，我才发现这一切。可是，那之后她也会不时换上"戏服"继续扮演前辈。而且，她为了把我变成她理想中那种危险男人的样子，上演了一出我被松村昌代抛弃，然后像个垃圾一样丢弃给她的戏码。没错，刚刚那通电话里她也这么说，虽然同样是虚构的人物，但她演不了少女模样的由纪。她身材魁梧得像男人，所以完全演得了松村昌代。刚刚的电话里，你姐姐就是以松村昌代的身份说我是双重人格的，还说这是一场四个人的戏。但是说这话的松村昌代本人如今也消失了，这其实是一场三个人的戏。你，我，你姐姐三个人……不过有时候我会突然陷入迷茫，我感觉松村昌代可能才是真实存在的，而秋美……我爱的那个秋美，只是昌代扮演的角色而已……

　　今天，我也在日记里写下了我想说的话。我把今天发生的重大事件讲给藏身于白色纸页之中、肉眼不可见的你。

　　今天最大的一起"事件"，应该就是傍晚雄一打来的那通电话吧。所以我现在要把雄一在电话里讲到的一切，都一五一十记录下来。我最喜欢雄一的那句"以后我会在遗忘的记忆之中缅怀你"，之后我要在这一句下面画红线——没错，我准备这么做。

对不起，我一反常态地用这么客气的措辞和你讲话。在雄一那告别的回声之中，我短暂地沉溺在了感伤的情绪里。可他说出的那句话，一定会成为比那一晚还要甜美的回忆。因为我拥有和你一样的，圆溜溜、黑漆漆的双眸。在那双眼睛中，我和雄一之间的关系就像一场甜美哀伤的梦，而这也正是我希望看到的——让我再在那梦中逗留一阵子吧。倘若这梦消失了，就只剩下雄一是我最厌恶的姐姐的恋人这样一个残酷的现实了。

不过，我不会再写姐姐的坏话了。因为写到今天，我已经写了快二十本日记了，坏话在这些日记里说尽了。一直到去年，日记之中的每一页都被坏话和我的眼泪彻底涂成了漆黑的颜色。和我姓氏不同的姐姐，从小时候起就一直在欺凌我，但却会当着母亲和其他人的面假装对我很好。更可怕的是，她不单"假装"对我好，还对我暗地里偷偷抹泪的事一无所知，坚信自己和妹妹就是真的关系特别好。就像雄一傍晚在电话里说的那样，姐姐天生就是演员。最过分但又最精巧的戏码，就是扮演疼爱我的姐姐一角。可比起扮演姐姐，那晚在雄一的房间里，我被雄一抱在怀中时，姐姐扮演的那个残酷的角色才更符合她的本性。没错。不过我不会再说那个人的坏话了。比如说，我没考上姐姐读的那所大学时，姐姐一边安慰我说"你没必要去那所大学念书，一点用处没有"，一边又对母亲说"与其说我和冴子的智商有区别，不如说我们父亲的智商就不一样呢"。我二十四岁那年说想和同公司的恋人结婚，姐姐表面上说"我赞成"，背地里却破坏了我的缘分，还当着我的面假装流下同情的泪，对我说"太可怜了，那男人欣赏不了你的优秀"。算了，都无所谓了。因为我早就想好了，早晚有一天我要从姐姐那儿抢走她最重要的东西，而今天，我大获全胜。

我从姐姐那儿偷走了两样东西。一个是今年偶然造访姐姐家时，经由她介绍认识的雄一。我只偷走了一晚，但已经算是绝对的成功了。从傍晚的那通电话里我也能确认这一点。我好高兴，你也为我高兴吧。姐姐夺走了我的人生，这是我对她的第二次复仇成功。这场胜利，还伴随着雄一的那句"以后我会在遗忘的记忆之中缅怀你"。在傍晚的那通电话里，除这句之外，雄一说的所有话都没有意义。他果然搞错了，他误认为我的姐姐是森河秋美。我的姐姐其实是松村昌代，秋美只不过是昌代扮演的一个角色。姐姐在潜意识里对欺凌我的事情感到愧疚，所以她创造出一个叫秋美的角色来代替我，并且自导自演起来。不是吗？昌代不断给秋美展示自己多么宠爱玻璃动物园的动物，然后又如何把它们踩个粉碎，这样的性格就是姐姐在我面前展现出来的性格。不过，这些都无关紧要，我，只是假装不知道昌代的存在罢了……

我从姐姐那儿偷走的另一样东西，自然就是你。中学时，我意识到姐姐动不动就和我提起的女朋友其实是她虚构出来的，于是我就把那个女人，也就是你偷走了，让你住进了我日记中雪白的纸页里。于是，由纪，你就背叛了我姐姐，和我联手。可姐姐浑然不知，还以为你是专属于她的，每天对着你说些毫无意义的自言自语呢。那个人啊，就只愿意表演自己深信不疑的戏——不，由纪，你先闭嘴听我说，再让我做会儿梦吧。在童话故事里，十二点前，我就一直可以和雄一王子跳舞呢。毕竟现实比南瓜车还丑陋。不行？……是吗，已经十二点了啊。那也没办法。我知道了，那我把从未和你提起过的真相告诉你吧。雄一在傍晚的那通电话里说，这是我、姐姐还有他三个人的戏。可是，他本人已经不存在了……他没发现，这其实只是我和姐姐的对手戏而已。

雄一和我都难以忘怀的梦幻的一夜，实际是这样的：那一晚，我为了抢走几天前在姐姐房间认识的她的男朋友，就和他见面了。别管是打电话还是通过什么办法，这不重要。重点是，我去了那个人的房间，他引诱我和他上床，于是我点了点头，脱到只剩下一条蕾丝内裤，爬上了床。没错，之前我拿出手帕擦了擦脖子上的汗，然后和衣服一起扔到椅子上了。没错，黄色花手帕，上面绣着笠原的首字母。之后他穿着衣服也上了床，当他伸出手时，我终于明白了。我那双窥视梦境的黑色双眸，终于看到了现实。在我眼前想要占有我的，是平日里一直扮成女人，从孩提时就一直被我唤做"姐姐"的男人……

　　那只不过是喜爱表演的"姐姐"回归了平常的男性模样，扮演起了自己的恋人而已。

　　明明知道了一切，可那是一双我从儿时就恨之入骨却无法忤逆的手，当晚，这双手在床上也依然操控着我。我说"就开着灯做吧"，我这么说本来是为了确认自称"雄一"的男人是否真的是我"姐姐"，可他却误会了我的话，那双眼睛闪烁着扭曲的喜悦之光，微微笑了起来。于是，就连我自己也觉得，我是为了在接下来的过程中体会到加倍的快乐，所以才想要开着灯的。比起我自己的感受，我活着主要是为了服务"姐姐"的感受。这一点从儿时起我就已经习惯了。

　　然而，当一切结束，回归现实，我却因为自己被迫要在床上表演这种过分肮脏的角色而感到极度受伤，于是哭着离开了他的房间。可是，当晚我就接到了"姐姐"的电话，他不许我开口，直接对我说："冴子，你知道我在雄一的房间里看到了什么吗？太过分了，我看到雄一正抱着一个女人。那女人有和你一样的黑色瞳孔，拿着你也有的绣着名字首字母的花手帕。比起这个，最让我伤心的是，那女人其实并不是真正的女人，而是他的朋友，那人还拿着和你名字首字母相同的手帕。那个男人妆化得很浓，还穿着蕾丝内衣……"姐姐是一边哭一边说的。她声泪俱下地讲出来的那些话，自然也是"姐姐"最新创作的一场戏。我一边听她哭诉，一边想起了"姐姐"在高中戏剧节的舞台上表演的伊阿古。没错，现实如此丑陋、污秽。而且，现实更加难懂。回忆那段现实，我甚至搞不懂究竟是谁演了谁。就连我这样一个女人，也觉得是"姐姐"扮演了雄一，然后雄一扮演了数也，所以雄一和数也不过是她扮演的角色而已，因为数也和我都在那个房间里丢了一条手帕。我甚至连"姐姐"究竟是秋美还是松村昌代……不，就连"姐姐"究竟是一个有着男人体格的女人，还是有女人体格的男人都分不清。没错，反倒是幻想更好懂。在幻想之中，我只是一个为了背叛我痛恨的姐姐，于是就和雄一共度良宵的女人。所以，就让我再做一会儿梦吧，别开口，再让我做一会儿梦吧……

我是由纪。

我是现实之中并不存在的女人创造的虚构女性。我住在一个女人手中日记的白色纸页里。当然，仅限那个女人在表演她妹妹的时候……

然后，在那女人扮演姐姐时，我就连临时的住处，也就是白色纸页都得不到。只能在那女人的大脑里，像一条美丽的寄生虫一样筑巢。那女人很爱幻想，生性爱演戏，我就用这些做我的养分。这个女人，也就是你，现在一边扮演着你的妹妹笠原冴子，一边在日记里写下"这其实是你和'姐姐'的对手戏"是吧？看在我们多年友谊的分儿上，让我来告诉你吧：现在就连"姐姐"

也消失了。这是只有你一人的独角戏。不，因为我知道现在写日记的人是冴子，所以我才说这是"你一个人的独角戏"。当我出现在"姐姐"的头脑之中时，我也会这么告诉姐姐的。告诉她：这是你一个人的独角戏。我不会说出哪一个才是真正的你，因为我不过是个不属于现实的、虚构的女人。说不定你是个男人。是一个男人在扮演着你们姐妹俩……我对出现在这出戏里的男人们一无所知，我只从你们姐妹俩的口中听到过关于雄一和数也的事情。你用冴子的身份记日记，说"姐姐"其实是男人，可是并找不到什么方法证实这一点。即便他是男人，那我也只有在这个男人扮演"姐姐"的时候，才会出现在他的大脑之中。

所以，现在我口中的"你"，也是包含了你扮演的七个角色的"你"。

刚才我说有七个人。这七个角色之中，只有一个角色你无法胜任。那就是我。冴子、昌代、秋美、毯江、雄一、数也，这些你都能演，但唯独由纪不行。因为由纪只存在于幻想一般悲哀滑稽的梦中，我是虚构的。没错，我本该是虚构的。可是不知何时，光是虚构一个我，你已经无法满足了。你开始扮演我，赋予我台词，让我照这个样子说话。同时，你在以秋美的身份写下的那封信中，还否定了我的存在。你想让虚构的女性角色成为现实，所以你开始扮演我。我的角色能温柔包容你的全部，还能抚慰你，拼命为你着想，让你尽情扮演我。迄今为止你在幻想之中叨念的那些台词就由你来说出口吧。"对，尽情地表演吧，演出自己喜欢的戏剧，饰演自己心仪的角色。用这种方式，把自己逼向更加孤单的死胡同吧。"说实话，即便你是多么出色的名角，突然饰演我这样一个长久以来始终在幻想中虚构而成的女人，而且还是主角，想演好也是难上加难。你演不好，我也没法被你演好。因为由纪……我、我想起来了，就连你也不过是虚构的，不存在的。所以，这自然不是什么一场七个人的戏了，也不是你一个人的独角戏，因为那一个人也消失了……我想起来了，这场戏之中谁都不存在。

　　大幕虽然已经拉开，灯光却只能衬托出一片煞风景的黑暗。一个人也没有，这场戏，将永远无法落幕……

夜的肌肤 ————

"可以把灯关了吗……"缟川仿佛自言自语般小声说。

因为妻子从刚才起就闭着眼不作声了，万一是睡着了，他怕自己的声音吵醒妻子难得的安眠。自打妻子出院回家，他就听陪护她的小姨子佳代子说"姐姐一直睡得不好，总会提起过去的事"。

妻子的那种状态似乎预示着死亡已经近在咫尺。说出这句话时佳代子的脸色是铁青的。

妻子和子没有回应他。

缟川担心她已经没了呼吸，于是把耳朵凑到妻子那苍白的唇边。

虽然气若游丝，但耳朵依然能依稀捕捉到她的呼吸。还好，还活着。缟川在心里小声叨念，随即站起身来准备回隔壁房间了，正在这时，妻子微弱的声音在他背后响起。

"已经要睡了吗？"

"嗯……"

他扭过头。

"睡不着吗？"他问。

从隔壁房间投射过来的灯光洒在妻子脸上，只见她很轻地动了动下巴，是在点头。

"那我陪着你，等你睡着了我再走。"

他正准备再坐回到枕边，可是妻子轻轻摇了摇头，似乎想制止他。

"没事的，明天没什么重要的工作，我准备请假不去公司了。"

咱们聊聊吧。之前一直都辛苦佳代了，今晚就让我陪你吧。"

但是妻子又摇了摇头。她看上去还想挤出一个微笑，可是脸上的皱纹最终只堆出了一个痛苦的表情。她的眼睛好似刚出生的幼猫一样，覆盖着一层浑浊的蓝膜。她是否用那双蒙眬的病眼看穿了丈夫，看穿了那句"明天没什么重要的工作"是在撒谎呢？

医院的医生说"病人的身体极度虚弱，说不定撑不过明天了，就这么住在医院里别动了"，可是妻子却要求回家。缟川工作繁忙，一直要加班，所以不管妻子是出院回家还是住在医院里，他们都几乎没什么时间见面。和自己结婚二十年的妻子马上就要走了，哪怕只有一晚，他也想好好陪陪她。

习惯往往能驯养人的情感。一年前刚刚得知妻子患癌时，很长一段时间他都悲痛得整颗心都好似被薄冰覆盖。后来妻子接受了两次手术，在她反复出院住院的过程中，那悲痛的感觉仿佛被塞到了某个日常的死角之中，变得肉眼不可见了。有时候缟川也会突然思忖：下一次的悲痛，恐怕会在病人死后再出现吧。

缟川坐回到枕边，他把挨着隔壁房间的隔扇拉开了一些，屋内涌入了更多来自隔壁的灯光。

"我出院一个星期了，你知道我为什么想死在家里吗？"和子问。她的声音之中已经掺杂了死亡的阴影，很虚弱。不过，她吐出的每一个词都是那么细若游丝，同时却又鲜明无比。

"怎么会死呢，医院的大夫不是都说了吗？坚持一段时间，等开春了再做一次手术，之后还能活许多年呢……"缟川急忙安慰道。

妻子则微微摇了摇头。

"没用了。不过刚开始住院那会儿，我没想到自己还能再活一年呢，所以现在我已经很满足了……"

她的语气十分平稳。

十分平稳地讲着这些话。

她果然早就知道自己患癌了啊。一年前妻子接受过一次手术，明明预后良好，可是她妹妹佳代子却说："姐姐知道自己得了癌症。她没说出口，但是肯定发现了。"说着，佳代子忍不住流下眼泪。缟川也感觉到了，但是他没有直接问妻子"你该不会发现自己得了癌症吧"，就这么过了一年……

而和子无论面对大夫，还是面对丈夫和妹妹的欺骗，都只会乖乖点点头，每次的回答都是："哎呀，那我得尽早康复呢……"

"你很少这么消极，这不太像你的作风呀。"

"也不是消极……就算一年前你就明确告诉我得了癌症，我这一年的反应也是一样的……"

"是吗？"缟川点点头道，"也就是说，其实被骗的……得到安慰的是我和佳代呀。我其实也隐隐感觉到了。"

他只说了这么一句。这还是两人第一次如此正式地提到癌症，不过缟川总觉得，他们彼此把这个词深埋在心底太久了，这个词简直成了生锈的、毫无意义的死语了。缟川依然淡淡地笑着，妻子也一样，那没有肉的双颊上生长的皱纹也走出一条条微笑的形状……

但那形状太过浅淡，甚至很难称之为微笑。

"那个大夫，很生气是吧？"

她突然仿佛自言自语似的喋嚅道。

"哪个大夫？"

"就是医院的三村大夫。一周以前我坚持要回家，真的很任性……"

"是吗？"

"嗯，他特别不高兴……"

"我没看出来他有什么不悦啊，为什么？"

"因为那个大夫喜欢我。"

妻子脸上的微笑仿佛突然有了色彩，饱满了起来。她一直是个寡言并且很少把情绪挂在脸上的女人。不过，有时她又仿佛想一口气把所有笑都一股脑补回来似的，摆出诙谐夸张的笑脸。此时的她也是一样，那渗进她面庞之中的死亡阴影消失了，她那薄薄的面皮上浮现出一个遗忘了至少两三个月的属于过去的笑容。

"真的吗？"

缟川也跟着她笑了起来。那位三村大夫比妻子大十岁，应该已经五十多岁了。那男人长了个狮子鼻，五官好像石头般僵硬，怎么看都和恋爱无缘。

"他和你告白了吗？"

"没有，都是我自己的感觉而已，不过是真的哦。他真的生气了，他本来想照顾我一直到最后的，结果我放弃了陪我一年的大夫，选择了陪我二十年的丈夫呢。"

妻子的脸上再度浮现出一抹微笑，神态也颇有她健康时候的样子了。缟川也陪着笑了起来。可与此同时，他脑海中突然掠过一个感觉：这个女人恐怕今晚就要离开人世了。今晚自己推掉了接待客人的工作，早早跑回了家，或许也是因为隐隐有这方面的预感使然吧。

"然后呢，你抛弃了三村大夫，非要回家。你刚刚说到这儿了。"

"你知道今天是咱们婚后住在这个家里的第几天吗？"

"不清楚欸，二十年零几个月吧……"

"二十年三个月零十七天……我想回来，把一切都重过一遍，在这一周的时间里……"

妻子的微笑背后再次隐约显现出死亡的阴影。

"说起来，佳代跟我说，自打回了家，你一直在讲过去的事。"

小姨子曾经向缟川吐露过"姐姐一直在讲她和你的事，从结婚起到现在，每一天的事"。

"她说你和她提到那些过往，就像脑中有一本详细记录了每一天的日记似的，一天一天地读给她听。还说你能记得那么清楚，身体肯定没问题的……"

和子听罢，却仿佛要否定丈夫的话一般摇摇头。

"我不是记住了，而是在头脑中重写了日记。直到今天为止，那过往的每一天全都被我重写了。然后编造了一段幸福的婚姻讲给了佳代子，仅此而已。我告诉她，我们虽然没有孩子，但是每天都过得很幸福。我用谎言抹掉了事实，抹掉了迄今为止的全部事实……就像这个家一样……"

妻子说罢，视线缓缓投向前年刚刚重装过，还残留着一丝新房气质的墙面、天花板和房柱。妻子的面容和声音始终没什么变化，非常平稳。所以缟川没能立刻察觉妻子那略略带刺的措辞。

妻子说，这二十年的婚姻生活，她过得并不幸福……

他再度在心里琢磨了一遍妻子的话，方才意识到这一点。

可即便如此，缟川仍然觉得可能是自己听错了，于是他用同样平稳的声音反问道："你是想说，我们的婚姻不幸福，是吗……"

"不是的,也算幸福吧……不过,你没有注意到这个家,还有我心里暗藏着的不幸,这么多年,一直没有……"

"所以你的意思是,我不能算是个好丈夫,对吗?"缟川微笑着问。

"不是的,不过……"

不知是因为说话太耗费体力,还是重新思考后觉得不能再继续说下去了,妻子没有再说话,而是恍惚地望向旁边佳代子给姐夫铺好的床褥。那是很多年前了,佳代子说:"姐姐曾说姐夫实在是太模范的丈夫了,所以才不够好。多奢侈的说法。她还说要是姐夫出一次轨,或者家暴自己一回,说不定就能以此为由和姐夫离婚了。"

结婚之后,佳代子依然频繁造访没有孩子的姐姐姐夫一家。还总是对姐姐姐夫发牢骚,一会儿抱怨对孩子不肯撒手的婆婆,一会儿抱怨反复出轨的丈夫。上面那段话,就是和子有事出门,家里只剩缟川一人的时候,佳代子讲给缟川听的。

当时,缟川心里暗暗思忖:妻子原来曾想过要和我离婚啊。不过他并没想太多,很快就忘在了脑后。而现在,被遗忘的记忆再次甦醒,他想,妻子一定是默默地把这些话藏起来了吧。

"你曾经想过要和我离婚,是吗?"他依然微笑着,轻声问妻子。

妻子仿佛没听到他的问题一样,一直望着隔壁房间的床褥。最后,她好似突然想起一般开口道:"不是的,不过,只在那时候,有过一次……"

然后,她似乎还想继续说些什么,却好像突然陷入沉睡一般合上了眼。

有那么一瞬,缟川以为妻子已经没气了,他想把妻子摇醒,于是伸出了手。可是他的手伸到一半就停在了空中，他改了主意：如果真能这样平静地死去，那不失为一件好事啊。

从一周前开始，他唯一的担忧就是妻子死前会太过痛苦。如果是在医院，可以请大夫注射吗啡，不必太过痛苦地离开。不，其实从更早之前，他就放弃了拯救妻子生命的念头，比起悲伤，他只剩下这么一点担忧了。这看似是年近五十的男人性情之中的某种豁达，其实并非如此。换作年轻时的他，担心的重点可能也和现在相同。或许正是因为丈夫的这种个性，妻子才一直感到寂寞吧……

过了二十年，缟川还是第一次这样想。对于他来说，倘若妻子就这么安详地死去，他或许会不掉一滴泪、平静地送她离开。这样一个生性波澜不惊的男人，此时意识到了妻子长久以来的寂寞。不过，立场互换，和子大概也和他一样吧。如果是丈夫患癌，死期将至，在最后的最后，这个女人应该也不会掉一滴泪，只会平静地目送丈夫离开吧。

不单佳代子，就算在外人眼里，他们夫妻的秉性也十分相似。这对过于平静的夫妇过着属于他们自己的幸福婚姻生活。如果说历史是靠反复发生的各种事件拼凑而成，那么这种既没有欢笑也没有泪水的婚姻生活就完全不是历史，只是一段无尽的寂寞。这寂寞，大概就是和子刚刚所谓的"不幸"吧……

想到这儿，缟川说了声"不对"，随即摇了摇头。只有一次。只有那么一次，妻子在自己面前落泪了，那是他们婚后第三四年的事。的确有那么一次……

妻子仿佛听到了他心中的嗫嚅，蒙眬地微睁开眼。

"现在……几点了？"她问。

缟川转头看了看墙上的钟。

"过了十点半了。"他回答。

"佳代子呢?"

"今晚早些时候就走了。"

妻子的视线仿佛刚刚的延续,再一次蒙眬地投向了旁边的床褥。

"你也得赶紧睡了……"

"嗯,等你睡了吧。"

"那,你今晚就在我身边睡,行吗?"

妻子说出这句话的时候,缟川再度确信,今晚绝对要出大事。缟川回了句"也是啊",然后就准备去隔壁把自己的被褥拖进妻子的房间里。

"不是的。"

"嗯?"

他扭过头去看妻子,只见妻子将沉重无力的手从被褥上努力抬起,身体也稍稍挪到了褥子的边沿。她的双眼还覆着那层死亡蓝膜,但是那层荫翳上仿佛被细细的针扎出了一点光。那绝不是什么锐利的强光,而仿佛是深沉的黑暗之中亮起的一盏晦暗的灯,可是,这依然是数月里,妻子的眼中第一次闪动起生命之光。

缟川仿佛被那束光吸引着,缓缓地点了点头,站起身道:"那我去换身衣服。"

缟川如此告诉妻子,可是妻子马上伸出手,试图阻止他。她的手当然够不到隔着一扇拉门的丈夫,所以还没有伸展开就直接跌落在了榻榻米上。她的手指还在微微颤动着,看上去仿佛试图抓住离开她的丈夫的脚。

"别走……因为,你稍微离开一小会儿,我可能就死了……"

她的口齿依然很清晰。

其实，缟川是想借换衣服的托词，偷偷给大夫打个电话。大夫跟他说过，一旦病人情况有变，哪怕是再小的变化，也要给他打个电话，并且把他家的电话也告诉了缟川。眼下这个情况，倒也不能说有什么变化，但是缟川有种不祥的预感，妻子应该也有相同的感觉，因为大夫也做好了半夜被唤醒的心理准备，所以缟川想不如就先打个电话吧。

然而，他的脚却擅自动起来，跨了回来。那细瘦的手指仿佛灰色的蜘蛛，在榻榻米上爬行。蜘蛛吐出肉眼看不到的细丝，粘住了缟川的脚腕，把他向自己的方向拖拽。

缟川最后只脱了开衫和袜子，然后小心翼翼地，缓缓钻进了妻子的被窝。

他双臂环抱住妻子瘦削的身体，将她稍稍向旁边挪了挪，两个人就都好好地裹进了被子。他就这样维持着抱住妻子的姿势。这样子抱着她，她的身体也没有任何反应，轻飘飘的，仿佛昭示着这副皮囊已死亡。

"我刚才是不是想说什么话……是什么来着？"

只有这喃喃低语，证明妻子还活着。房间开着暖气，被褥是暖的，白色的法兰绒睡衣也是暖的，可裹着那个人的肌肤却是冷冰冰的。

"是不是说到孩子的事了？"

"没……你说孩子？是想聊聊没有孩子的事情吗？"

妻子没有回答。她把脸埋在丈夫的喉结位置，又安静了下来，看上去仿佛再次进入了沉睡状态。缟川伸手解开了妻子睡衣的扣子，触摸她的胸口。光是用触觉，就能感受到她的肌肤是苍白的。冰冷的肌肤仿佛已经被死亡冻结，他想方设法，试图从那肌肤之中找寻到一丝残存的生命之火。

"骗你的。"

他听到妻子的嗫嚅。

"我怀过三个孩子，只是都打掉了……瞒着你……"

缟川手上的动作停止了。妻子缓缓抬起头。那双距离缟川只有几厘米的眼睛，就好似蒙了水雾的玻璃珠，刚刚还存在的那唯一一点光亮也消失了，只剩虚无。缟川告诉自己，她的意识已经混乱了，所以应该只是在呓语而已。

妻子的嘴唇再次微微抖动起来。

"我想起来了，我想起刚刚要说什么了。我想向你坦白，在死之前……"

她的声音小得几乎听不到，于是缟川把耳朵凑到她唇边。

"那时候，有过一次，我……真的想把你杀了……"

他听到的与其说是声音，不如说是气息。那气息伴随着妻子身体之中隆冬般的寒夜，一同流淌到了缟川体内。

那是他们婚后第三四年的事。

当时还没结婚的佳代子来家里做客，三个人围坐着正准备吃晚饭时，她突然问妻子："姐姐，你是不是怀孕了啊？"

和子脸色苍白，说自己不太舒服。

已经过去十几年了，缟川在今夜突然想起了这件事。与其说是因为"怀孕"这个词，或是妻子那张白纸一样的脸，不如说是被妹妹问到之后妻子那不经意作答时的笑脸，勾起了他的这段回忆。

"都是因为你拿的那瓶红酒啦，明知道我碰一滴酒都会醉。我想着你难得送来，于是喝了一口，结果就成这样了。"

妻子如此说着，同时她的眉毛和嘴唇近乎裂开一般，相互配合着摆出了一个巨大的笑，抻满了整张脸。和子的笑总给绱川一种出现得很意外的印象，每次都会吓他一跳。当时她的那个笑，是像孩子一样调皮又无邪的笑容。

她还会这样笑啊……

心底里的这声感叹，就好似按下了相机快门，将那短暂一瞬的笑脸拍成了一张清晰的照片，留在了他的记忆之中。

话虽如此，但他从未赋予这表情什么特别的理由。他一直以为当时妻子不舒服就是因为那一口红酒，所以一直没在意过背后的理由，直至今日。包括妹妹提到的"怀孕"二字……

在不明所以的情况下，妻子的笑脸莫名被自己深深刻在记忆之中。其中缘由，或许是因为那天过后不久，他就第一次见到了妻子哭泣的面庞。

说得准确些，其实他只是听到了妻子的哭声。

在妻子患癌前，他们的卧室一直是二楼的一间四叠半的日式房间。一天深夜，绱川突然醒过来，发现妻子并未躺在自己身边。他感觉有些莫名，于是下了楼。然后，就是在如今作为妻子病房的这间一楼的六叠大的房间里，妻子端坐在屋子正中间，背对着大门。

那时妻子也就三十岁左右，可那背影看上去却极其衰老。

绱川听到了妻子的抽泣声，还有某种冰冷的响声。

那是裁缝剪发出的声音。和子正在用剪刀把一条连衣裙剪碎。灰色的布片仿佛各种几何图形，散落在她的膝盖周围。那灰色碎布之中还混杂着一些红色的斑点，散落各处……

猛一看，他没反应过来红色的部分只是连衣裙上的图案，还以为是血，顿时心里一凉。不过他并没有和妻子搭话，而是静静地站在门边，凝望着妻子披散在背上的长发。濡湿的纤长发丝仿佛吸走了妻子的哭泣声，并伴随着她后背的抖动而起起伏伏。

"这么晚了，你在做什么呀？"良久他才开口问。

妻子的后背瞬间一动不动了。明明从头到脚都显露出她正在哭泣，可妻子却依然背对着他说："没什么。"

她的声音像纸一样干瘪。

"今天早上，我听说高中时的好友出事故死了。这条连衣裙是结婚的时候朋友送我的礼物，一看到它我就睹物思人，特别悲伤，所以……"

没错，那是十二月三日那天晚上。缟川记得和子当时解释说，自己之所以没有和他提起朋友的死，是因为"难得你过生日，我不想提这些"。

这理由再合理不过，所以他也没有多想，只留下了一个"会选择这样的方式去哭泣，妻子真是一个相当坚强的人"的念头，就没再关注这件事。直到十几年后的今夜，直到眼下妻子徘徊在生死边缘，突然开口说些莫名其妙的话……为止。

她的笑，她的哭。

这两种让和子变得仿佛陌生女人的状态，使得她的脸和另一个女人的脸重叠在了一起。

"我真的想要杀了你……"

就在她低吟出这句话的瞬间，妻子的脸紧贴到了缟川脑海中浮现出的另一个女人的脸上。

妻子那双浑浊的眼睛依然向上紧紧盯着丈夫，缟川则对着这双眼睛吐出一句掺着苦笑的回应。

"你在说什么荒唐话？"

"真的，我就是想……最后……告诉你这件事……"妻子说。唯有她的声音恢复了生命力，听上去清晰平稳。

"我有个婚前就很爱的人，可是那个人有太太，我们结不了婚，我是没办法了才和你结婚的。我一直在等待，等待那个人和他太太离婚。他和我认识的时候家庭关系已经不和谐了，我坚信他早晚要离的。所以，每次我怀了孩子就流掉，为的就是能随时和你离婚。但我一直没等来他离婚的消息，就在我快放弃的时候，总算……总算盼来了……可是我明明苦等了那么多年，真的等来他离婚了，我这边倒是离不了了。我怎么都开不了口让你和我离婚，所以那天晚上，我就突然想到……"

是呓语。因为死期将至，死亡操纵她说了胡话。缟川如此告诫自己，可是……

"那是什么时候的事？"他还是忍不住出声问道，那声音十分严肃，认真得吓了他自己一跳。

"你当上课长前不久。在一个像今天这样的、很冷的晚上……"

和子说着，伸手到枕头下面，然后拿出一枚戒指，想要交还给丈夫。

那是她的婚戒。妻子的手已经瘦成了皮包骨，根本没法再戴了，所以她就把戒指放在了枕头下面，这件事缟川是知道的。

那戒指从她没了力气的手上掉到了榻榻米上。可缟川无视了戒指，继续问："那就是天然气事故的那天晚上？"

可是睡魔再度发动奇袭，妻子又合上双眼，对他的疑问没有丝毫反应。她还没有死，只是再度陷入沉睡。这一次和之前不同，能清楚地听到她熟睡的呼吸声。那张睡脸无比地安宁，好似一个已经坦白了自己杀人罪行的犯罪者一样。

"原来是那天晚上啊……"

缟川还在和妻子搭话,试图搅扰她的安眠。他想把她摇晃醒,原本停下不动的手又试图抓住她的胸口。手在皮肤上滑了一下,碰到了病人术后的伤痕。碰到那冰冷伤疤的瞬间,关于"那一晚"的事,让他回忆起了另一个声音。

那术后的伤痕上仿佛还残留着手术刀冰冷的触感。这手术刀瞬间切开了他的记忆,而那声音,就从这触目惊心的切口之中汩汩流淌了出来。那是多少年前的事了?记得自己已经当了课长,那也就是四五年前吧。有个男人往公司打来一通电话。

"请问是缟川先生吗?我有事想和你谈谈,能见个面吗?"

男人说罢,似乎还补充了自己的名字,但是缟川已经忘了他叫什么了,应该是个容易忘掉的普通名字吧。他能想起的只有对方那莫名沙哑的嗓音。那声音毫无活力,硬邦邦地摩擦着耳膜,沉重、干瘪,仿佛带着铅一样的颜色。缟川问:"有什么事?"

对方迟疑了,回他:"在电话里不好说……"

"可是,和没见过的陌生人毫无理由地见面,这有些不合适吧。"

"不,我们虽素未谋面,但你可能知道我是谁……"

男人说出了这么一句神秘的回应,两人陷入了不快的沉默,然后那男人又说:"嗯,没什么,很抱歉打扰您。"随后就挂断了电话。

那段时间缟川正忙得不可开交,所以转头就忘了这件事。他唯一比较在意的是,这男人的声音有点耳熟。思索了一会儿之后他总算想起来了,那声音很像和子喜欢的一个外国中年男演员。记得自己当时还琢磨,明明那个男演员说法语,这个男人说日语,但是他们的嗓音还真像呢。

如今再回忆,他还是不解。除了嗓音,他压根儿找不到那个男人与和子之间的任何关联。即便如此，缟川在重病妻子熟睡的呼吸声中认定了，那通电话里的声音就是妻子说的"那个人"的声音，绝对错不了。与此同时他也确信了，刚刚妻子坦白的那番话都是真的。

那场事故是在六年前发生的，和今晚一样，那也是一个冷彻心扉的严寒二月的夜晚。他们家也笼罩在冬季的寂寥无声之中。那晚缟川难得八点前就到家了，正吃着晚饭，佳代子打来了电话。和子挂了电话后告诉缟川："佳代子说她就在家门口的咖啡厅呢，我出去见她一下。"

"让她来家里不就好了？"

"她说有些话想跟我讲，不想让你听到。估计还是平时那些话题吧，离婚什么的……"

说完她又继续道："老公，你不是要洗澡吗？"

说罢打开了浴室用的天然气开关，看着丈夫进了浴室之后才出了门。

如今回头想想，有一点很蹊跷。缟川当时明明催促妻子说"佳代不是还等着你呢吗，快点去呗"，可和子就是莫名地磨磨蹭蹭。除这一点外，缟川一直觉得那起事故都是自己不小心导致的。他有些酒醉，很想睡了，但还是进了浴室。一泡进暖呼呼的洗澡水里，身体顿时跌进了睡眠之中。就这样，一口气睡到了第二天。他隐约觉得好像有女人的大喊声，但沉重的睡意死死压着他，他根本抬不起眼皮。第二天醒过来时，他感觉嗓子眼像塞满了沙子一样，又涩又痛。不过他也只当是感冒了。

"你差点儿送了命呢！之前你不是也有一回泡着澡就睡着了吗？我总有种不太好的感觉，所以聊到一半就赶紧和佳代子一起回家了。幸好……"

我离开家的时候肯定是关了阀门的，应该是你嫌水不够热，又开了一次天然气开关，结果不巧没打着火吧——这么一说，缟川也觉得好像的确如此。两个女人回了家之后被他吓坏了，合力把他从浴缸搬到了卧室。和子在讲述这件事的时候难得用了很夸张的表达，缟川给佳代子打电话感谢她时，佳代子也惊魂未定地说："姐夫，你真的要多小心呀。"似乎还没有从打开浴室门被他吓了一跳的阴影里走出来。不过这起事故发生时自己在沉睡，所以没有什么恐怖的实感。在缟川看来，自己那人到中年已经垮了的身体被小姨子看到，这件事给他带来的羞耻感影响更大。自那之后，他再也没有醉酒泡过澡了。关于这起事故，他一直没有产生任何疑虑，过了一年就忘了。

原来，那并非事故，而是一起真正的"杀人事件"啊……

这么一想，倒也的确有可能。

在那件事发生的前后，妻子一直被轻微失眠困扰。所以她从朋友认识的一位医生那儿弄来了一些安眠药服用。到那天晚上，安眠药应该还剩几片。她是否在妹妹偶然打来电话前一直嫌丈夫碍事，恨得心痒痒，于是就将杀意投射到了那些安眠药之中了呢。

只需要把安眠药掺进酒里，说一句"你该洗澡了吧"就行了。然后假装外出等个几分钟，确定丈夫已经在浴室睡着了，再把天然气的阀门打开就好。不过，单凭这么几步，真的就能杀掉一个大活人吗？

是因为和妹妹聊着聊着开始心慌了，还是充分算过时间才回了家，却没想到丈夫还没死？事到如今，他已无法再和妻子确认这件事了。只能说，有可能……然而，"事故"这个词在日常生活中还比较能被人接受,"事件"这个词可就……而且还是"杀人事件",这可不是简简单单就能在日常生活中被人接受的词啊。缟川一边确信妻子坦白的是事实,一边在心底里抗拒着这种如今依然延续着的、日常生活中的"杀人"行为。

那之后又过了几天,妻子钻进被窝,向自己伸出了手。她主动向丈夫索求,主动让丈夫的身体彻底地沉浸到自己那灼热、柔软、深邃的身体里。那是第一次,也是最后一次。

虽然当时缟川感到有些意外,但他完全没把这件事和几天前的事故联系在一起,直到,此时此刻……

倘若,那晚妻子滚烫的肌肤,是因为曾动念杀死丈夫,于是感到羞愧的借口呢?那一晚,妻子的身体被无数层、无数层灼热的肌肤缠缚,她不停剥去那一层层的灼热,缟川沉溺在她身体里很深、很深的地方……可他总觉得妻子身上还剩最后一层皮没有剥掉。那层薄薄的皮肤,如今还紧贴在妻子细瘦的身体上吗?那恐怕就是对丈夫隐瞒了罪孽的最后一张皮了。

在那张皮上,伴随些微生命的气息,还残留着罪孽。罪孽就那么从她的指尖流出去,时至今日,仍想要指引丈夫走向死亡,这样的幻想总算让缟川实际体会到了六年前妻子酝酿的杀意。他突然感到一阵毛骨悚然,手离开了妻子的胸口。他下意识捡起掉在榻榻米上的戒指,借着邻室的灯光心不在焉地望着它。

这戒指和自己左手无名指上戴的是同一款。

同一款?

戒指是一款非常朴素的五毫米宽白金对戒。但是妻子的那一枚正中间多了一条线。一开始缟川还以为那是划痕。他从被窝里探出去半个身子,对着隔壁灯光把两枚戒指比较了一下,这才确定那是一条设计出来的线。妻子的戒指颜色更深一些,似乎是银制的……

这枚戒指,恐怕也是妻子想要坦白的一部分吧。

过去了这么长时间,他才察觉到这一点。

这枚戒指和"那个人"的才是一对。不单缟川没发现,那男人的妻子可能也没发现。将近二十年,她的丈夫和缟川的妻子戴的才是对戒。那戒指上细细的线,就埋没在了匆匆流过的日常生活里,它好似一条分界线,把妻子和那个男人划在另外的世界里。那是丈夫禁止入内的,仅属于妻子和那个男人的禁猎区。

她的笑容,她的哭声——都只不过是冰山一角。二十年来从未察觉的那条细细的线,是由丈夫从未见过的无数种妻子的表情、声音编织而成的。

妻子的睡容无比的深沉、安宁,她就这么永远不再醒来,也丝毫不会令人感到惊讶。

就连那睡容,似乎也在拒绝二十年间这个名存实亡的丈夫。

然而,缟川再次在心底里呐喊"不对"。不对,今天她坦白的这些都是假的。

"姐姐一直担心自己死后姐夫该怎么办呢。毕竟姐夫从来没出过轨,对姐姐这么忠诚,不是吗?所以姐姐怕自己死后,姐夫会丧失活着的动力。"

缟川硬是将小姨子在半年前说过的这句话从记忆里打捞出来。妻子今天之所以如此坦白,是因为她真的太担心我了,所以在临死之前拼了性命地演了场戏——缟川试图用这种说法劝自己。如果能让丈夫怨恨自己,那这怨恨就会冲淡死亡给丈夫带来的悲痛,妻子一定擅自这样想。这只是她自导自演的独角戏。

然而,无论缟川如何劝自己,"确信"的种子已经在他心中生根发芽了,完全无法将其扼杀。他们夫妻之间根本就不存在那么戏剧化的关系，这一点，妻子应该是最清楚的。

可是，如此突如其来的坦白，自己又该作何反应才好呢？他甚至不知道是该困惑还是该生气。如果妻子身体健康，那情感上肯定会有相应的反应。可是在这节骨眼，在一分钟后死亡可能会突然降临的节骨眼上，听闻自己迄今二十年的婚姻毫无意义，白纸一张，他该如何困惑才对？

"和子……"

缟川还想从那两片苍白的唇里再撬出几句话，于是又喊了她一遍。可妻子却只报以虚弱的喘息。

缟川再度躺回到被窝中，抱住了妻子。她那瘦成皮包骨的身体看上去可怜极了。缟川用手抚摸着她睡衣包裹着的肌肤，肩膀、手臂、胸口……就好像在仔细寻找，寻找她身上哪怕一处能体现出这女人做了他二十年妻子的证据，他拼命地寻找，拼命地想要找到。

抚摸到一半时，缟川突然停下了动作。

妻子闭着眼睛，看上去依然在沉睡。可是她的手却动了，她抬手解开了睡衣的前襟。

从右肩一直到胸口的皮肤都袒露在了外面。她是在睡梦中把丈夫的动作当成了爱抚，误以为丈夫在渴求自己吗？

一开始，缟川是这么觉得的。

妻子的手缠上了他的后颈。她的手突然发力，那力道可以说是前所未有。缟川被那力量引导着，脸埋进妻子的腋窝。

"这儿不是还有香味吗……"

妻子的声音似乎是这么说的。

那是晦暗的死亡般的气味，其中还掺杂着芬芳的花朵香气。只有十分微弱的一点点香气能够被鼻子捕捉到……

"什么味道?"

"最后和那个人上床时的味道……他喜欢把脸埋在这里,所以当时……我在这儿涂了香水……"

缟川下意识地别开脸,抬头看着妻子。妻子睁开的双眼中泛着笑意。

那双眼睛没有失焦,还是能聚焦的。只不过,那双眼睛没有看着丈夫。在生命的尽头,她没有看向丈夫,而是在看着遥远的其他地方的某个男人……

"你和那个男人最后一次,是什么时候?"

……

"是什么时候!"

缟川抬高了声音,连他自己都有点意外。

妻子的那双眼再次徐徐陷入沉睡之中。缟川抓住了她的肩膀。

"最后一次是什么时候!"他努力控制着自己不要大吼出来,而是低声怒骂道。

"刚刚……在梦里,又和他上床了……"

"你做梦梦到和那男人在一起吗!"

……

"你是在梦里回忆起了最后一次和那男人见面的事了吗!"

"……你说什么呢。我现在又在做梦了……你也在我的梦里呢……"

……

"还是说,我是在你的梦里呢?"

妻子说罢再度闭上双眼,声音已经如同梦呓一般含混。

"很香对吧,我是为了你才用香水的……所以就再来一次,像那时候一样……"

死亡蹑手蹑脚地入侵了她的意识，她已经无法分清现实和梦境的边界了。然而，缟川的鼻子却再一次真切地嗅到了那种甜美的芳香，妻子那干瘪的腋窝之中，仿佛盛开着肉眼不可见的花。

那花香无比浓郁，实在不像是从梦中飘出的虚幻气味，它仿佛一汪淡淡的影子，从那片凹陷之中不断飘荡出来……

缟川感觉自己仿佛在做梦，又感觉自己好似迷失在了妻子的梦中。

没错，他迷失在妻子的梦中。然而，那不是妻子和自己的梦，而是妻子和另一个男人的梦。死亡近在咫尺的这最后一场梦里，妻子将丈夫的身体错认成另一个男人的，她还要再一次地背叛丈夫。

即便如此也好，缟川突然觉得，即便如此也好……

妻子就快要去世了，既然如此，就遂了妻子的愿望，让她当自己是另一个男人，就这样拥抱着她，让她在梦中安详地去世吧。

有什么东西爬上了缟川的后背。

是妻子的手，在爱抚丈夫的身体。不，不是他的身体，是另一个男人的身体。可是，这样也好，毕竟这个女人已经快死了……

缟川这样想。他本来的确是这么想的。

"最后再来一次，像那时候一样……"

她的唇，再度倾吐出她梦中的声音。

"你在犹豫什么……不必再在意那个人了，我已经把他杀了……那个人已经消失了……"

缟川摇摇头，仿佛要将妻子的声音驱散。与此同时，他回应了妻子的爱抚以及虚弱的动作，他伸出了自己的手，寸寸攀爬妻子的肌肤。就算妻子突然变成了和自己曾深信的完全不同的另一个女人，自己做了她二十年丈夫这件事也不能轻易改变。二十年的感情，他想用丈夫最后的温柔送这个女人离开世界。他原本是秉持着这样的想法，温柔地向妻子伸出双手的，可是……

"那个人已经不在了……我亲手拧开了天然气开关……"

妻子说出这句话的瞬间，缟川抚摸着她身体的手突然爆发出怒火，向着另一个方向奔去。

他的右手捂住了妻子的嘴。

紧接着，左手也叠了上去。

妻子的整张脸就只剩下眼睛露在外面，她双目圆睁，凝望着相距仅几厘米的丈夫的双眼。

他实在是听不下去了，仅仅是因为这个原因，他才这样拼命按住了妻子的嘴——

他无声地、拼了命地如此告诉自己，告诉妻子的那双眼睛。

然而，他的手却擅自爆发出怒火。

无名指上的戒指散发出暗淡的光。那不是铂金，那不过是铅做的东西。这枚戒指毫无意义。他并非在今夜才意识到这一点的，而是二十年前就明白了。从二十年前起，他就一直在忍耐。终于在今夜，现在，彻底爆发……

不用这么大力气也可以的，不知不觉间，脑海中有个声音告诉他。其实不用下这么大力气，轻轻按住就可以了，再过不久……就这么轻轻捂住，这女人就会送命。就会在自己的双手之下送命。

完全不必担心这样会招来警察。只需要给大夫打个电话，对他说"我太太情况不太对劲，可能挺不到大夫您过来了"即可。

这双手，只需要再保持几秒钟不动就行了——

然而，心底里的这些话还未说完，他就移开了捂住妻子嘴巴的手。这个动作和刚刚怒火爆发时的动作一样突然，怒意就那么瞬间消失了。此时的他，既不晓得自己为什么要捂住妻子的嘴，也不晓得自己为什么又挪开了捂住妻子嘴巴的手。

妻子依然大睁着双眼瞪视缟川。他隐约明白那眼神和今夜所见的一切其他眼神皆有不同，不过他立刻别开视线不再看她。

"你什么也别想了，睡吧。我也要睡了。"缟川说。

可正当他准备离开床畔时……

有人抓住了他的手腕。

只能如此形容这个动作。

妻子抓紧丈夫的手腕向自己的方向拉扯，那力道怎么都不像是一个马上就要死去的病人。

缟川的身体里已经不再有怒火，相应地，激烈的骚动也尽数消退。如今，他就好似沿着窗帘逐渐渗进这房间的凛冬寒夜，无比静谧。

妻子将缟川的手拉到了自己的嘴上。她的手要比丈夫的手意志更为坚决。

就这样，缟川的手再次捂住了妻子的嘴。她又抓起丈夫的另一只手，叠上去。那暗含杀意的双手，此刻仿佛慢动作回放……

妻子的那张脸又一次只露出了一双眼睛。那眼睛，很明显是清醒着的。

是自己刚刚的杀意将妻子拖回了现实？

缟川在心里默默摇头。不对，今夜，妻子从始至终都是清醒的，从她邀请丈夫和自己同床共枕的那一刻起，就是清醒的……

不，他不认为妻子的衰弱是一种表演。病魔已经蚕食了和子的身体以及生命，她今晚就有可能踏上不归路。然而，妻子却用生命中残存的最后一丝气息去表演"死亡"。她所表演的角色，是一个死亡近在咫尺，于是模糊了梦境与现实的女人。

她坦白了，坦白了一段延续在这二十年婚姻生活之中的，丈夫对此一无所知的历史。坦白了从决定结婚的那个瞬间起，她就一直在背叛成为自己丈夫的这个男人。

最重要的是，她坦白了在六年前的那个晚上，她决心除掉碍事的丈夫。

她所说的全是事实。当得知自己的身体已经被病魔侵蚀，生命所剩无几时，留给和子的问题，就是如何坦白罪孽、如何忏悔，然后回归纯净的肉身，等待死亡的钟声敲响，仅此而已。没错，恐怕事实就是如此……

"你是认真的吗？"缟川凝望着脸被双手捂着的，妻子的那双眼睛，问道。

那双眼睛流露出平静的笑意。妻子终于回应了丈夫的提问。和此前的表演不同，和子这是第一次将真正的回应和微笑传递给丈夫。

"轻轻按住就可以了，再过一会儿就……"

妻子的双眼如是说。那是他刚刚在心里告诉自己的话。

不，这不是他告诉自己的，而是和子让他说的。今晚他钻进妻子的卧室，妻子就已经在诱导他了。那些坦白，从梦中吐露的话语，一切的一切，都是为了让丈夫怒火爆发从而双手失控。和子在用这种形式清算六年前的罪孽，她打算自尽。

又是那香味。又是那幻觉般的香气，它好似梦境的余韵，在鼻腔之中游荡。

缟川再度把脸凑近了妻子的腋窝。

那不是幻觉，是真实的香气。和子听说丈夫今晚会早归，于是决定让一切在今夜终结。于是她找了个借口，让妹妹拿来香水，帮她滴在了那里。

缟川确定自己的想象无误。但此时，他再次产生了不愿承认的情绪。他不知道该如何是好。如果认定了这个想象属实，那就必须承认妻子今夜的坦白全都是实话。妻子不单背叛了自己二十年，而且还曾试图杀掉自己。

缟川的眼里也浮出一丝淡淡的笑意，并且试图松开手。

然而，他失败了。

妻子似乎感觉到他有松手的企图，于是用大得可怕的力道紧紧地钳住了他的手腕。缟川也条件反射般地使出大力气，想要甩开妻子的手。

然而，他无法再像刚才那样将所有力气都倾注在双手之上。妻子用尽最后一丝力气祈求丈夫……只要丈夫肯这么做，她就能平静地死去。这是唯一的办法。

因为用力过猛，妻子的手在痉挛。可是，她的眼神却和手上的动作完全不符，其中流露出的只有安详。

那双眼睛太过美丽，简直和谋杀、背叛毫无关系。

缟川再度回望那双眼睛。

此时此刻，一种不可思议的温柔在缟川心底油然升起。就让她这么死去吧，如果这是妻子的愿望，那就随她吧……

妻子静静合上双眼。虽然已经闭上了眼，但微笑仍残留在她的眼皮上。今夜的坦白让缟川明白，这个做了自己妻子二十年的女人还有另外一副面孔。但是，无论他如何想，那张脸都无法在脑海中成形。妻子是用怎样的一副面孔，和那个男人热烈地相爱；用怎样一副面孔，把和丈夫的孩子打掉呢？那一晚，丈夫在浴缸中熟睡时，她又是用怎样一副面孔，拧开了天然气的阀门呢？

在缟川心里，那男人的脸就好似几条潦草的线，而背叛自己的妻子也是一样，无法在他心中呈现全貌。

他能想起的，只有自己看了二十年的那张妻子的脸。他试图回忆起已流于日常，被自己忽略了的妻子的整张面孔。二十年里每一个瞬间妻子的全部面孔，就是妻子真正的面容。

妻子一直以为丈夫并未见过自己真正的面容。然而事实并非如此，没见过真正面容的，是妻子自己。在这个家里展露出来的那些随意的表情，就是她真正的模样。而走出家门，和另一个男人约会时摆出的那副面孔才是虚假的，可是妻子对此并不知情。

力气用尽，妻子的手跌回到了被褥上。缟川的手也离开了妻子的嘴。

妻子的唇隙还不停地流淌出静谧的气息，仿佛无事发生。同样静谧的那双紧闭的双目之下流出了眼泪。他是第一次见到妻子流泪。

多年前的那个晚上，妻子剪碎的应该就是"那个人"送她的衣服吧。

那个男人一直承诺会离婚，可最终还是没有离，于是和子在那晚下定决心要和他分手，所以才剪碎了那条裙子。缟川不清楚后来他们为何又破镜重圆，不过一切早已无关紧要，那一晚她流下的眼泪是假的，现在的泪才是真的。缟川看得出，此时此刻，为了挤出这一滴泪，和子用光了她孱弱干枯的身体里最后的一点力气。这二十年的岁月，就凝聚在了这一滴眼泪之中。

"我知道。"

缟川的声音无比自然地倾吐出来。

"我知道，我早就知道的……"

语气那么流畅，连他自己都深信不疑。

妻子蒙眬地微睁开双眼，不可思议地望向丈夫。缟川面对着她，无言地点点头。

"那，为什么……"

"只是背叛，没什么好大惊小怪的。我知道，你说要杀我其实也并非出于真心，因为我现在不是还好好地活着呢吗？"

漫长的沉默，妻子始终紧盯着他的脸。那意识仿佛已经远去的模糊视线中，唯一的焦点的确是落在了丈夫的脸上。

"你明明知道，但什么都没说。"

"是啊，只要你最后能回到我身边，就足够了……"

所以，你现在终于回来了啊，缟川心想。他已经忘记了自己说的都是假话，他想，这漫长的二十年，或许只是为了像这样真正地坦诚相见而准备的。然而，此时的妻子已经瘦成了皮包骨，或许今晚就会撒手人寰……

寒冬之夜的静寂浸透了他的双手，他再次向着更加没有生气的、妻子的身体伸过去。

他人──

还记得吗？那年我为了准备考试，租住在那栋公寓的事情。那公寓真是奇怪，我的房间正对着四楼的电梯口，一整天都能听到电梯运行的声音。包括整个晚上。本以为是在深夜很晚的时候有人回来，没想到是冬天清晨，天色未明时来送早报的。那可怜的电梯一刻都不停歇，还会发出上气不接下气的声音。不，不是因为一回忆起当时就不爽，所以才会那么想，那时候我真的听到了电梯沙哑的喘息，和不时传出的惨叫声。其实在那一年，电梯曾经出过一次故障。可是公寓才刚刚建成五六年而已欸。机器使人疲劳，疲劳的人又开始过度使用机器，令机器疲劳，如此恶性循环。没错，差不多就是从那一年起，日本对机器的过度依赖遭到了全世界的蔑视。当机器正常运行时，外国人尚且有所畏惧。但是那些机器年头不长就开始老化，性能莫名地衰退，于是外国人就趁这个机会开始蔑视日本。如此一个时代来了，已经来了。机器不行了，人，更不行了。

现在？我现在仍然会在梦中听到那电梯的运行声。记忆不会让事实枯萎，反而会让它变得更加充盈，不是吗？简直像恐怖片一样呢，铁制的绳索好似濒死恐龙的尾巴，拼死地扭曲着，溢出黑血一般的油水。如今，它仍在发出几近崩断、临死的尖叫声，那年的我和现在的我，都被这即将断裂的铁索所维系，只要一睁开眼，就将跌落深渊。那一年的考试战争也逐渐激化，唯独我，就像是马拉松接力中被剩到最后的运动员，焦心不已，可是……

比起机器发出的声音，当时的我其实对这公寓住户们发出的声音更感焦躁，也更加不安。走廊上的脚步声，开关门的声音，透过墙壁、天花板、地板传来的不明所以的声音，还有隐约听到的说话声。那些声音不像是从墙对面或天花板上面传来的，更像是埋进了混凝土之中，顺着我看不见的、好似伤口一般的孔隙渗透了过来。那一年，我真像身在恐怖电影之中啊。住在我楼上的是一个马上就要彻底瘫痪的孤独老人，虽然天花板上方没有传来任何声音，但那静寂对我来说反而像是某种可怕的声响和嗫嚅。

我仿佛听到他在说："我已经死了好几天了，没人发现我。你快来发现我吧……快来发现我的尸体吧……"我的楼下，住着一个孤独的大学生。那栋公寓竖排一列面对电梯的房间都很狭窄，房租也格外便宜。所以那竖排一列的住户，包括我在内，所有人都非常孤单。这也是必然。不过，这个大学生的孤独可不一般呢。

我知道这个大学生经常叫朋友来家里，一口气叫好几个人。因为我能听到从地板下传来喝酒还有大吵大闹的声音。有天晚上，我被楼下吵得实在是学不进去，于是就出门散心。可当我走进电梯，却发现那个男大学生正迷迷糊糊、有气无力地站在电梯里，仿佛被一个金属盒子禁锢了一般，可是到了一楼，他也没有走出电梯。我大约散了一个小时的步回来，发现他依然在电梯里站着。当时我只是觉得有点诡异。结果回去之后没多久，我的房门被打开了——伴随着铁丝撬锁的声音，门突然被推开，只见那个大学生走了进来。我吓了一跳，他更是大吃一惊。"这个房间不是没人住吗？"我家隔壁没有人，他给弄混了。嗯，当时依然能听到楼下房间传来的年轻人的吵嚷声，于是我问他"你朋友不是去你家了吗"，那大学生回答"朋友来家里的时候我都是这样出去闲晃的"。

站在电梯里上上下下，找个空房间用铁丝撬锁走进去。我问他为什么要这样做，于是他说"被人围着，反而感觉更寂寞"。"那你别叫朋友过来就好了啊？"结果他回答"可是独自一人，还是太寂寞了"。这家伙，真是大大超越了我的理解上限。

不仅如此。另一边住着一位女性，她离了婚，是个室内设计师，目前独居。购买名牌商品于她来讲简直就是家常便饭，她忙得连瞧一眼男人的工夫都没有，可以说是如今这个速度制胜的时代中走在最前沿的超级女强人了。而且她非常美丽，是冷艳成熟的类型，属于会和同类型的男人偶尔牵个手，共枕片刻的女性。没错，她这个类型的女人不适合结婚，更适合出轨。就算她独自睡在床上，身上也残留着男人的身影，就好像刚刚和男人缠绵过一番似的。

说真的，的确有个男人每周会去找她两三次。而且就是从楼下，三楼找上来。没错，和那个不知道是孤独症过重还是过轻的莫名其妙的大学生住同一层。不过我不知道他住三楼的哪个房间。我们只不过同乘过几次电梯，那个男人不是在三楼下就是在四楼下，我就根据这一点做了判断。在四楼下电梯，目的地自然是去我隔壁，所以我推测三楼应该是他自己的房间。

那男人看上去不到五十岁，不清楚实际年龄有多大，也不知道他是做什么工作的。看发型和服装，我感觉他的工作性质或许和媒体有关？明明是四十岁后半的年纪，却很适合扮年轻，不过他不是真的年轻，只是扮年轻。多出的这么一个"扮"字，却让他看上去莫名地有魅力。而且有天晚上，我听到那个男人从隔壁走出来了，还对出来送他的女人说："真抱歉，我今晚得把T的采访稿整理出来才行。"隔着门，我听到他这样解释着。T这个人，就算是我这种不常看电视的人也听说过，是个评论家，人气堪比艺人。所以我猜这男人的工作应该是和报纸杂志有关。不过我也就只知道这么多而已。虽然我们住同一栋公寓，不，正因为我们住同一栋公寓，不清楚的点反而更多了。因为大家的房间只隔一面墙，为了保护好私生活不被侵扰，人人都关好了大门，封闭着生活。我认识的邻居也仅限上下楼三个房间的住户，虽然在电梯、玄关、走廊能见到各种人，但是脸、名字和房间号能对得上的再没有别人了。从他人的角度看，估计一样搞不清我是谁、住哪一层、哪号房吧。

　　公寓的房间，就像漂浮在混凝土构筑的海洋之中的孤岛。我明白这一点，是源自夏季的一起盗窃案。记得那是一个周日，隔壁的室内设计师出了一小时的门，结果有小偷趁机溜进去，偷走了她的珠宝，而且那个小偷估计就是这栋公寓的住户。只有住户手里才有公寓逃生出口的钥匙，逃生出口平时又都是锁着的。公寓保安一直待在玄关出入口，他作证，那一小时内除了公寓住户外没有陌生人出入。应该是同公寓的住户撬开了隔壁房间的门锁，摸了进去。于是，有那么一阵子，在电梯里遇到住户我就会觉得很不舒服。其实，我本来就不太喜欢在电梯那种封闭空间里和别人一起待着，那阵子就更是……对方会用怀疑的眼神偷偷看我，而我也觉得所有同乘的住户都很可疑。总感觉自己的身体和空气都变得凝重，仿佛被一大块四方形的石膏定在原地了一般。是谁……是谁？整栋公寓，就是小偷的集合。不，那起案子最终也未结案。犯人连一枚指纹都没有留下就偷走了珠宝，看手法像是个惯偷，可门锁又是用铁丝一类的东西硬掰开的，这样的做法似乎又非常的业余。最终我掌握的这些信息全都是毫无用处的废信息。

　　我？我什么都没跟警察说。楼下的大学生偶尔会用铁丝撬锁，溜进空房间的事我一个字都没提。提了也没用，而且我觉得这反倒意味着那个大学生和这起盗窃案毫无关系。因为楼下的大学生明明就有隔壁室内设计师家的钥匙，没必要特意用铁丝撬锁。刚刚我忘了说，住我隔壁的冷艳熟女，正是楼下大学生的母亲。

可是，我也并没有因为这层关系就彻底不再怀疑那个大学生了。总感觉那个年轻人会说出"因为太寂寞了，就偷偷去妈妈房间偷东西了"一类的话。虽然搞不太明白他究竟在想什么，但说实话，我也没必要花力气去主动理解一个没力气的大学生的心思吧。哦，我又忘说一件事……我是那个大学生的妹妹。我搞不清哥哥究竟是个会摸到母亲房间偷珠宝的蠢货，还是个连这一点都做不到的，有气无力的大蠢货。除了"有气无力"这四个字，我根本不了解这个年轻人。

其实，我是故意忘说的。这样才更方便你了解我们一家人真正的关系呢。不过，我只是假装忘了说，并没准备欺骗你。我可什么谎都没撒呢。没错，住我隔壁房间的室内设计师是我母亲。她本人总说"日语里有室内装饰家这种说法，以后就这么称呼我"。我虽然会照做，但总觉得还是用英文的"interior designer"更合适，会给人一种忘了她一半是日本人的感觉。那个人有很多副面孔，母亲、妻子、女儿、室内装饰家……可所有面孔都只有一半。因为她真正的自己只占一半面孔，剩下的空缺需要想办法糊弄过去，于是她就拼命地用很多的面孔去填补。母亲这个角色也只占一半，所以她对我说："今年你到了准备考试的最后关头，别再让父母照顾了，自己去做准备吧。"她用"考试"和"独立"为借口，把我赶去了隔壁房间。

如今再想想，我总算明白了这样做其实更好。与其去扮演一个冲着并不怎么喜欢的母亲撒娇的百分百乖女儿，不如就演好一半的女儿即可。不过，我当时并不是那么想的，当时为了考取名校，我在学校、补习班、自己的房间以及房间的书桌周围，立起高一米左右、肉眼看不见的栅栏，禁锢住了自己。那时我才小学六年级……十二岁。"独立"明明是走进社会，认识很多陌生人的意思，可金钱和生活起居方面，我还离不开双亲的怀抱，需要他们的支持，才能用自己的双脚稳稳站在"人生"这样一个于我来讲还太过短暂，毫无意义的词汇上。那感觉就像在平衡木上倒立，用双手代替双脚前进一样危险。而我还未能充分意识到这种危险，才会放弃在桌旁制订学习计划，转而埋头沉迷于制订"那个"计划了。

我真的没说谎。那位室内装饰家是真的离过婚。她年轻时和一个医生结了婚，两年后就离婚了，然后和现在的丈夫再婚，生了那个大学生还有我。再说说她现在的男人，他确实是我的父亲，但我当时的确不知道他确切的年龄和职业，不，其实如今我也依然不清楚。那个人，他，究竟住在这栋公寓的哪个房间？我房间楼上那个几乎瘫痪的孤独老人是他的父亲，也就是我的祖父，所以猜测父亲也住这栋公寓的某处很合乎逻辑。不过他经常在三楼下电梯，也有可能是顺路去自己儿子，也就是大学生那儿，他本人实际上有可能住在其他街道的另外一栋公寓，只是偶尔抽时间来看看自己的妻子儿女，还有父亲。

不对，他好像明确告诉过我他住在哪儿，是做什么工作的。可我毫无兴趣，转头就忘了。而且也没再和他打听过。加上我的父母都误认为我这副对家里人毫不关心的态度是我"独立"的证据，甚至还为此而高兴呢。

我最近看了部美国老电影，讲的是一位摄影师因为腿部骨折只能坐轮椅，于是他开始窥视中庭对面那幢公寓里各个房间的窗户，以此消磨时间。透过无数窗户，能看到不同年龄的男女在室内生活，他们的人生展现在窗前，好似在电视上播放一样。看到中间时，我觉得那些人都是有血缘关系的，分散住在公寓里的不同房间，只是主人公，那个摄影师，对此还不知情。倘若有人用望远镜观察这栋公寓楼，看到五扇窗户——假设我父亲也住这栋公寓的话——映出五个影子，却想象不到那是有血缘关系和户籍关系的同一个家庭的成员，只当他们彼此都是陌生人，或是比较亲密、偶尔会去对方房间的旁人。

我隔壁的母亲的家最宽敞，全家人每个月都要在母亲的家里聚上一两次。我和母亲每天也都会出入彼此的房间好几次。不过她只能算半个母亲，所以和我从朋友那儿听来的母子接触次数相比，我们接触的次数只能达到正常值的一半而已。我会尽量减少去隔壁房间的次数。一直到去年，还只有我和母亲住在那里，当时男人们已经分散住在其他房间，每个月来我们住的地方集合一两次，共享"团圆"。不过那一年我就不时会去单人房过独居生活了，每个月一两次的团圆于我来说就彻底变了意义。在此之前，"独立"在我们一家人中还是个很新锐的词汇，我们会为了这个词汇，刻意地表演"他人"。明明无论从户籍还是血缘上我们都是真正的一家人，但是为了过上"独立"的时髦生活，我们颇有些强迫自己去表演"他人"的意思。而我则变得像是从外部加入的成员，这感觉与其说是"团圆"，不如说更像是个普通聚会。就像是一群陌生人每个月相聚一两次，扮演一家人一样。我形容不好那个感觉，但那种怪异的反转的确开始发生了……

不过，能感受到这种反转的，恐怕只有十二岁的我。以前的"这个人"，如今就算站在我眼前，也变成了"那些人"。而那些人和过去并无变化，坚信一切如常。其实我在感受到疏远的同时，也对那些人表现出了体贴、亲昵和乖巧。我开始表演，表演在人际关系方面保持一定的距离，才能从真正意义上做到相亲相爱的理想家庭中的一员。而被我称为"父亲""母亲"的两个"那些人"，似乎将这种表演误解成我的成长。他们给了我独立的房间，只属于自己的生活，让我一点点变成熟。于是我们不再只是亲子关系，而是作为独立的人，产生联系。

这两个人里，我比较喜欢那个扮年轻的中年男人，他会每三天不知从哪儿冒出来，跑去隔壁看看，顺便也会来看看我。也就是说，关于那个大约三天里有一天能拿到"父亲"头衔的人，我还是略知一二的。在我更小的时候，我们曾经一块儿看电视，看到一则新闻讲的是一个男人被妻子抛弃，于是就带着孩子一起自杀，结果只有他自己没死成的事。那个人说："这个男人倒也有值得同情的部分。"我回他："但他触犯法律了，所以是个坏人。"他回应道："不，他并没有触犯我的法律。"——"我的××"是他的口头禅，"我的规矩""我的词典""我的美学""我的哲学"……话又说回来，我们全家之所以分散开来生活在各自的牢笼中，也是因为要遵循他的"我的人生教科书"。我升上小学那一年，那个人找到了他的"教科书"，于是宣布"我的人生教科书说这样做是对的"，单凭这句话，就基本定下了一切。而且"母亲"的人生教科书上也说那样是对的，算是给了他一个大大的肯定。还没有人生教科书的"哥哥"还有我，以及早就读完了人生教科书，那书都变成二手旧书的"祖父"，也没有别的办法，只能遵循他们的决定——有一段时间，我怀疑这两个人之所以致力于打造"好似他人的家庭"，是因为我并非他们的亲生孩子。我以为是为了将来有一天知道这一事实时我不至于太过苦恼，才让我提前熟悉一下"他人"这个词汇带来的距离感。可是，这疑虑就像儿时被朋友传染的荨麻疹一样，只是个很快就会消除的小毛病。毕竟我的长相和他们二人都特别像。既然情况不是我怀疑的那样，那又是为什么呢？为什么一家人要勉强自己去扮演他人？我不由得产生了疑问……

对于父亲来说，他常穿的服装品牌也写在教科书里。他常穿意大利风格的便装……那些符合潮流的时髦品牌就像他"人生教科书"的封面一样，他只想套着这样的封面走在外头吧。其实我当初就隐约意识到了，我，其实蛮喜欢他自然展露出来的那种风格和味道。"真不愧是优等生，喜欢这么古朴的感觉。"朋友常这样揶揄我。我一边努力准备考试，一边暗暗对萩原健一那种风格和味道的男人十分心动，而他倒也颇有几分相似。我自然也到了该萌生身为"女人"的最初本叶的岁数了，于是，就仿佛一枚叶片要渴求水和阳光一般，我追求着那种风格和味道……没错，我隐约觉得，他这种并不年轻，而又擅扮成年轻人的男人应该很受女人欢迎，所以这个人除了妻子之外一定另有别的女人。我感受得到，他之所以要让妻儿独立，给他们自由，其实是为了保护自己的自由。所以，在构思"那个"计划的时候，我第一个考虑的，就是"其他的女人"……

那一年七月，正逢期末考试，我的手指引发了一起事件。那是在盗窃案发生后不久，我坐在学校的教室里，手握铅笔在理科试卷上奋笔疾书。答案不断浮现在脑海中，我下笔如有神助。玻璃窗外有夏日的阳光和绿意盎然的白杨树，教室中荡漾着初秋凉爽的风。我突然觉得：啊，我现在好像很幸福。没错，我应该是这种感觉。而坐在我后面、准备抄我的考卷的同学突然小声嘀咕了一句"你在干吗啊"，这时我才突然意识到，我的手正抓着铅笔,在卷子上凶暴地胡乱涂抹,好似抓着一把匕首挥舞。线条仿佛黑色的伤痕,又如同蜘蛛丝一般复杂地纠缠在一起。答题纸几乎被我涂成了一团黑……

"自从由衣子有了自己的房间,最近笑容都变灿烂了呢。"

我想起了三天来一次的"父亲"说的话。未经我的同意,由衣子这个麻烦的名字就要伴随我一生,像个标签一样死死粘在我身上,永远揭不下去。这还谈什么自由,谈什么独立——不过就是逼着我准备考试,逼着我套上铁做的靴子去走名门中学这条铺了铁轨的路罢了。我幼小的身体中不知何时积攒下来的电梯摩擦声突然变成高亢的尖叫,沿着我的指尖流淌出来。那两个人为了享受自己的自由人生,完全把我当成了能自主行动的机器,以为给我加点油、充个电就够了。电梯那吱吱嘎嘎的声音,就是我内在的机器没了能量,马上就要毁坏时发出的声音。"家人"和"他人"这两个齿轮不停摩擦,终于喷出火花,在我的指尖爆炸。

我当场说:"老师,我把答题纸写坏了,请再发我一张新的。"万幸,我的失控没有影响到成绩……就是在那天,我独自在室内装饰家隔壁,一边吃着用微波炉解冻的晚饭,一边制订好了那个计划。

最近我发现,我们居住的那栋七层高的公寓很像一个魔方。考试那天,在放学回家的路上我第一次站定了远远眺望公寓。它长宽几乎相等,看上去很像一个巨大的魔方。记忆中,我咔嚓咔嚓地转动那个巨大的魔方,我想,我只不过是做了和那一年一样的事。倘若那栋公寓是魔方,从位置上来看,位于四楼电梯边的我的房间就是魔方的中心。我呢,以自己为中心,就像动作粗暴地把答题纸涂黑一样,开始咔嚓咔嚓胡乱转动那些人的房间。我玩得并不认真,没准备把同样颜色的拼到一起,而是反其道行之,故意把颜色打乱,搞成混乱无序的状态。我玩的是有破坏性的、危险的游戏。反正我也在扮演他人,那就干脆别单纯扮演了,直接把真正的一家五口打乱好了。打成真正的他人,不就好了吗?

"母亲"作为室内装饰家有多高的水平,我并不清楚。父亲的收入应该蛮高的,但是为了能每个月付五间房子的租金,母亲这边也得相当能赚钱才行呢。事实上,母亲可以说是相当成功的一流职业女性。她经常出现在杂志封面上,父亲甚至还开玩笑说"你简直就是封面装饰家"啊。不过,既然是她,那工作方面也就只能算有一半的能耐,这一半的能耐是用来填补她作为"女人"的那副面孔缺少的部分的,仅此而已。我虽然长得很像她,但继承的全是她脸上的缺点,实在称不上生得美丽。但她确是个美女……

就算她在室内装饰方面的工作一向凯歌高奏,却唯独在对我房间的装饰上跌了跟头。为了我的学习,她把全部家具统一换成线条极度简单的类型,让我的视线不被书桌外的东西所干扰。但这种毫无生气的房间,会让居住者去幻想更多的色彩和形状,而不是死气沉沉地学习。也就是说,那个人设计出了一个能让我在幻想中玩弄他人、动摇他人,能让我沉迷于制订计划的房间。因为我最开始的想法就是让那两个人离婚,所以室内装饰家这么做简直是自掘坟墓。一开始,我只是在学习间隙为休整大脑而幻想,一个星期后,这样的空想反而快速膨胀,有了更大的意义。没错,我有预感,无论是作为一个室内装饰家还是作为女人,抑或妻子、母亲,设计出这个房间一定是她这一生唯一的失败。

在那个墙壁比家具更抢眼的房间里,在那个将人和家具都赶到墙角，好像偷工减料的漫画般仅用极其简单的线条拼凑出的房间里，我所做的事倒和室内装潢设计很相似。我把那些人当成家具，开始在头脑中变换其图案和颜色。这么一琢磨，首先想到的点子就是给那两个人换换配置。离婚，这可是走在时代最前沿的"时尚大品牌"，尤其母亲，她在女性杂志上把自己离过婚当成勋章一样展示。离一次婚能在日本授勋，离两次婚能拿到国际女性奥林匹克金牌了吧？

　　再说了，夫妻本来就没有血缘关系，户口本上的关系也是最方便更换描述的。不过，目标虽然简简单单就能定好，实际做到却很难。一放暑假，我就先跑去楼上撺掇那个孤独的老年人。我尽全力去做好一名孙辈，排解老人的孤独，拉拢他，和他撒娇，让他在全家中就信任我一人。做到这些简直不费吹灰之力。到了505号房，我就只需要这么说：“我一直特别想来祖父的房间呢，可是自从我开始独居，每天从补习班放学回来就很晚了，妈妈已经回来了。现在是暑假，我总算能趁白天妈妈出门之后来找祖父了。不过，这件事一定不要告诉妈妈哦，不单要对她保密，对爸爸也要保密呀。"听我这么一说，老头扬起和白了一半的头发不分伯仲的花白眉毛，说："什么，秋平和恭子都不让我的乖孙孙来看我吗？"很好，我等的就是这句。听他说完，我就假装寂寞地垂下眼帘，故意拖长了语调说："倒也不是这个意思啦——"真的，光是说这么一句话就足够了。这样就能让祖父怨恨他的儿子儿媳，尤其恨儿媳妇"恭子"。并且只愿意相信他的孙女。

　　在那儿陪他半天，然后摆出无比遗憾的表情说"妈妈要回来了，我必须得回去了"，离开他的房间时我已势在必得。原本想等暑假结束再说的，不过倘若我现在问他："祖父，与其独自住在这么寂寞的房子里，不如去住养老院呀。我朋友的祖母住的那家养老院气氛很好,大家在一起生活,相亲相爱胜似一家人呢。您要是住进养老院,我去看您也更方便了。明年我读了初中,回家的时间就更方便糊弄了,我可以每天放学后都去看您哦。"我猜这个人一定会仔细琢磨这个建议的吧。

不过,我的目的是让祖父彻底地憎恶他的儿子儿媳,然后主动搬离那个房间。没错,要断绝亲缘关系。想让他做到这一步,我就得在此之前和他更亲近一些,要让他相信我说的每一句话。话说回来,那个孤单的老头和孤单的大学生还真是好骗得不得了啊。

自打他退休,也就是在我出生前很早的时候,距今近二十年,他就只知道看下棋和电视。于是,我叫他接送我去补习班,让他帮我做暑假的实践作业,尽量多和他待在一起,听他讲各种事。在此期间我得知,他已经足够憎恶他的儿子儿媳了。"那两个家伙就是为了拿到我的存折才对我那么客气的,而且啊,我有时候觉得,他们客气的方式就仅仅停留在不会惹恼我的最低限度上。"——其实,他们暗暗觉得照顾老年人太麻烦,想甩掉我这个累赘,但又不想让外人觉得他们太薄情,就举起了"个人主义"这么个当今时代的免罪符,简单说来,就是把我扔到了离他们很近的孤岛上。祖父的这番话和我想的完全一样。我于他而言就是垃圾箱。一些话没说出口,一直攒在肚子里就会烂掉,祖父二十年的寡言少语,积攒了无穷的恶臭,他说出的那些早已腐烂了的话,以及对我出生前就已离世的祖母的回忆,于他本人而言是超越现实的玫瑰色,于我而言却只是和垃圾一样的朽叶的颜色。他没完没了地对我倾诉着,我不插嘴,只是默默地听。但说实话,我更喜欢听他说家里人的坏话。祖父的存折?从公司拿的退休金加上福岛那边贩卖山地拿到的钱,总额应该相当丰厚。而且他是从会津的旧家出来的，我记得曾经听说他还有其他财产。不过我没什么兴趣，所以有多少钱也忘记了。他儿子儿媳对此倒是蛮津津乐道的。祖父说要自己出生活费和房子的租金，他们却说："应该我们来，这是身为子女应尽的责任。这和我们坚持的方针，也就是老人应该独立地生活可没有关系。"然后掏了钱。拿小虾钓大鱼，这就是我从他们的话语中学到的。祖父也说了，他们掏的那点钱，充其量就是"小虾"罢了。

每次"团圆"的时候，就是每月一两次的相聚，确认我们还是一家人的面试一样的"团圆"时刻，祖父总是寡言少语，保持客气的微笑。看他那模样，我不由得想起了我的数学老师坂崎。他始终沉默地微笑着，一副能够包容学生的一切的模样。结果你还记得不？突然有一天，他爆发了，挥舞着棒球棍追赶学生，最后被学校辞退了。"母亲"也说过，祖父那种人，会猛地发一次火，最可怕了。祖父肚子里烂的那些东西不是垃圾，说准确点，是垃圾的岩浆。他的身体仿佛砂石一般惨白且接近风化，但他的身体并不是死火山，而是休眠火山，里面蓄满了岩浆。接下来我就只需不经意地、可可爱爱地说几句那两个人的坏话，传递到祖父近乎枯萎，不时又因愤怒而烧得火热、好似红叶的耳朵里，然后就安心等待夏日结束即可。只需祖父身体里的岩浆像母亲说的那样"猛地发一次"就好了。为了刺激他，我还故意冲着那烧成红叶的耳朵强调："我生病的时候，妈妈对我冷漠极了。所以，我真的特别担心祖父您病倒了之后……"再若无其事地扮着可爱，垂下眼帘……

至于那个孤独的大学生，要对付他就更简单了。我在推进祖父那头的计划时，顺便就把他说服了。

所谓家庭，不就是一个人体验到的最初的人类社会吗？可是我的家却只给了我们一个不上不下的人际关系，根本搞不清是在独自生活，还是和家人一同生活。于是培养出了一个无论独自一人还是和大家一起，都感到无比寂寞的奇奇怪怪的年轻人。寂寞好似白蚁将人蚕食殆尽，那个大学生之所以有气无力，大概就是这个原因——不，那一年的我，想事情时还没这么有逻辑。当时我的武器，也就是儿童唯一能胜过成年人的东西，是动物性的直觉和嗅觉。那嗅觉探查到了白蚁的气味，我便为他撒了一把药。我给这种虚伪的药物起名为"家人间的关爱"，用法就是：请他教我功课，请他瞒着妈妈带我去看大人才能看的电影之类的。白蚁对这个年轻人的侵蚀比想象得更加深入，为了博得他的信任，我花费了比孤独老人那边多十倍的时间，用了整整十天。不过一旦药物起效，接下来推进得就比老人那边更顺利了。他那原本连说句话都嫌费事的嘴巴，开始像濒死的金鱼一样不停地一张一合，白蚁的尸骸便源源不断地从他口中溢出。到八月中旬，他甚至告诉我："我在朋友们来做客的时候出门，不仅仅是因为寂寞。""那是因为什么啊？""因为那帮家伙飞叶子。""叶子？""抽、大、麻啦。""就是艺人很容易染上，然后被抓的那个东西吗？那哥哥是因为害怕被抓，才在大家来的时候逃跑吗？""才不是，飞叶子什么的简直是小孩子闹着玩，我有更厉害的……"但说到这里，他就含含糊糊地糊弄过去了。我很在意这件事，于是找出暑期儿童商谈室的电话，打电话询问了关于毒品的各种知识。包括了解什么是比大麻更可怕的东西，还有吸食毒品后的症状和处罚方法，我知道了贩卖毒品的人要比购买毒品的人罚得更重。因此我怀疑，那个年轻人之所以毫无意义地待在电梯里上上下下，又摸进空房间，应该是自身寂寞且有气无力的状态，再加上最重要的一点：就是那种药物在作怪。两三天后，我偷偷去他的房间查看，立马证明我猜对了，这实在是太简单了。拉开桌子的抽屉，看到抽屉深处那一包纯白的毒品时，我顿时感受到一种极度的讽刺，忍不住低声轻叹：这就是那两个人最爱的"独立"的结晶啊，真是美得不得了呢。紧接着，我立刻采取下一个行动。我从急救药箱里找出剩下的感冒药，替换了一半的毒品，我将那一半毒品小心翼翼地保管好，静等时机来临。到时候，我会把那包"独立的结晶"放回到大学生的房间，然后给警察打一通密报。这是儿童商谈室的那个大姐姐告诉我的，她说毒品相关的案件大多是靠密报揭发。

　　让那个大学生离开家庭的"城池"，被警察带走，这件事我准备放在最后做。因为一旦孩子犯了什么事，很容易激发一些女人的母性觉醒，这样反倒有可能让母子之间的关系更紧密，那样不就糟了吗？我得找准一个父母根本顾不上觉醒母爱的时机才行。也就是说，要趁父母正为自己的离婚事件焦头烂额时……而且，为了把哥哥驱逐出"家庭"的城池，远远流放，我就不能仅仅让他拿着那"独立的结晶"，还得为他安排一个向他人贩卖的现场，然后去秘密通报警方。如何制造这样一个现场，我需要再花些时间慢慢去思索——其实，我之所以想和大学生走得近些，更重要的是想多掌握一些父母的生活内幕。

　　真是不可思议，为了让我的家庭四分五裂，让家人变成彻底的他人，我反倒第一次对这个家庭的成员们产生了兴趣，想了解他们更多。不过，虽说要击碎、要破坏，但实际上我做的事情都非常微小。此前对他们漠不关心的我，开始一点点了解他们内心的隐秘之处，然后马上就明白了。那些人早就彻底地崩坏了，什么血缘关系，什么婚姻，根本毫无意义，大家只不过是孤独的陌生人。明知如此，可承认又显得过于悲惨，于是就故意立起一个名为"独立家庭"的招牌,然后躲在这个招牌背后,就像我这种与美丽毫不沾边的女人拼命打扮自己一样。我所做的,只不过是对着一个已经开裂,摆在那儿不动也会自然损坏的花坛稍稍戳了一下而已。所以,才只有十二岁的我就能做到这一点……

大学生不愧是接受了独立的洗礼,他能拉开一段无情的距离,观察、批判双亲。说实在的,他那虚假的洗礼是失败的。因为他无情的态度不过是依恋父母的另一个极端而已。一般像他那样有气无力,对任何事都提不起兴趣的人,背地里其实都极度渴望人际关系的支撑,对人的依恋和执着强烈得可怕。这方面,我也是通过我动物般的直觉嗅到的。一提到父母的话题,他那张平日里懒懒散散、呆里呆气的面孔就会突然皱紧,像在看娱乐新闻的大妈一样,眼睛贼亮贼亮。他那眼神着实吓坏了我,即便后来我得知他甚至连父母在和谁交往,一天里都给谁打过电话这种细节都了如指掌,也没有一开始看到他的眼神来得惊悚。

我感兴趣的点只有两个:父亲是不是出轨了,以及母亲对此怎么想?没想到大学生知道那么多没用的信息,对此我与其说是惊讶,不如说有些无语。不过他也算掌握了我想得到的信息,拿他当个间谍多少还是能派上用场的。要是连当间谍的价值都没了的话——也就是父母下定决心离婚了的话,我会马上把他当成陌生人,直接出卖他。毕竟祖父在自己的小房间里孤零零地佝偻着,像只猫咪一样缩得小小的,整日唉声叹气,看他那模样真是可怜又可爱。倘若有人真拿他当外人,把他踢出这栋公寓,我保不齐真的会多去看看他呢。他还是蛮能勾起我的温柔之心的。可是那个长得和我一样呆里呆气,只有腿比较长的大学生呢?他的外形简直没有一处符合我的审美,有好几次我甚至改了主意,想着不如不去找警察好了,干脆等着他放弃做人吧——八月初的一个下午，天降大雨。仿佛天空都无法再承受天气的炎热，猛地喷涌出了汗水一般。大学生穿着一条短裤出现在我家门口，好似在炫耀他的长腿。他借口"楼下的空调不好使"，一脸不乐意地走进我的房间。正当那些白蚁的尸体开始比汗水还要激烈地从他口中冒出来时，我极其自然地把话题往父亲身上引，我问他："那个人应该出轨了吧？"他说："你不是亲眼看到出轨现场了吗？""现场？没看到啊，是在哪儿呢？"听我这么问，大学生指了指墙。我不解地摇头，于是他说："他不是总去隔壁吗？就是和我年纪只差一岁的那个男助手，时常和她一起工作到深夜，好像是叫木村吧。你吃完了晚饭回自己屋之后，不会以为她真的接着工作了吧？"大学生以为我刚刚说的"那个人"是在说"母亲"。这一点我意识到了，但我没有马上搞明白大学生那暗含深意的眼神。毕竟我身体里正在成长的那个"女人"才刚刚萌发第一片本叶，至于一个中年女人就在与自己孩子一墙之隔的房间里和一个与自己儿子年龄相仿的年轻人上床的事，我想我还没成长到能够想象出具体画面的程度。

　　我当时太过不谙世事，第二天，我假借电视剧的剧情，和补习班的朋友提起这件事，问她这种年龄差距如此之大的恋情是否真的存在。于是朋友说："哎呀，我就很迷高中生啊。"的确，那个木村和白净的大学生不一样，他的皮肤好似黑亮的陶瓷一样闪光，是个颇有点现代野性美的青年。而我这样的少女……我这样还不算成熟女人的少女，也已经用眼神无数次触碰过他的身体了，所以一个中年女人直接动手摸他，这也没什么不自然的吧。反正他们的关系于我来讲算是件好事。

　　我的计划是让自尊心很强的"恭子女士"目睹父亲的出轨

现场。我要让他们知道，他们高举的"自由夫妻"大旗，内在是多么不堪一击，简直就是空谈。不过，在制订这个计划前很久，我就因为一些其他的事问过她"如果爸爸出轨了，妈妈会不在乎吗"。她带着冷艳成熟的微笑回答我："当然了，我一点都不在乎。如果我把他捆在身边，那不就连我自己都变得不自由了吗？"但我听出来了，她的声音里掺杂着一丝勉强。当时我暗恋班上的一个男孩子，之所以拼命学习，也是为了让他注意到我。我曾咬牙鼓起勇气和他搭话，对方似乎也对我有那么点意思，但是男孩子对女孩子的评判标准终究不在头脑是否聪慧这方面呢，他很快就换为和其他可爱的女孩子交往。朋友绘里来安慰我，我却笑着说："没关系，我一点都不在乎……"和恭子那句"我一点都不在乎"如出一辙。

只要时机成熟，顺利让那个女人目睹自己丈夫的出轨现场，那躲藏在"不在乎"背后的心声就能被引出来了。而且，我现在知道这个女人也出轨了。如果父亲得知妻子和小自己二十多岁的男人——拥有他已经失去的青春，活力四射的年轻人——偷情，他那张故作镇定的脸庞背后一定会烧起怒火混合嫉妒的滚烫岩浆。我想，如此一来就能让他们两人双双崩溃了。人总会把自己的事束之高阁，不，是一旦自己跌跤，就会去埋怨别人。我问间谍："爸爸知道这事吗？"间谍回答："不知，那女人又不傻，她隐瞒得很巧妙。"之所以隐瞒，是因为意识到自己做了有愧于别人的事吧？她应该是怕父亲一旦知道了，就会一气之下和她离婚吧？果不其然，平时挂在嘴边的那些话不过都是在表演，说是不受束缚，其实捆绑得比谁都厉害……所以我告诉自己：就由我来帮他们解绑好了。有一点我可以确信，她会因为心怀愧疚而暂且把自己的问题束之高阁，转而去批判父亲的出轨行为。

不过，实际情况和我的预测略有出入，在这个阶段，父亲都还没有个像样的"高阁"。听间谍说："你老爸与其说是出轨，不如说是在玩弄女人。他会和一些陪酒女玩个两三晚，但没有固定的女人。"于是我决定稍微改变计划……后来我也特别注意了一下，的确，"恭子女士"和木村的关系非常紧密、稳定，已经到了随时有可能与父亲离婚的地步。所以我转换思路，改成让父亲去目击母亲的出轨现场。因为他们真的打得火热。"恭子女士"会一边说着"快，吃完饭由衣子就赶快回自己房间学习吧"，一边对坐在沙发上的青年抛媚眼。那眼神就好似煮沸的红色颜料一样热烈。而那青年虽然对我露出客气的微笑，同时也在焦躁地啃着自己的手指，好像在催促"哎呀，好想赶快啃点别的"。而且，刚走出那个房间，我就清清楚楚地听到了房门上锁的声音——

不过，间谍告诉我："老爹喜欢那种有点危险的陪酒女，比起好似无菌室管理员一样的女人，他更喜欢有点脏兮兮的，女人味很重的类型。"他这句话给了我提示。既然他没有"固定的女人"，那我就亲手送他一个好了。我身边恰好有他喜欢的类型，那女人和生活能力为零的男人结了婚，生了孩子又离了婚，现在一边在银座的俱乐部工作一边养小孩。没错，她就是我朋友绘里的母亲。我见过她几次，正是个"有点脏兮兮的，女人味很重"的美人。我知道绘里特别渴望能有个父亲，我还记得她曾说："我妈感叹过，她这个人特别受男人欢迎，可是这些男人没一个主动说要和她结婚的。"想到这儿，我急忙找到绘里和她商量，告诉她："要是我爸爸和你妈妈结婚了，我们就是亲姐妹了。"

我和绘里关系特别好，学校里甚至有传言说我们俩是同性恋人。而且之前我也和绘里说过我讨厌"恭子女士"的事。所以这件事绘里一听就答应下来，还说"我见到由衣子爸爸的时候也有不一样的感觉呢"。事情简直推进得太顺利了，顺利得可怕。我们花了两小时制定作战计划，一周后机会就来了。八月下旬，恭子和木村一起出差去了北海道。那天绘里和她妈妈一起夜宿伊豆，她们也邀请了我，我叫上了父亲，父亲问："你们放个暑假，连家长也有作业要做吗？"然后特别勉为其难地同意了。可是，在东京站见到绘里妈妈的那一瞬，他的态度变了。作业就是"玩乐"。他们两人都不知道这其实是孩子们联手撮合的一场"相亲"。但他们却像两个相亲会上很来电的年轻人，很羞涩，又彼此倾慕。

现在这个季节已经不太适合下海了，海浪汹涌。不过那两个坐在泳池边的成熟大人，却仿佛正迎来一个全新的夏天，我们两个孩子也不时加入到那新鲜的季节氛围里。我们融洽地玩耍着，酒店的员工甚至错将我们认作一家人。说到父亲和绘里妈妈的体形，一个是还残留些年轻人风貌的纤瘦，一个则过于丰满、身体曲线甚至有些走样。这两副肉体纠缠在一起，就好似牵牛花的藤蔓缠着细细的木杆。到了晚上，我和绘里只需齐声尽情撒娇，嚷着"我们俩要睡一个屋"就行。因为我们是一家开了一间房，父亲说了句"真拿你们没办法"，随后又给绘里妈妈开了一个单人间，但是那个房间根本就没用。第二天，我跑去本该只有父亲一人躺过的床上察看，结果找到了一根泛红的长发。于是我立刻跑回我们的房间告诉绘里"作战大获成功"，我们两人激动地抱在一起，在床上直打滚。

而且，在返程的车里，父亲特别嘱咐我："别告诉你妈我也和你一起去伊豆了哦。"第二天，从北海道出差回来的母亲也是一脸高兴，一看就是尽情地和木村共度了新鲜季节的样子。这也从另个一层面表明这场作战的成功。没错，暑假过去了一个月，我已经打了个相当不错的基础，搭起了破坏计划的大框架——

不可思议的是，明明计划全速推进，学习时间大幅缩短，可我的脑子反倒非常清醒明晰，效率大增。补习班考试的成绩超越了迄今为止最好的一次。既然架构已经搭得差不多，那接下来要做的事就只剩下一个了。

从伊豆回来，很快就到了一月几次的"团圆"时刻，祖父当场对恭子女士说："我在老人会上认识的朋友某天晚上突发脑出血，可和他生活在一起的家人谁都没察觉，他就那么死在了家里。我担心自己也遇到这种事，想在房间里安一个能通到其他房间的呼叫铃，比如装到由衣子的房间里……"当然，这也是我前一天对祖父吹的耳边风。我告诉他："我实在是太担心您的身体，担心得不得了呢。"然后告诉他，可以编个谎，就说有个老人会认识的朋友死了。听了祖父的话，母亲支支吾吾地回答："怎么会，爸爸您如果觉得身体不舒服，那可以搬来我这儿住呀，我来照顾您。但是吧，我觉得您的身体很健康呢。"她这么说完全是言不由衷，她怎么可能愿意和老头子住一起，肯定是选择安装呼叫铃喽。几天后呼叫铃就安好了。我又告诉祖父："虽然安上了呼叫铃，但我高烧三十九度的时候妈妈都没下班回来照顾我。所以这个呼叫铃装了可能也是白装。"我又劝他："在真的病倒之前，还是先测试一下比较好，看看我妈是不是真的能来。嗯，我觉得她应该会来，但会故意晚一点儿来。因为我觉得要是祖父您死了，妈妈她说不定……"说到这儿我就故意不再说下去，任凭巨大的沉默说明了一切。

这场测试是在暑假结束的两三天前实施的。那天恭子女士说，她和木村有非常重要的工作要熬夜做完。事情发生在深夜一点。我早就做好了准备，房间里的呼叫铃一响，我就穿着一身睡衣冲出门。可是等恭子女士赶到，已经是在二十分钟后了。因为她整夜工作，所以还要重新梳头发，穿好衣服，收拾和木村睡乱的床，隐藏床上所有偷情的痕迹，这些都很花时间。等恭子女士到的时候，祖父那遍布皱纹的嘴巴就仿佛破裂开了一样挤出"你这浑蛋"四个字，然后就痛苦地呻吟了起来。我当时光顾着佩服祖父逼真的演技，其实他是真的对儿媳大为光火，气到脑神经都快断裂了。我所期待的"猛地发一次"的火山已经喷发了，我却没有意识到。

我们喊来医生看诊，医生说祖父没什么大碍，休息两三日就能起床了。恭子女士拼命为自己辩解，可除了我，祖父不愿意和任何人说话。他终于说出了那句我早就为他准备好的话——"由衣子说得没错，我可能还是去养老院比较幸福。"说出这句话时他似乎感慨颇深，又带着真切的实感。如果我在这个阶段把恭子那晚没有马上赶来的真正原因告诉他，那这个准备在九月回归孤独老人身份，逐渐不再见我们所有人的祖父，一定会更进一步下定决心吧。但我暂时还不想让父亲知道木村和母亲的关系，所以只露出欲言又止的表情，似乎有一肚子话但不能说，只用表情勾起对方的好奇心。

新学期开学，祖父开始收集各种养老院的宣传册。新学期考试的最后一天，他偷偷跑去学校门口等我，我们两人去了那些养老院中的一家。那地方要比宣传册上描绘得更加华丽，与其说是"院"，不如说是豪华公寓。住在那儿的人素质都很高，设备也很齐全。最重要的是，那儿的工作人员，就算是看上去水平最差的，也要比恭子女士温柔得多。当然，祖父也不可能当场敲定这件事，他准备等来年四月我读了初中后再做决定。看了一圈，祖父说"我有点累，咱们休息一会儿吧"，然后就在宽敞中庭里的石头长椅上坐下。我隔开一段距离，望着瘦削的祖父动作迟缓地坐下去的模样，笼罩着繁茂的青绿色树叶的夕阳逐渐浓郁，夏日最后的光芒尚留一丝锐气，它将祖父本就单薄的身影衬得更弱了。他看上去就像马上会消散一样，只浮着一个虚无的影子。我突然意识到，我所做的这些事或许过于残忍了，简直就是在他行将就木之时，让他彻底陷入了孤独。当然，当时的我只有十二岁，还不会有如此文学性的思维，我只是有种做错了事的感觉，整个人被一阵悔意所侵袭。不过，我马上换了个思路。这个人以后就没必要再去表演家人的角色了，他总算可以从那个水泥浇筑的家庭里解放出来，做个"他人"了。他至少不用再勉强自己去表演家庭中的一员，相比之下，寂寞反倒是一种幸福。既然如此，那他对我来说也是"他人"了，他不再是我的祖父，而单纯只是个老爷爷。如果是这样的话，我或许会一改过去对他的态度，发自真心地去爱他。没错，因为我当时只是个孩子，所以我会那么想，那是只有孩子才拥有的残忍和温柔。

自从发生了那么一次状况后，无论恭子女士费多大力气试图讨老爷爷欢心，他都始终沉默着，一言不发。逐渐地，恭子似乎也没了耐心，改成一副冷脸，不再正眼看他。一直到秋天结束，这三个月均无事发生。熊熊燃烧了整个夏天的我的伟大计划，也仿佛和夏天一同离去了。这个计划就像秋意，会在澄澈的天空和静谧的风的背后，一点点地，逐渐加深。乍一看好像什么都没发生，可随着时光流逝，背后的各种关联性便逐渐显现。我们不时会在学校教室的某个角落、走廊，或没人经过的楼梯上确认计划的进度。我从绘里那儿听到——这是那三个月里唯一对我的计划有推进作用的消息。我这边，父亲是瞒着我的，但绘里那边，她妈妈大致都和她讲了。虽然绘里被嘱咐"不行，你可不能告诉由衣子哦"，但绘里有任何事都会立刻告诉我。当时绘里还说："可是妈妈，由衣子总说她特别希望自己的爸爸能离婚，和你再婚呢。"我说的这句话，也通过绘里妈妈的嘴转达给了父亲，她真是站在我这边的同伴啊。父亲倒没有直接对我说什么，但他现在一和我对视，就会用一种莫名温柔的声音有意讨我欢心。而且他造访我隔壁的次数在变少，偶尔看到他们夫妻俩一起，爸爸看妈妈的次数也明显比以前更少了。父亲的变化搭配绘里提供的信息，我明确地推测出他和绘里妈妈的关系在进一步发展。同时老爷爷和他儿媳的关系变得如此险恶，儿子却一句话不说，对他们的关系毫不关心。儿子的性格如此冷酷，我猜老爷爷已经开始憎恶起他来了。可是父亲眼里只有绘里妈妈，或者说只有那灼热又熟透了的肉体。那肉体已经把他的脑袋占得满满的了。就像秋意让青空渐渐变淡，让树叶的颜色渐渐丰富，最后展露出无限深刻的模样。到了那时，我希望能如愿让公寓里住户之间的鸿沟继续深刻，我和外界的人际关系也能加倍地深刻。母亲和父亲见面的频率越来越低，她假托工作和木村一起出差的次数却越来越多了。

到了十二月，秋季迎来最后一天。考试前一日，校园里的树叶临阵磨枪一般落了满地。在放学后昏暗的教室里，绘里对我说："妈妈说，你爸爸准备和她结婚了。"不，在此之前，在那三个月里，我还有一件事要做。我思考了许久，钻研如何让大学生把他那独立的结晶卖给别人，最后我准备安排一个非常符合他那有气无力的性格的，有气无力的现场。我让他和别人见面，把毒品藏在他穿着的那身衣服里。然后只要给警察打个电话,告诉他们"有人在做毒品交易,此人大概会坚决否认,但他身上绝对藏了毒",就可以了。一旦被警方盘问,大学生肯定很快就会有气无力地认罪。我准备让大学生在一家咖啡厅和我安排的对象见面,至于对象的人选,我第一个想到的就是绘里的妈妈。只要说想把哥哥介绍给她,因为这个年轻人以后可能就是她的继子了什么的,我想绘里的妈妈一定会很高兴见到大学生的。对于我来说,父亲和绘里妈妈再不再婚都无所谓。我只想让那两个人离婚而已,绘里妈妈那副男人所喜欢的肉体,只不过是我拿来达成目的的小小武器罢了。而且,大学生的事我还没有彻底想好,驱逐他的计划我准备挪到圣诞节之后,慢慢研究。

没错,圣诞夜,我是在那天确定了最终目标。说起来,也是因为那天母亲要和木村去万座滑雪。不,她本人的说法是:"今年年底妈妈要去仙台工作。由衣子现在到了考前的最后冲刺阶段,今年就别想着玩了。"但我知道她在撒谎。大概就在绘里告诉我她妈妈要和我爸爸结婚的那天晚上吧,记得我当时正在准备期末考试,父亲突然晃到了我房间。用"晃"这个字,是因为喝醉的父亲的行为就留给我这样的印象,他连声音都是"摇摇晃晃"的。他问我:"要是我告诉你我准备和你妈离婚,和别人结婚,你怎么想?"我回答:"爸爸和我不是父女,而是关系超好的朋友,你不是总这么跟我说的吗,为什么还要问我这种问题呢?爸爸你是可以自由选择的呀。"听到我这么回答,父亲慌忙改口道:"哎呀,就是因为我们是朋友,所以我才想听听你的意见啦。"于是我回答:"我超级支持你!不过,最好是和绘里妈妈那样的女性结婚呀。""是吗……"这两个字父亲喃喃重复了无数次,连脸颊都染上了红晕。随后他又摇摇晃晃地离开了。翌日,我独自在隔壁吃晚饭的时候，给万座的酒店打了电话，说"我想确认一下二十四日的预约"。没错，我就是通过这通电话得知妈妈的行踪的。妈妈订的是两人入住的房间。"我知道了，谢谢。"说罢我挂了电话，仅花费五秒，我就下定决心，立刻给绘里打了电话。我把万座那家酒店的名字告诉了她，说圣诞夜我们四个人就去那儿住吧。和伊豆那次一样，绘里和妈妈邀请了我，我又叫上了父亲。当然对母亲是保密的。父亲也隐隐察觉到，我似乎多少看出他和绘里妈妈的关系非同一般了，于是他爽快地应邀，还说"说不定我们能给你们一个有意思的圣诞礼物呢"。其实他不知道，倘若这礼物是他和母亲离婚，以及和绘里的妈妈再婚，那这礼物其实是我给他的，而不是他给我的。

圣诞夜这天明明是滑雪场每年最火爆的时候，但我们准备入住的那家酒店的老板碰巧是绘里妈妈店里的常客，于是我们轻而易举就订到了房间。接下来就是要拼命复习考试内容，趁着这阵势，快马加鞭，让计划在那个雪夜彻底落实。很快，到了寒假。圣诞夜前一晚，我让绘里住在了我家。恭子女士那冷艳成熟的身体大概已经开始渴望第二天万座的雪了，我对她说："绘里的妈妈今天会特别晚回家，她太可怜了，让她留宿一晚吧。"母亲就用喜滋滋的声音说："那我今晚就代替绘里妈妈，做些好吃的给你们吧！"绘里脑子不太聪明，但是长得好看，性格也很棒。她的梦想是成为女演员。她还说过"我只要想哭，随时都能哭出来呢，你看你看"，总之就是很擅长做这种蠢事。而她这个喜欢做蠢事的习惯，倒是在那晚派上了用场。

那晚，我让她哭一场，还告诉她"你只需要一直哭就行"。然后我去喊来妈妈，对她说："绘里的妈妈今天和爸爸在一起。而且不单是今晚，他们在很早以前就经常见面，还决定要结婚。

绘里本来很希望他们结婚的，可是今晚她见到了妈妈，觉得妈妈人实在太好了，开始觉得过意不去……"当然，我是不会流畅地一口气说这么一大通的。我会以一种心绪不宁的状态，磕磕绊绊地说出来，我优秀的演技足以得到一个"由衣子也能当女演员呢"的褒奖。母亲的脸变得好似纸一样干枯，她只说了一句"别瞎操心了，早点睡吧"，就离开了我的房间。而我则奔到走廊上喊住她，说："之前我看到绘里的妈妈戴了一枚绿宝石戒指，和妈妈被偷的那枚一模一样。她说是特别重要的人送的，我当时也稍微起了疑心，想着该不会是爸爸送的吧，可我太害怕了，所以一直没说出口。"我只说了这么多，剩下的内容，会自动在母亲的脑海中回荡：该不会是他偷的吧？为了作为礼物送给别的女人……

"别胡思乱想，快睡吧。"这句话像是她说给自己听的，因为听上去很像自言自语。她的语气很平静，可在深夜的走廊上，冷白的灯光下，我能看到她的脸有一瞬丑陋地扭曲了，苍白且丑陋。之前我说过，她只有半张女人的脸，而就在那一瞬，她的脸变成了一个完整的女人的脸。

母亲恢复为原本的模样，坐上了前来迎接的木村的车。她大概是准备一边在雪中的酒店里与木村激情四射地缠绵，一边在头脑中冷静地思考孩子在前一晚说的那番话吧。下午，父亲开着自己的车来接我们，我告诉他"祖父找你有话说"。父亲上楼去了老爷爷的房间，几分钟后就回来了。而且原本阴沉的表情突然变得开朗起来，对我说："咱们去接上她们出发吧！"他之所以表情阴沉，是因为老爷爷没说理由，劈头就是一句："虽然可怜了由衣子这孩子，但除非和那女人离婚，否则我的遗产一分都不会给你。"我之所以知道这件事,是因为几天前,我把老爷爷按铃那晚恭子迟到的原因告诉了他,还委婉地表示,希望老爷爷能让父亲离婚。"失去妈妈我会很难过,可是再这么下去爸爸也太可怜了。"老爷爷现在已经成了他孙女的提线人偶,自然是照做了。关于遗产的那句话,应该会极大地影响到父亲那晚在滑雪酒店时的心理活动;而从阴沉变为开朗,是因为他转变了思路,觉得"横竖都是要离婚了"。肯定是这样的……而我能做的,就是消除干扰他下决定的最后一丝犹豫,让他把这个决心坚持到最后。而且我喜欢那种浪漫电影式的大结局。神明之手将纯白的雪从漆黑的夜空中撒向大地,那雪就像白色的糖霜飘落。还有装饰圣诞树的五颜六色的星屑。派对的欢呼声、歌声、圣诞夜和亵渎这神圣夜晚的成年人的床上游戏……某个男人目击到妻子的出轨现场,于是被原本早已忘却的感情——嫉妒、愤怒——所侵袭。然后就是那一夜结束后,残留下来的庆典的残骸中那褪了色的离别,一切都在有条不紊地进行着。当车窗外的暮色被夜色取代,我已经疲于应对绘里热闹的说笑,开始假装犯困,同时脑子里像演电影一样快速过起今晚将会发生的一幕幕。我可能真的很困了吧,整个夏天的疲劳突然涌上来,我感觉自己终于能安安静静睡个好觉了。可就在此时,绘里妈妈的笑声惊醒了我,我睁眼看向窗外,夜空中正纷纷扰扰洒落无数白色的雪片。

除了这一路上遇到了很长一截的拥堵,抵达酒店的时间比预想的晚很多之外,没错,除此之外一切都和曾经看过一遍的电影一样,如我所愿地展开。不过,由于延迟抵达,事情变得有些仓促,呈现出来更像是快进的录像。

晚饭我们选了妈妈讨厌的中餐,因为担心他们两人提前撞见。不过这家酒店很大。吃完饭已经九点多了,我和绘里立刻被赶回了房间。那两个大人之后出门去了酒吧。房门一关，我立刻给前台打了电话，问到了母亲房间的号码。紧接着就往那个房间打了通电话。"923"——那个号码是我这一生中遇到的最奇妙的一组数字，如今它虽略有些走形，却仍残留在我的记忆深处。在长长的接通音后，我听到了母亲的声音。有些沙哑、冷淡，但又带着潮湿的感觉。我立刻挂断了电话。我扭过头，只见绘里身上缠着条黄色的毛毯站在我面前……我顿时想到，楼上那个房间里的毛毯也是这种颜色的，于是我用尽力气把她身上的毛毯扯了下来。绘里转了好几圈，险些从床上掉下来，她看向我的眼神变得十分胆怯。突然，我感觉伴随着小小的心脏跳动声，时间的流速加快了。似乎才过了短短五分钟，我就感觉父亲他们要回来了。我们四个人明明还能再一起玩玩，我却知道不出一分钟，父亲就会和绘里的妈妈一同站起来，说这么一句毫无意义的话："明天一大早就要教你们滑雪了，今晚早点睡吧。"于是我抓住父亲的手腕，把他拉到走廊上。"刚刚你们不在的时候，我在酒店里闲逛探路，遇见了意想不到的两个人。跟我来。"随后我们乘电梯到九楼，找到那个房间。没花几秒钟我们就站在了门前。"这是我送你的圣诞礼物。你有勇气打开看看吗？"我冲父亲笑着，扬起狡猾聪慧、丑陋残忍的少女的脸——只要知道门后的人是谁，父亲就会立刻明白一切并非偶然，而是某人设下的圈套。而设下圈套的人，只有可能是我。如今我已无须再扮好孩子了。站在最终目标的门外，我第一次向那男人展露出我的真面目。几秒钟后，那男人就会看到那女人真正的面容。那是我的双亲，不过是在扮演我的双亲的两个人的真正面容。没等他回应，我已经伸手去按响了门铃。门上是不是有猫眼？为了不让房里的人看到外头的情况，我让父亲贴着走廊一侧的墙站，我也一样贴墙躲避。等待开门的时间里，我被父亲身体投下的阴影和恐怖的寂静笼罩，眼下，我在距离东京很远很远的大山深处，一个被白雪封锁的酒店里，庆祝着和普通的十二岁孩子完全不同的圣诞夜。门被推开了十厘米，下一个瞬间，它又立刻被大声关上。不过，那片刻间，我和父亲应该看到了同样的景象。一个只穿了条内裤，上身随意披了件皮草外衣的女人惊愕的脸。可父亲却一副无所谓的模样。"什么嘛，这礼物真够无聊的。"不知他是真的说了这句话，还是摆出了仿佛在这么说的表情。然后他拉着我的胳膊，沿着长长的走廊回去了。可是，当我们等了半天，电梯门终于徐徐开启时，他却突然松开了我的胳膊，奔向刚刚的房间。我紧随其后。父亲——那个男人开始不停地按门铃、敲打房门。门打开了。女人来到走廊，反手将门关上，仿佛把所有秘密都藏在了背后的那扇门内。她穿着绿色的衣服，如初夏的青叶般娇艳，甚至感觉鲜艳得过了头。那华丽的色彩，和丧失了平日丰厚质感、薄薄糊在脸上的濡湿头发丝毫不搭。她只来得及慌忙涂个口红，完全没化妆。那张脸和我熟识的那个女人的脸完全不同，脸庞上只有一张红色的嘴特别明显，那嘴蠕动着说："你去楼上的酒吧等我，我马上过去。"她或许正想要这样讲。结果父亲——那男人突然好似被勒住了喉咙似的高声大叫着，抽了她一巴掌。女人的脸被打歪到一边，但马上恢复过来，她死死瞪着男人的脸，说："我们约好了要尊重彼此的自由的。"男人回道："可没说能撒谎吧。"此时女人的表情已经恢复为日常的模样。"你不也一样撒了谎吗？什么都不说地隐瞒，这是最卑鄙的谎言。""我和你共处的时间甚至都不够撒个谎的。"那男人如是说。然后，这盘快进的录像带似乎被突然按了暂停，两人陷入长时间的沉默，彼此怒视着对方。其间一个喝得醉醺醺的，头上戴着一顶摇摇欲坠的尖帽子的年轻人经过走廊，很不客气地扭头打量着这两个人。可他们丝毫不在乎，无声地怒瞪着彼此。他们用打量陌生人的眼神对视、确认，接着，女人微微露出一丝微笑。她的表情也符合我的预测。为了从冲击之中重新振作，保护好自己的尊严，她摆出了这样的表情。随着这个表情的出现，一切宣告结束——一切都随着她的这个表情结束了。原本应该是这样的……可是，当她将目光从男人身上挪开，冷酷地转过身准备回房间时，突然看到了我。看到了距离他们几步开外，在角落里站着的小小的我。有那么一会儿，她看我的眼神充满了不可思议，就好像想不起来我是谁了似的。不，她想起我是谁后，依然静静地看了我好久。然后，她的眼中泛起了泪光，随即化作泪珠，沿着脸颊滑落。不过她只流下了一滴泪而已，女人很快就扭头回屋，关上了房门。

　　在我心里，那原本已经完结的剧情似乎伴着那滴眼泪，迎来了一个超级反转的意外结局。我的计划虽然成功了，但计划却不是通过"离婚"，而是通过那滴泪被突然画上了句号。原来是我什么都不懂。其实，我用动物般的嗅觉嗅到的，并不是母亲平日里的那半张脸，而是她全部的脸。她的眼泪仿佛被她的衣服染上了颜色，闪耀着绿宝石般的光芒。还有一件事……七月初，从那女人化妆台的盒子里偷走了宝石、偷走了耳环和戒指的，是我。而我直到今天也没能偷到那好似宝石般闪耀的绿色眼泪。

　　关于这件事，我并没准备骗你。我是想好了要放在最后再说。我就是那起偷窃案的犯人。我真的很讨厌这个"假面家族"，我从母亲那伪装成美女的脸和饰品上看到了假面的象征。于是我偷走了那些珠宝，把它们塞进装满垃圾的垃圾袋，扔掉了。我学哥哥的样子，假装用铁丝弄开了门锁。不过，如今想来，我是觉得光这么做并不能把大家身体里的垃圾、岩浆、白蚁都掏出来，所以才制订了那个计划……

发生那件事的第二天，我和父亲，还有绘里和绘里妈妈一起，在银白的世界里尽情玩耍，好似无事发生。当天晚上我们回了东京，父亲要送绘里她们回家，所以我独自回了公寓。我按响隔壁的门铃，可是没人回应。房门没锁，我扭动门把手推开了门。那个人，她就在没开灯的房间里，在昏暗的床边抽着烟。我想就前一晚的事和她道歉，一开口却是就偷盗事件道起了歉。"偷走那些东西的是我……"我说，然后放声哭泣起来。那个人侧脸对着我，望着窗外无尽的夜色，回答"算了，没事"。她的语气听上去似乎是真的无所谓。她的声音和前一晚我在酒店电话里听到的声音一样沙哑。可此时我才意识到，那个人似乎一直是这样的嗓音，只不过我忽视了这一点。那个人又继续说道："真的没事，就算昨天的事让我失去了一切，我还剩我自己呢。"随后她问我："你饿吗？"语气和平时一样温柔。我摇摇头。她说："那你回去吧，这里是我的房间。"语气也和平时一样冷漠。

如果说我的计划是以"让他们两人离婚"为目标，那应该是成功的。因为他们新年一过马上就离婚了——可是一切毫无变化。我不知道那个人有没有和木村结婚，不过我知道木村比以前更频繁地出入隔壁房间了。可以确定的是，父亲并没有和绘里的妈妈结婚，不过之后他们依然保持着那种关系，而且父亲偶尔也会造访隔壁。老爷爷决定不去养老院了，他依然住在我楼上，不过这些于我而言都是无所谓的事了。我放弃了报警出卖大学生，于是那个有气无力的家伙在两年后成了有气无力的上班族。

每个月一两次的"团圆"活动取消了，反正这种事无论对我还是对那些人而言都没有任何意义，而且改变不了任何事。八年后，我还在读大学时，和我的同学，也就是你，结婚了，搬出了那栋公寓。我们从小学到大学一直是同学呢。

不，我还是觉得一切都没变。刚刚我提到过，我读小学时曾经单恋一个同学，那就是你。当时我可能是为了从那些人身边逃离才对你那么着迷的。或许和你结婚，也是为了逃离那些人，逃离那栋公寓。将那一年和今时今日联系起来的，是牵动电梯的铁链，事到如今它依然发出危险的摩擦声，却又坚决不肯真正地断裂。就这样，我以后也会有孩子，也会拥有自己的家庭。我总算能和那些人变为陌生人了。可是，事到如今，我反而觉得总算和那些人莫名成了真正的家人。真奇怪呀，像这样透过窗户看向那栋公寓，当时的那些人，包括我在内的"那些人"，都想逃离家人这个词的束缚，可是"家人"这个词却始终伴随左右，将他们统统束缚。家人只不过是在拼命地扮演家人而已。而现在，我却像这样，在窗边凝望着近在咫尺的，好似要把我现在的家压垮的那栋公寓。

夜的右侧　————

从地铁出口走上来，外面的雨要比预想得猛烈许多。

走出位于丸之内的公司时，他并没有察觉到滴在后脖颈的水滴其实是雨。

就算回去了妻子也不在家，就近找家饭馆解决晚饭好了，池岛的视线随着脚步一道迟疑着。恰在此时，一个女人的脸出现在他的视野里。

池岛对这个女人没什么印象，女人却一边冲他亲切地微笑一边点点头道："您是要回家吗？咱们可以打一把伞。"

说罢，她没有在意一脸僵笑、犹犹豫豫的池岛，撑起了一把男人打的大伞，遮住了两人。

"咱们一路的，别客气。"

她的细长双眼几乎陷进了脸上那夸张的笑容中。女人身穿一件黑色和服，乍一看还以为是一身出席葬礼的衣服。

与此同时，她怀里抱着一束色彩丰富、鲜艳绚烂得让人眼睛痛的花束。那束花和那身静谧的黑色和服极其不协调。两者搭配在一起，更显得那女人的表情捉摸不定。看样子对方似乎认识自己，所以池岛也不太好意思开口询问"您是哪位"。

一番犹豫，池岛只好说了句："谢谢您，那我就不客气了。"随后钻进她的伞下。因为女人拿着花束和皮包，似乎很不方便，池岛便主动负责撑伞。他虽消瘦，但肩膀很宽。他尽量缩起肩膀，向着站前的商店街走去。

女人主动开口，随意闲聊。

"您搬过来也有一年了吧"或者"从公寓到车站这段距离，

男士一般走十分钟就到了吧？也算是适当运动一下，不过下雨天就比较麻烦……"

池岛则适当地回个"嗯"之类的。

看样子她和自己住同一栋公寓楼。

池岛是去年贷款买下那间公寓的。去年升职当上了课长，他便一咬牙买了房，在四十岁这年背上了长达二十年的房贷，开始了还贷马拉松。工作也随之忙碌了起来，他时常加班加点。难得买下了房子，如今这房子却变成只是晚上用来睡觉的地方。他感觉自己就像每天住在酒店，出去上班时就算遇到了公寓里的邻居，也顶多点点头，算是打个招呼。

"你同事都说你很冷漠，虽然我解释说你那其实是害羞啦。"

妻子公子说得没错。就算与邻居家的主妇同乘电梯，对方和他搭话时，池岛也会错开视线不和对方对视，而且无论对方说什么，他都只会用"嗯"这种近乎气声来应付。池岛已经记不清邻居的相貌，邻居却一副和他很熟的架势。不过妻子为人随和，积极地和公寓里的邻居们交往，还会互相串门。有一次妻子拿回来一只卡地亚的打火机，说："长田太太说她先生开始戒烟了，用不上这东西了。"

没错，妻子时常提起"长田"这个姓氏，但池岛甚至不清楚这家人的门牌号是几号。

这个女人，就是妻子经常提起的长田太太吗？

"今年的樱花都被这场雨彻底打落了。"

两个人走在两旁种满樱花树的长长马路上，女人如此呢喃。这会儿池岛已经对与这个女人共打一把伞感到很痛苦了。

被雨打落的花瓣黏在沥青路上，仿如一幅花瓣做的点描画。因为没有人行道，来来往往的车辆络绎不绝，为了保护这位女士，池岛让她走在了自己的右边，而他不断避让路过的车子时会频繁碰到女人的身体。为了不撞到她的左肩，池岛只能拼命收着自己的右肩，肩膀都快麻了。

这大概就是典型的"善举往往适得其反"吧，唯一的好处就是能如此近距离地闻到女性身上的香气了，这对于一心工作，和搞外遇毫无缘分的池岛来说也不失为一桩幸事。一开始，他以为那沁人心脾的甜美香气是来自那束花，后来才意识到那是女人身上的香水味。她雪白的后颈在黑和服的衬托下越发扎眼，被水汽打湿的碎发妖艳地抖动着。妻子公子今年已经三十八岁了，可能是因为没生过孩子，又一直保养得很好，她看起来非常年轻，常被人误以为只有二十来岁。不过，在与她共同生活了十年的池岛眼中，妻子并不是个"女人"。

然而，被一道关进这雨伞造就的密室之中的他人之妻，虽看上去已年过四十，却是个浑身充盈着足够新鲜的色泽和香味的"女人"。

"您是刚刚参加完葬礼回来吗？"

池岛努力控制着自己的肩膀不要向右倾斜，第一次主动开口，说了这么一句话。

女人出声笑了，回答："我是去参加侄女的婚礼了。"这时池岛才注意到她那被雨水打湿的裙摆上有花朵的纹路。

"不过，总有人说我的面相很适合穿丧服。"

女人微微扭头看了看他，脸上的笑容缓解了池岛的尴尬。女人化了淡妆，但她脸上明显有一层远远浓于妆面的荫翳。每次微笑，她的脸颊上都会闪过一片清晰的暗影。

池岛本就没有勇气仔细盯着女人的脸看，每次对视他都会率先挪开视线。

走过了天桥，好不容易到了公寓大门，池岛有种如释重负的感觉，不由得松了口气。不过，在他道过谢，女人收起雨伞微笑着说了"不客气"之后，痛苦又延续了一阵子。他们一起走进电梯，并且一起走到了五楼的走廊上。

池岛家是和逃生口隔了三户的五〇四号。当他走到门前，从外套的兜里摸出钥匙准备开门时，女人竟然也停下了脚步。到了这一刻，池岛都还以为女人住在更靠里的某一户呢。

池岛又一次转过来对她点点头表示道别，可女人依然站着没动。她那饱含笑意的目光依然紧紧地粘在池岛的脸上。

"那个，您该不会……是想来我家做客吧？"池岛问。

"是啊，我刚刚不是说咱们一路吗？"

可是女人并没说要和他去同一栋公寓的同一个房间啊。

池岛皱起了眉，问："您是公子的朋友还是？"

"公子不是去汤河源参加同学会了吗？我知道她不在家。送您这个，算是伴手礼。"

女子并没有被池岛的问题难倒，一口气说完这句话，随后把怀里的那束花递给了他。

她叫小原几子。

走进池岛家，小原几子大致环视了一下客厅，然后说："既然带了花来，那我就给您插一束吧。我在镰仓开了一家花道教室。"说着，她从架子一角找出一个大花瓶，请池岛去准备水和剪刀，然后像在自己家一样，非常自然地坐在了沙发上。

池岛真正感到窘迫，大概就是从这会儿开始的。公子很不擅长收拾，客厅和厨房都很乱，池岛都不知道该怎么从乱七八糟的杂物里找到剪刀，他甚至感觉不像回到了自己家。池岛一边紧张兮兮地找着剪刀，一边在记忆之中搜寻女人的名字和镰仓这个地方。可他绞尽脑汁只能想起，去年夏天妻子带着从北海道来东京的双亲去镰仓玩过一天，仅此而已。

"您是因为什么事认识我的？"

"我只在照片上见过您。"

池岛最终也没找到剪刀，于是拿了把水果刀代替。女人接过水果刀，竟也能熟练地插花。

"如果您想来我家做客，为什么不在地铁出口那儿直接说呢？"池岛这样问。

可女人无视了他的问题，她切下黄玫瑰的花茎，大约过了一分钟才开口道："我一直在犹豫。"似乎是在回答池岛的问题，"等着你从丸之内的公司走出来的时候，坐电车的时候……不，其实现在我也还在犹豫，犹豫着要不要什么都不说就直接离开。"

她嘴上反复说着"犹豫"这个词，手上的动作却与其相反，非常干脆利落。花茎断枝纷纷掉落。

"你从公司就一直……跟在我身后？在地铁里也跟着我？"

"是啊，我想等池岛先生一回头就马上跟您打招呼……但直到车站出口您才回头。我刚刚不是说我去参加侄女的婚礼了吗？婚礼是在丸之内的一家酒店办的，宴会结束后，回去的路上我去了池岛先生的公司，那时已经是下班时间了，所以我就在公司门口等您。"

"可今天只是恰好有工作临时取消，我才早早下班的……一般周五我下班都非常晚。"

话语随着被削落的花茎一同掉了下来。

"我知道的，不过我早就想好了，要一直等，哪怕到深夜，一边犹豫一边等……"

女人插好了花，拉开一点距离满意地看了看自己的成果。然后她将花瓶摆在桌子一角，又顺手从桌旁的架子上拿下一个相框。相框里放的是池岛夫妇新婚旅行时拍的照片，两人穿着泳装，站在塔希提岛的沙滩上，正在嬉闹。

"公子她还是老样子吗？"

"嗯。"

女人伸出手，轻抚照片上公子的脸和身体。"不，她变了。只是她丈夫工作太忙，没注意到而已。"她如此低声说道。

"请问，您究竟是哪位？找我有什么事啊？"

池岛被紧张感弄得有些累了，声音里显出一丝烦躁。他开始对这个巧妙地避开自己的问题，还自说自话，而且说的净是些莫名其妙的话的女人恼火起来了。

不过，这个问题没能让女人挪开投注在那张照片上的尖锐视线。

"哦，原来公子长着这样的一张脸啊。我本来以为她是更加冷艳的美女呢……不过都过去十年了，长得确实不一样了。"

她又自说自话了一番，然后仿佛刚刚想起池岛还站在自己面前似的看向他。

"你们结婚十年了……对吧？"

"所以说，你不认识公子？"

"完全不认识。不过，我对她的了解可能比你还清楚。公子说她今晚要去汤河源参加同学会，但其实她没去，她是去一家叫'松风'的旅馆和我丈夫约会了。"

女人说着，下意识般用无名指抹了抹下唇，又用眼神"抹了抹"池岛的脸。

"你的意思是，我的妻子和你的丈夫双双出轨了？"

池岛自己都被这无比认真的语气吓了一跳。这个莫名其妙的女人,莫名其妙地说了这么一通荒唐话,自己应该嘲笑她才对。

"你如果不相信,我可以把'松风'的电话号码告诉你。他们用'田所'这个姓开的房,你问问那两个客人里女性的长相不就知道了吗?至于那个男人……"

女人说着,从包里拿出一张照片递给池岛。

"他叫小原英介。"

照片中的男人穿一身灰色西装,一副上班族模样,正搂着眼前这个女人的肩膀。

"这照片是五年前拍的,现在我先生也和当时判若两人。拍下这张照片后不久,他就辞去了横滨保险公司的工作,在镰仓开了个小酒馆。"

照片中的男人十分英俊,简直就是照着帅哥的模子刻出来的。不过按照几子的说法,如今他已被八面玲珑的陪酒产业磨得有些垮了,倒也显露出一些女性喜欢的"中年魅力"。照片里的女人穿着一身并不适合她的洋装,看上去比现在显老。

"您真的对太太出轨一事一无所知吗?"

面对这个问题,池岛沉默着轻轻摇了摇头。

他只能想到这半年里有过那么两三次,电话只响了一声就被她挂断。每次遇到这种情况,公子就好似找借口一样对他说"肯定是骚扰电话啦"。如今想来,那或许是某种信号。没错,他又想起有一次妻子半夜爬起来,好像去给什么人打电话了。

可是,这些事发生时他从来没多想过,也从没把这些细节都归结到"出轨"这个词上。所以……

"田所是我丈夫常用的假名,是我妹夫的旧姓。他和公子去酒店过夜的时候常用这个假名订房间。从去年夏天起,光是我知道的，他们就在横滨的酒店住了三次，湘南两次，鬼怒川和六日町各一次。大多是我丈夫自称出差的时候。"

听女人这样说，池岛倒也没有很惊讶，可能只是因为他没什么实感。

房间里回荡着雨声。女人留袖的下摆，池岛身上的衣服，还有被衣服包裹着的身体，一切都湿漉漉的，但情绪和声音却莫名干爽。后来再回头想想，他可能是在那稀薄的实感中，被女人神秘的嗓音感染了吧。

"今天我和丈夫要参加婚礼，所以一起来了东京。婚礼结束后丈夫说要和朋友喝酒，准备就在东京住一晚。可就在前天晚上，汤河源那边的酒店打电话到家里，确认他的订房信息，电话是我接的……"

"从什么时候开始的？"

"去年夏天，您太太去过镰仓对吧？当时她去了我丈夫开的那家小酒馆。她父母睡得早，她觉得无聊，就独自离开了酒店。那一晚，大概就是他们初次相识……"

"那你是什么时候发现的？"

"就是第二天一早，我丈夫的衬衣上有化妆品的味道，他裤子兜里还塞了张纸，上面写着你太太的名字和电话号码。我向店里的一个挺听我话的店员打听，得知前一晚快打烊时来了一个很爱勾搭男人的女人。后来我还跟踪过我丈夫，也找了私家侦探，摸清了他们的关系，连那女人的丈夫的情况也了解了。"

"你还没把你已经察觉到他在出轨的事告诉你丈夫吗？"

"是啊。"

"为什么？"

"他们是从去年夏天开始的。"女人掰着手指说，"到今天，过去八个月了。这八个月里我一直在犹豫。"

"犹豫？犹豫什么啊？"

"犹豫如何报复他。"

"报复……"

"没错。我在犹豫想到的办法是否可行。我没有自信，不知道你愿不愿意接受我的提议。"

说着女人站起身，拿起那张照片后又坐回到沙发上。

她的手指再次抚过照片上公子那被黑色泳衣勾勒出的身体曲线。不，不单是公子的身体，她那没有涂指甲油的手指，也在抚摸着拥抱公子的男人的身体……那手指沾上了雨声，看上去十分苍白。

"自信，什么的自信？"

女人无视池岛的问题，对着照片中还年轻的池岛的身体开口："我是来向他们两人复仇的。"又喃喃道："但我不知道这样做能不能报得了仇。可是如果不来一场猛烈的复仇，我又不甘心。"

"这样做，是要怎么做？"

"我没有信心。如果是以前，我大概会毫不犹豫，可现在我已经四十二岁了。"

女人说着，突然皱起眉小声惊叫："好痛！"

她的小指指尖冒出了一滴血珠。

"刚刚就感觉被玫瑰刺到了，但是这会儿了才突然觉得疼……"

女人说着，将手指放到唇边。

她用小指抹着嘴唇，仿佛涂上了一抹口红。女人的双眼紧紧地盯着池岛。

池岛也望着她。就在这时，他猛地被突如其来的饥饿感袭击。对啊，自己还没吃晚饭呢，怪不得肚子会饿。除了饥饿感，还有一丝恶心想吐的感觉，可能是因为女人的香水味渗透到了胃里吧。

然后他终于知道，最让他感到焦躁的东西究竟是什么了。是在猛烈的大雨中，在这个房间里，一点点占据了自己身体的、女人的体香。此时的香气要比两个人同打一把伞时、要比他们同乘电梯时都更浓郁，香气钻进池岛的鼻腔，他每吸气一次，那香气就一点点、一点点，渐渐地渗透进他的身体里。然后那香气就掺在血液里，这血红的颜色一路冲向他的下半身。

"我这个人很迟钝，去年八月产生的疼痛，我到现在才真切地感受到。此前我一直下不了决心……"

你在开玩笑吧？这时池岛终于试图挤出一个僵硬的笑容，结果他那不上不下的笑容，被女人尖锐的视线死死钉在了脸上。

他依然毫无实在感。但唯有一点，哪怕是池岛也明白了。刚才两人走在樱花树掩映的马路上时，女人曾喊了声"危险"，并抓住他的手腕把他拽到一边。她是怕一辆高速经过的车子撞到他。而池岛为了维持平衡不向右摔倒，下意识地伸手环住了女人的身体。虽然他立刻就松开了手，但那一瞬间碰到她乳房的触感，还有那一瞬间直击他鼻腔的香水味，如今依然残留在他的身体里，还伴随着萦绕在右肩之上的危机感。说什么犹豫，根本就是说谎。这个女人在走进地铁车厢之前就已经下定了决心，她借着这突如其来的一场雨，在抵达公寓的这段路程里就在勾引池岛了。

最终令池岛下定决心的，是当他从外套口袋里摸出打火机，准备吸根烟的时候，小原几子一把夺走了那个打火机。

"这是我丈夫的打火机。是我在结婚十周年纪念日那天送他的。他一直说不知道掉哪儿了，果然是在你这儿。"

就是这句话，让池岛下了决心。

两个月前，公子并不是主动把这个打火机送给池岛的。从大阪出差回来的那天晚上，池岛在客厅的桌子下面发现了这个打火机。他问妻子："这是什么？"妻子回答："长田太太说她老公要戒烟了。"她表现得泰然自若，根本看不出是在撒谎。

几子一下又一下地按着打火机，一会儿打着了火，一会儿又熄灭。池岛则定定地望着那时显时灭的火焰。

"我丈夫也来过这儿几次呢。连我都认识来这儿的路，对吧？我丈夫一般都是开车来，不过有一次他是坐地铁来的，我就是在那次跟踪了他。我这个人很擅长跟踪呢。"

女人说着，望向房间深处的门，她的眼中燃着怒火。那扇门半开着，能窥视到卧室里那张全是褶皱、乱成一团的双人床。公子很不擅长收拾整理，就连卧室的门她都不仔细关好。

最终的决定性因素估计就在那扇邋里邋遢、半开半关的门上吧。那女人连自己身体的门都不锁呢——池岛的大脑一隅如此思考着。

而为这决心起到巩固作用的，是第二天一早，小原几子回去之后发生的事了。池岛发现，这女人光是用冰箱里剩下的食材，就做出了一顿美味的晚饭。两人一边对酌一边谈天说地，一直聊到深夜，甚至把越来越大的雨声都盖了过去。

大雨一直持续到第二天晚上，傍晚时分，池岛出去吃了晚饭，又顺路玩了一会儿柏青哥才回家。到家后他发现妻子已经回来了。她还穿着外出的那身衣服躺在沙发上，一只脚垂下来，脚边扔着行李箱。

意识到丈夫不知何时回来了,她急忙弹坐了起来,说道:"对不起,我回来晚了。我马上去给你准备晚饭。"

于是池岛说:"没事,不用了。你很累了吧,我给你烧洗澡水去吧。"

他的声音很温柔。

"你怎么了?自打我们结婚,你从来没这么跟我说过话呢。"妻子感觉不太舒服似的反问。她眉间薄薄的皮肤皱起细细的纹路,而那薄薄的皮肤勾起了池岛隐约的想象,就仿佛睡过一晚,依然雪白却又不知何处隐隐带着脏污感的床单——

"你才是,怎么表情这么奇怪。"

说罢,他开始观察起妻子的神色。

"你是心里有愧吧?因为你出轨了。"

他轻轻一笑,说出这一句话。一瞬间妻子的脸色变了——确实变了。但她立刻把丈夫的这句话从质问转为开玩笑的"自我坦白"。

她看了一眼桌上的花,然后用若无其事——其实煞有介事的语气问:"说什么无聊话。不过,家里来女人了,对吧?"

"没错,公司里的女孩子来找我聊人生。不过我只给她倒了杯咖啡,就让她回去了。我只是情绪略有些动摇,但这也算出轨吧?"

"出轨可是要更血雨腥风的。你呀,没有那种……那种浴血的勇气呢。"

"那你呢,你有那个勇气吗?"

"不是你说我'不适合恋爱,只适合结婚'吗?十年前的求婚词你都忘了呀。"

妻子一如往常地轻笑出声。那一瞬间，池岛愤怒得攥紧了拳头，他恨到手指都攥得生疼。

后来，池岛非常后悔当时没有揍妻子一顿。如果他能将一身的怒火都聚集到手上，痛揍妻子一顿的话，妻子一定会哭的。就算此后他们夫妻之间的关系会有些裂痕，但她的眼泪一定会冲走丈夫的部分嫉妒心——那样就能避开那起事件了。可是，机会只有那么一瞬，稍纵即逝。

池岛没有打妻子，而是回了她一个不经意的微笑。随后，他把妻子带回来的特产鱼干当作下酒菜，一边喝酒，一边听妻子喋喋不休地讲着同窗之旅有多快活的谎话，还不停地附和她的表演。

睡前其实还有一次殴打妻子的机会。

关于这次机会，池岛后来也一样很后悔。池岛在床上读一本商务类书籍，妻子则刚换好睡衣爬上床。就在她拉过被子的瞬间，似乎突然注意到了什么，猛地扭头看向了池岛的脸。不过也只有一瞬。情急之下她张开嘴，但紧接着就只是声音沙哑地说了一句："抱歉，我很累了，麻烦你把灯关了吧。"随后就背过身躺下了。

池岛很清楚，妻子一定是想问"你刚说的出轨，难道是真的"，但她没有开口，因为她自己也出轨了，所以心怀愧疚。

他仿佛在糊弄自己指尖曾碰触的东西一样，伸手关上了台灯。其实，与其说他是在糊弄妻子，不如说是在糊弄自己。但他是在三个月之后才意识到这一点的。

那台灯是他们在新婚旅行地——塔希提岛——买的法国货，灯罩原本的颜色是苔绿色。一个月前这盏灯还摆在客厅，不过因为上面积了十年的灰，妻子就换了一个水蓝色的新灯罩，并把它搬到了卧室的床边。

关掉灯后,黑暗中仍渗有水蓝色的影子。池岛眼前浮现出前一晚那个女人的身影,就连她的肌肤也染上了水蓝色。

黑暗消除不了任何东西,它反倒为残留在床上的香气赋予了新的生命。它好似白色的污渍在不断扩大,灼热且浓密,勾勒出那女人肌肤的模样。那姿态,和与陌生男人纠缠着的妻子的身体重叠在一起,为应该比她更疲惫的池岛的眼睛注入了光芒——三个月后,池岛隆一就是在这张床上杀死了他的妻子。

三个月后,也就是七月十日,星期五的深夜十一点五十九分。

池岛的手缓缓松开了缠在妻子脖子上的领带,先去看了一眼枕边的座钟。在那一分钟里,他一直看着秒针缓缓转动,时间从十日变成了十一日。座钟旁倒着台灯,卧室的一半夜色被切分成了一片光亮和一片水蓝色的阴影。

那水蓝色的阴影好似一层妆容覆在妻子的脸上,池岛也将视线收回到了妻子身上。只见她半张着嘴,脸歪着,一副似乎要对丈夫发泄不满的表情。池岛自然是头一回杀人,不过他依然看得出妻子已经彻底丧命了。死亡,就是此刻发生在妻子体内的一种绝对静止——她的眼睛和嘴唇一动不动,完全静止了。

突如其来的悲剧就和无聊的喜剧一样。他再次发出干巴巴的笑声,是这三个月里用皮肤挤出来的假笑。

然后,他回忆起了自己究竟是为什么要杀了妻子。

这三个月里只发生了一件事。一种单纯的循环。循环第一次得知妻子出轨那一晚的事。

两对夫妻在不同的场所交换着他们的夜晚,在这三个月里,就只反复发生了这么一件事。同一件事在好几晚连续发生。从今年四月起,池岛不再去大阪出差,但他从最开始那一晚,就差不多每十天撒一次出差的谎，然后和几子去酒店共度良宵。而他们密会时，公子也会在自家和几子的丈夫密会。这两对夫妇以扭曲却又莫名合理的方式对彼此出轨。

即便是在结婚这么一笔糊涂账上，这种出轨也巧妙地保持了收支的平衡，不至于让人受伤，甚至没有出现赤字。

当然，这三个月里也有一些变化。

随着无数次"出差"谎言的累积，池岛逐渐感觉自己已经迷上了"镰仓的人妻"。

不单是在最开始那一晚，小原几子始终是个比较出其不意的女人。每当池岛按响酒店房间的门铃，她打开房门时，池岛总感觉站在眼前的女人要比在地铁口和自己搭话时更陌生。每当她脱下衣服，他就会产生一种突兀的赤裸感。她的肌肤过于柔软，过于剔透，过于年轻，简直无法想象她有个在美国留学的大学生儿子。她身上总有一些无法掌握的东西，令池岛加倍沉溺在她的肌肤之中。几子也一样，她曾对池岛说过："我对见你的感觉，要比二十年前和英介相处时更热切。"池岛问她："为什么会喜欢我这样一个平凡的上班族呢？"她回答："我一直很喜欢适合白衬衫的、认真严谨的男人。当初我以为我丈夫也是那样的人，所以才和他结婚的。"说罢，她叹了口气。

五年前送儿子去美国高校留学后，她的丈夫就甩掉了上班族身份。她本来想和丈夫继续认真生活，却发现丈夫不过是自己以前曾梦想过的男性形象的残骸而已。刚开始经营小酒馆没几天，丈夫就宣告转型失败，把大部分生意扔给店员打理。与此同时，几子的花道教室规模扩大，于是这男人就开始靠妻子赚的钱过日子，成了个游手好闲的小白脸。再加上后来他出轨，更是难以饶恕。但实际上对几子来说，复仇什么的并不重要，当她看到丈夫的情妇的丈夫的照片时,她便决定以"复仇"为由,接近这个男人……

"其实我自己也不太明白。不过经历了最初那一晚,坐在回镰仓的电车里我突然意识到,我所谓的'复仇'或许只是个借口。我之前不知道您太太的长相,在看到她的样貌前,我先看到了您的照片。不知为何,那一刻我觉得,您太太长什么样都无所谓了……"

一个月前,刚进入梅雨季没多久的某天。池岛再次借口出差去大阪,跑去镰仓和几子约会。那时候,几子在旅馆的被窝里如此说道。

单凭侦探社的调查挖不出池岛夫妇十年婚姻的具体情况,但几子很感兴趣。池岛告诉她:"真的没什么可说的,一直到你出现之前,我们都是一对相当平凡的夫妻。"相当平凡,真的很平凡。

而这种平凡,直到几分钟前还持续着。说去大阪出差的丈夫却突然杀回家,妻子公子很惊讶,但还是简单准备了晚饭,然后就回卧室了……他也紧随其后,进入卧室,解开了自己的领带。那一瞬间,一种冰冷的、无法称之为愤怒的情绪在他手上奔涌着。三个月过去了,愤怒冷却,化作更为危险的物质。他竟然没有发现,在持续三个月的单调反复之中发生的最重大的变化。对此他感到很不可思议,领带在手上留下了红色的勒痕,他定定地望着自己的手,良久。

而这一刻他并不觉得后悔。感觉就像一天过去,迎来了第二天似的。只不过刚刚还活着的妻子已经死了,把自己和上班族生活捆绑起来的领带转移到了妻子的脖子上,它就变成了凶器,仅此而已。他如此想着,凝望着手上的红色勒痕,他觉得这种程度的痕迹明天应该就会消失了，没关系的。

此时电话铃响起，池岛从床上下来，走出了卧室。

"喂？是我。"

电话那头是几子的声音。

"嗯。"池岛只回应了这么一声。

"怎么样了？您太太……"

"没事，我太太不会再起来了。"

"那你赶快从家里出来吧。"

"知道了。"

池岛回应之后正准备挂断电话，却突然浅浅回过了神。"是按说好的我回酒店见你吗？"他对着话筒问道。

他还依稀记得刚刚自己还和几子一起待在新宿的酒店里。

"当然了，你在说什么啊。"

"那正好……刚刚，我把公子杀了。"

……

"所以我就是没什么来由地想再好好和你上一次床……在去自首前……"

他笑了，伴随着笑声，他突然感觉自己的脑袋好似开了个缝一般疼痛难忍，这才彻底清醒了。

电话那头的声音听上去有些焦躁。

"总之，你赶紧离开家，我丈夫马上就要到你家了。别开玩笑说什么自首不自首的，一切不是都按计划来的吗？"

妻子走进卧室，准备换上出门穿的衣服。

他走出公寓，尽量走远一些，然后打了一辆出租车。坐在车里，池岛总算清清楚楚想起了这些。

原本出差了的丈夫突然杀回家，公子果不其然地慌神了。她随便弄了点晚饭，然后说了句"一个横滨的朋友病倒了，我去看望一下。可能早上再回来"，随即走进卧室，准备拉开放衣服的柜子。因为她的出轨对象是十点钟从镰仓出发，一小时后就要到他们家了，所以妻子很着急。她肯定是想着先赶快出门，然后打电话给那男人车上的手机，另选一个地方见面。

使用领带也是事先计划好的。一周前的晚上，几子在新宿某酒店的床上说："那天你打一条比较华丽的领带去公司，最好让女同事都注意到。走出公司后，来酒店换条领带再回家。"

那会儿是五月初，他们已经上过三次床，也已经半开玩笑半当真地商量过谋杀池岛的妻子，再嫁祸给她的出轨对象了。不过这个计划最终确定下来，是在一个月后某次镰仓约会之时。

"白天去的那座寺院不是开着绣球花吗？雪白的绣球花一定也很寂寞吧。"庭院里的雨声悄然摸到枕边，几子一边听着那雨声，一边继续说，"那个计划，如果就只当是个玩笑，也蛮寂寞的呢。"一瞬间，池岛又突然觉得几子变成了一个他完全不认识的女人。

然后，这时候他本来应该笑笑就算了的，可他却语气认真地问了句："要复仇是吗？"

"我现在只觉得那两个人很碍事，妨碍我们的约会。我们只能趁他们约会的时候才能相见，简直就像要靠他们出轨才得到恩赐似的。"

明明先错的是他们俩，怎么搞得我们这么偷偷摸摸的，真是蠢。我们的夜晚被他们的阴影笼罩，这我真是忍不了。几子这样解释。

"也是啊。"池岛回应她。他甚至忘记了女人的手指抚摸、攀爬自己胸口的动作，而是回忆起白天造访那家寺院时女人悄声说出的话——"夏季的雨水会让白色的绣球花变成蓝紫色。"

她的声音伴随着打湿了窗棂的雨声，在池岛的耳边回荡。池岛突然又想起上一次自己假装出差回家的那晚，看到的公子的衬衫后领上的痕迹。

那一定是男人留下的吻痕。白色的脖颈上留下了三处新鲜的淡粉色痕迹，凸显出那男人对她的爱抚之切。第二天一早，公子罕见地把头发散了下来，那长发遮掩下的吻痕应该也像绣球花一样，从淡粉色逐渐转变为青紫色了吧。

池岛的胸口也有同样的青色瘀痕，好似有花瓣落在那里。

他甚至不知道那颜色是如何凝结成了杀死妻子的决心，就彻底赞成了几子的计划。随后他又花了四个星期去打磨计划，最后在上周周末，终于对妻子说出"喂，我下周五又要去出差了"这句话。

然后是今天上午七点三十二分，他系上了去年情人节女同事送给他的礼物——一直沉睡在衣柜里的华丽的黄色花纹领带——宣告计划正式开始。

前一晚，几子打电话到他公司，只轻声对他说了句"那就拜托了"。虽然还是感觉这个计划有点像开玩笑，但他看着镜中自己那张认认真真的脸，决定用和镜中相同的认真态度推进这个计划。

池岛很在意自己的领带，总觉得领带歪了，屡屡对着穿衣柜的镜子重新整理。镜中他的表情十分焦躁。从三个月前那个下着雨的夜晚起，池岛就不时注意到自己的身体会下意识地右斜。在工作的时候，在早高峰的地铁里，他都会突然注意到这点。

此时，他觉得镜中自己的肩膀也歪得厉害，额头不由得冒出油汗。

然而，那不安也和平时一样转瞬即逝，后续的一切都很顺利。

"明晚估计也回不来了。"

为了让公子放松警惕，他又补充了这么一句，然后就走出了家门。

在公司的时候，他特地让那个送他领带的女同事看到自己系着的领带。快到晚上七点时，他微微笑着对还在加班的部下说："万一我太太打电话过来，能不能告诉她我正在大阪出差？"随后他就离开了公司。他并不怕自己和几子出轨的事暴露，甚至准备利用这件事给自己做个不在场证明。

到了新宿，他和几子在酒店大堂碰头，然后一起办了入住。十点钟，他在房间里叫了客房服务，并让服务员记住自己。然后几子打了个电话，得知十点一打烊后，丈夫就马上开车离开镰仓的小酒馆去了东京。

几子的电话是打给一名酒馆员工的，那人开着自己的车尾随了小原英介的车。那名员工完全服从几子的安排，几子让他拍下丈夫走进出轨对象家的照片。她告诉对方，那张照片会成为证据，方便她诘问丈夫。但实际上，那张照片会成为另一层面上的证据，那名员工也将成为重要证人。

"是吗？那等他的车过了横滨你再给我打电话吧。"几子说罢就挂断了电话。

这名员工还有一个任务，就是告诉几子她丈夫什么时候抵达公寓。这也是计划的要点之一。杀死公子的时间和小原英介走进公寓的时间越接近越好。

接到了小原英介已过横滨的电话通知后，池岛走出酒店。一个月前他们就在这家酒店密会了。星期五深夜到第二天凌晨快一点的时候酒店大堂里还到处是人,一个其貌不扬的男人进出酒店,谁都不会注意到的。

乘坐地铁,抵达公寓的时间是深夜十一点四十分。一分钟后,他按响了门铃。门开了,看到原本在大阪出差的丈夫回来,公子面色铁青。确定公子在家,让池岛松了一口气。这个时候公子还在家里,说明她的出轨对象今晚绝对会来家里和她厮混。他之前一直担心这两个人会一起出门旅行。

"别担心,英介最近没钱,而去你家要便宜得多。四月去汤河源那次是他们最后一次出门约会。"

几子虽然是这么说的,但上个月池岛偷偷查看过公子的存折,发现五月和六月她分别花出去四万和五万,用途不明。而这个金额正好够两个人出去旅行并过夜。所以他们也有可能不满足于在家里密会,于是就用公子的钱——也就是他的钱,跑出去旅行了。不过,看样子这次是池岛杞人忧天了——

进家门后,池岛随便扯了几句谎,解释了一下为什么又不出差了。这时电话铃响起,但又马上断了。几子最后和他确认过的,只响一声的电话铃声意味着"我丈夫英介还有三十分钟到你家",这也是提示他展开"最后一步行动"的信号。

公子简单弄了顿晚饭,然后就走进卧室准备换衣服。池岛则缓步跟在她身后,同时解开了在酒店换上的朴素领带……一切按计划进行。

不,其实一切都没有按计划来。

可是,当他换乘出租车,在一点前抵达酒店,趁大堂里没人注意的时候钻进电梯。电梯开始爬升的那一瞬间,池岛改变了想法。

他觉得自己这个成为罪犯的男人已经被逮捕并被扔进监狱，而罪行和计划并无关系。

妻子转过身准备拉开衣柜的瞬间，他手中猛烈的杀意实属计划之外。杀了妻子，让几子的丈夫背上嫌疑，把这两个人抹除掉，剩下他和几子幸福地生活在一起，这才是他们的计划的目标。可那一瞬间他手上汹涌的怒意完全无视了这些。他的心里唯有憎恨，恨这个一整年都在背叛自己，还心安理得地作为妻子寄生在自己身上的女人。恨到必须用死去惩罚她才行。

解开领带的时候，那种不耐烦的怒气也源源不断地从他的指尖流淌出来，然后，他突然想一把抓住床边的台灯。台灯的灯头和底座连在一起，很像一只细长的花瓶，他很想拿起这个大理石质地的灯，朝着妻子的后脑勺挥过去。

这么做或许更简单些吧，而且这台灯更符合凶器的样子。因为今年春天前，妻子才将灯罩换成水蓝色，还把它摆到了卧室的床边。她这番举动，正是对池岛最大的背叛。

定期和几子在酒店见面后，不知哪一次，几子问他："您太太是不是开始穿水蓝色的内裤了？那个人呢，特别招架不住那种颜色的内裤，就是莫名地对那种颜色有感觉，以前他总是要我穿那种颜色的呢。"

公子的内裤依然是普通的白色。但是，她为了情夫，给整个卧室都套上了水蓝色的内裤。

不过那盏台灯在他左边，紧急之下他判断用左手抓不太方便。与此同时，领带已顺利解开。然后就是在水蓝色的光亮中忽明忽灭的两块黑色痕迹——那是一周前妻子与情夫留在床单上的污渍，还有不知哪个晚上，池岛在妻子脖子后面发现的那个花瓣似的痕迹。

一切都在一瞬间发生。他用和平时一样的声音喊了声"公子",妻子转过头,面对波澜不惊的丈夫的脸,面带若无其事的微笑回了一句"怎么了"。下一秒,他的影子比他本人还要快——被台灯映照出来的水蓝色的影子狠狠地扑过去,将妻子的身体吞没。

藏在那一层普通皮肤之下整整三个月,一直按捺住的东西一举爆发。第二次密会后,池岛就偷偷把人身保险的受益人从公子换成了几子。他之所以这样做,与其说是因为爱几子,不如说是想背地里对公子的背叛报个一箭之仇。就算没做那个计划,三个月后他的愤怒也已经到达沸点,无法再忍耐,化作了昂扬的杀意。

倘若硬要去寻找和计划相符的点,那就是他在杀人后的一点感受。当那水蓝色的灯光好似水波余韵荡漾着光之涟漪,而妻子就瘫在其中时,他的手离开了妻子的脖子。为了将罪行嫁祸给妻子的情夫,他使出了全身的力气。此刻他的身体已经没有一丝力气了。即便如此,他依然感觉自己亲手抹掉了那仿佛霉菌一样粘在他身上的嫉妒。

然而,电梯门在十四楼打开,他走过长长的走廊,走向那个房间时,又觉得一切都无所谓了。他的身体里只搅动着想再和那个女人上一次床的欲望旋涡。轻敲那扇门,门应声打开的瞬间,强烈的欲望便好似杀意迸发。

站在大门阴影之中,对着他微笑点头的共犯,此时突然变成一个陌生的女人。

池岛隆一尽量步伐平稳地走向床畔,然后好似重现一小时前的犯罪步骤一般,他的身影,再次率先向女人的身体压了过去。

池岛离家的时候故意没有锁门，目的是让随后抵达的小原英介先按门铃，发现没人回应，心生怀疑，然后推开大门，发现公子的尸体。

问题是英介看到尸体后会是什么反应，如果他当场报警就有点麻烦了。不过几子坚称"他胆子很小的，肯定会选择马上逃跑"，这一点通过第二天一早五点钟几子打去镰仓他们家里的电话得到了证实。

"你去哪儿了啊！昨晚店里一打烊我就回家了，一直在家等着你呢。"电话里，丈夫的声音在颤抖。

挂断电话，几子露出了微笑。英介的不在场证明一下子就会被戳破，明摆着就是他已经发现了尸体，并且逃回家了。

那天的上午十一点，两人一起退了酒店的房，分头回家了。

快中午时池岛回到家，发现公寓入口处停着警车。警察已经来了，有人发现尸体了——可是，是谁呢？

上了点年纪的公寓管理员表情僵硬地凑过来把情况对池岛说了，然后又向警察介绍"这位就是她先生"。警察好像刚刚到场。公寓的其他住户都和池岛不熟，见到时顶多也就是没表情地点点头。

那之后的将近十分钟里，他不记得是怎么上楼的，也不记得是如何走进卧室确认尸体的，反应过来的时候，他发现自己正坐在厨房的椅子上，听两位警察说话。

住楼下四〇五室的主妇和公子关系很好，本来今天两人约好要一起去逛百货商店的。三十分钟前，主妇按了池岛家的门铃却没反应，她觉得不对劲，就用备用钥匙开门进了屋。

"备用钥匙？"池岛反问。

警察点点头，介绍了一下站在旁边的女人。"这位是长田女士,第一发现者。"那个女人哭哭啼啼地说:"您太太说她总弄丢钥匙,所以就配了一副放在我这儿。真没想到在这种地方派上用场。"池岛在走廊和电梯里见过这女人几次。她总是化着浓妆,衣服也穿得很浮夸,池岛一直以为她是个陪酒女,没和妻子口中那个有孩子的长田太太对上号。这女人表达情感的方式也和她的衣服一样浮夸,此刻她正仿佛演戏一般夸张地哭泣着。

池岛稍稍松了口气。半夜出门的时候他没锁门,看来应该是之后有人出入过他家,这个人自然就是小原英介了。小原有备用钥匙也很正常。所以说,小原按照池岛和几子的计划来到了这里,发现了尸体,离开时用钥匙把门锁上了。大概是因为被眼前的景象刺激到,试图封印现场吧……

放松的同时,他依然没什么真实感,自己的家现在像个拍摄犯罪连续剧的片场。

而妻子的尸体就像摆在片场的道具。鉴识员和穿白大褂的男人在他家里走来走去,他坐在角落接受警方询问,觉得自己像个演技很差的素人演员,把好好的一场戏给破坏了。不过,几子对他说过"既然是素人,那最好不要拙劣地表演悲伤",于是他就非常自然地表露出一种既清醒又混乱的状态。在这样的状态下,他竟然莫名地流出了干枯的泪,有一滴就那么划过了他的脸颊。

警方自然也问了他昨晚到今早都做了什么。池岛犹豫许久,语带叹息把三个月前发生的事讲了出来。昨晚他和小原几子在新宿的酒店偷情时,几子的丈夫英介一定来过这里。他把一切都讲了出来,只有一件事没坦白,那就是他中途回家的那一小时里发生的事。

"您确定吗?那个……那个叫小原英介的男人真的来过这儿?"

"或许吧。请您和住在镰仓的小原家联系吧。不过,我刚刚和小原太太一起离开酒店,她此刻大概还在地铁里。"

池岛一边眼神迷离地望着投来饱含深意的目光的警察,一边如是说。

接下来的整整三天,池岛都过得浑浑噩噩。而这绝不是在表演。

他的大脑一隅始终横着"备用钥匙"这个词。他总是下意识地琢磨——楼下那个叫长田智美的主妇有他家的备用钥匙,智美似乎在用"备用钥匙"当借口;然后还有她看向他的眼神。这两件事都引发了他无限的可怕想象。

三天后的晚上,司法解剖工作结束,妻子的尸体被运了回来。池岛委托附近一家寺院举办守灵仪式,自己跑回家准备联系镰仓那边。可他一推开房门,家里的电话铃就响了。

儿子似乎感应到了池岛的想法,从镰仓打来了电话。

"刚刚两个警察过来把我丈夫带走了。不……他们说是有些细节想再问问他,所以让他去趟东京的警察局。不过他绝对会被逮捕的。门把手上有指纹,床单上有污渍,还有床上掉的头发,这些警察都会彻底调查出来的。"

"比起你说的这些……"

此时池岛将始终在脑海里打转的疑问说出了口。

"什么意思?你说我弄错了勾引他的人?"

"你丈夫的出轨对象真的是公子吗?"

"你为什么这么问?我可是尾随过他,亲眼看到他走进你们家公寓大楼的。我还看到五楼你们家里的灯亮着。去年八月,我丈夫口袋里的纸条上还写着你太太的电话号码。"

"可是，你从来没见过公子长什么样……"

最初的那个晚上，几子在他家第一次看到公子的照片时她自己说的。

"可是……"几子的声音十分焦躁，"那天晚上英介去了你家，这不就证明他的出轨对象是你太太吗？"

公子的死亡推定时间是午夜十二点到一点，当晚尾随英介的那个小酒馆员工也能做证，他亲眼看到小原走进了池岛家公寓大楼——

"可是，那也不算什么证据。我们家楼下住着一个姓长田的主妇，你丈夫和我一样，看上去都是比较普通的上班族，但那个女人看上去可不像个主妇，她打扮得像个卖淫女，而且长得和你有点像。有没有可能，你丈夫的出轨对象根本就不是我妻子，而是那个女人啊。"

"那怎么可能呢？你为什么会这么想？"

"那女人有我家的备用钥匙。她和公子关系非常好，而且能自由出入我家。说不定你丈夫搞错了，他至今还以为那个女人是池岛公子……"

"……"

"我猜镰仓她也一起去了。等大家都睡了，她自己去了酒馆，享受出轨的快活。她觉得直接把自己的真名告诉小原有点危险，就把我妻子的名字和电话号码告诉了他。从镰仓回来后，她把这一切都向公子坦白了，让公子协助她，把我们的房间当成他们出轨的爱情旅馆。"

没错，这样一来，房间里出现一个打火机的原因，还有公子情急之下找理由说"是长田太太老公的打火机"就都清楚了。

"你说什么疯话呢！"

听筒那边女人的声音既愤怒又带着嗤笑。

"不,你大概还挺高兴的,觉得你丈夫被逮捕了,一切就算结束了。但万一实际情况如我所想,你的丈夫与其无辜被扣个杀人犯的帽子,不如直接承认自己的出轨行为。他肯定会说在那个房间里被杀的女人根本不是自己的出轨对象,这么一来,警察会立刻开始怀疑我。"

池岛说完,空虚地咂了咂嘴。

"如果小原的出轨对象是那个长田,他可就没有杀公子的动机了……对吧?"

第二天的葬礼,天上下起了雨。

在妻子的骨灰被送去水泥墙面的灵堂等待室之前,池岛一直听着那干巴巴的雨声。

公子的双亲和家人从北海道来了,一群人挤成黑乎乎的一团,都在压低声音交谈着什么。

池岛想去问问,去年夏天公子带着双亲去镰仓的时候,长田智美是不是也一起去了。但是眼下的气氛不太适合。

长田智美虽然没有参加葬礼,但昨天守夜的时候她和丈夫一起来了,还和公子的母亲很亲昵地交谈。池岛觉得单凭这一表现,也足够证明他的猜测。智美的丈夫看上去比池岛还平凡,皮肤干燥,脸像一份公文报告一样无聊。而长田夫人哪怕身上穿的是黑色洋装,也不忘强调自己丰满的身体曲线,脸上的妆也色彩缤纷,和守夜的气氛非常不符。要说这女人对丈夫毫无不满,婚姻生活和谐,池岛是不信的。

没错,长田智美一定在不知不觉间潜入了池岛的家庭,甚至上了他家的床。最早那次镰仓之旅或许是公子邀请的,但她在那儿认识了那个人之后，就开始利用公子帮她隐瞒出轨的行为。

公子为人亲切，池岛工作忙碌，二人又没有孩子，难得交了个朋友，为了友谊，公子很有可能同意帮智美出轨。甚至有可能在智美的拜托下提供自家的床铺，连水蓝色的光影都为朋友准备好了。

为人亲切？

守夜那晚，智美上过香后，一边用手帕擦着脸上的眼泪一边说："真没想到那么亲切的人会被杀……"

说着，她还从手帕边缘偷偷瞄了一眼池岛。

等候室的气氛过于沉重，令池岛十分疲惫，他站起身准备去厕所。比起公子被杀这件事，大家似乎更无法相信公子会出轨。所以比起杀人事件，大家更忌讳出轨这个词。大家的想法可能是对的。

而离妻子最近的池岛反而误会了妻子，简简单单地就在三个月前的那一晚，听信了陌生女人说出的"出轨"一词。

从厕所走出来时，池岛看见两名警察举着伞站在面前。他已经很熟悉这两张脸了，不过警察的出现太突兀，他一瞬间感觉自己好似看到了两个暗黑死神。

"我们想问您点事……很简单的，站着聊两句就可以。"

那个年纪大一些的警察好像感冒了，声音嘶哑。

"今年春天，您给您去世的太太买了一份一亿日元保额的巨额保险，对吧？"

"不，我只给自己买了保险。"

池岛摇摇头，他不清楚警方在问什么。

"可是您太太对保险公司的人说：我先生因为公司的关系，要求我一定要买保险。"

警方想知道这件事和公司有什么关系。可池岛再次摇摇头。当时那张存折上的支出金额突然出现在他的脑海里。

"那个，请问那份保险，每个月要交多少钱？"

"好像是四万多一点。每个月她都会直接带着现金去保险公司交钱。她说您不想在存折上留下痕迹。"

关于这一点，警方也想知道原因。可是池岛对此事一无所知，只好又摇了摇头。他唯一知道的就是，春天时曾在存折上看到提取"四万""五万"，当时不明其用途，现在想来应该是用来交保险费了。

妻子为自己买了保险，可为什么要撒谎？

池岛的脑海里一直盘旋着这个疑问，直到那晚九点，电话响起。

"你太太给自己买了保险？"

听筒那头，几子难以置信地抬高了音调。她丈夫未被逮捕，昨天晚上就回家了。今天他一直念叨着"好累"，在家赖了一整天。这会儿才说要去看看店里的情况，刚出门。几子也总算找到机会给池岛打电话，而池岛则劈头就说出了心里的疑问。

"你都不知道的事，我怎么会知道？"几子语气冷淡地说。

"也对。"

池岛老实点头。

"总之，警察在怀疑我了。"

"这样啊，但我觉得英介应该不会就这么被无罪释放的……"

两人陷入长久的沉默。

"如果警察怀疑你，那就由我这边按计划推进吧？"

几子的声音非常平静，好像并没有说过话一样。池岛只回了一声"好"。

万一他们失败了，警察开始怀疑池岛，几子就会去告诉警察"我什么都不知道，是因为池岛先生向我哭诉，我才和警方说谎的"。

事发当晚，十一点半的时候池岛回了趟家，然后一点左右他又突然赶往酒店，对几子说："公子被人杀死了。绝对不是我杀的，但是警察很有可能会怀疑到我。你能不能做证我们一直一起在酒店呢？"因为当时几子坚信杀人的一定是丈夫英介，所以觉得做这个伪证也无关紧要。此时只要几子主动去找警察自首，她基本不会被问罪。这也是他们计划里重要的一环。

几子再度确认了这一点，然后说："那再见了。"

池岛只回了一声"嗯"。

计划制订得很快，失败得也很快。几子这个女人是想把全部罪责都推到池岛身上，自己全身而退。可池岛对她生不起气来，而且他早就想好了，万一发生什么，就自己承担全部罪责。大概就是因为看透了他的这种个性，那个女人才选他当共犯吧。

如今他已经不想再听到她的声音了。

他想听到妻子的声音。他想知道公子死前在想什么，做了什么。这些问题的答案令他无比痛心，用后悔来形容这种痛未免太过轻巧。而他只能在这种痛苦之中寻找答案。

池岛走进卧室，来到床边，按开枕旁的台灯。

这四天，他一直在客厅的沙发上休息，从没走进过卧室。床单已经拿掉了，只剩下床垫。但除此之外，已看不到任何警方搜查的痕迹，这个房间从犯罪现场又变回了普通卧室。

可是，这里已经回不到过去那个卧室的模样了。公子的脸和身影也被闯入者搅乱，沉到水蓝色的阴影中，看不见了。池岛退回到门口，环顾整间卧室。双人床摆在房间偏右的位置，那水蓝色也是右边更浓郁一些。衣柜是靠右边墙面摆放的。四天前那晚，悲剧也是在这个房间的右侧发生的。或许就是出于这个原因吧，他感觉房间似乎正以一个危险的角度向右倾斜……他的身体也是一样。三个月前的那个傍晚，他被大雨和那把伞禁锢起来的时候，右肩也危险地倾斜着……身体里残留的那种麻痹感，不知何时让整个卧室都倾斜了。

那个穿着黑色和服、好似死神一般的女人，让一对夫妻平凡的幸福夜晚倾斜了，直至跌落到地狱之中。随后她便快步离开了。

第二天池岛去了公司，大家都表情阴郁地请他节哀。梅雨似乎结束了，炫目的阳光透过窗户射入房间。可整个公司却好似在守灵似的，压抑且沉默。

媒体又去追新的重大事件了，这起案子未能激起什么舆论的水花，不过被害者出轨的事池岛公司里的人都知道了。十点不到时，两位警察又来公司找他，去接待室时池岛感觉总算能从那种沉重的沉默中逃离，甚至松了口气。

"第一发现人长田太太她啊……"

警察喝了一口茶水，马上报出了那个始终萦绕在池岛脑海里的女人的名字。

"她说您太太……呃，总是很害怕，怕被你杀掉。"

"我？"

"是的。长田太太说您太太哭诉过好多次，说您经常家暴她，她还被你掐过脖子。长田太太说四月份的时候曾看到您太太的脖子上有很明显的瘀青。"

整件事突然朝着意外的方向发展，池岛一时失措。不过他马上就明白长田智美为什么会和警察撒这种谎了。

这说明几子丈夫的出轨对象绝对是长田智美。长田智美为了保护小原英介，为了隐瞒自己是英介的出轨对象这件事，准备把池岛推出来当凶手。不，事实上的确是池岛杀了自己的妻子，从这一层面来考虑智美倒是确实没冤枉好人，但她是想趁警察还以为公子是英介的出轨对象时促成池岛尽早被捕，所以才会编这种谎话，池岛如此推测。警察接着又说："她还说，您太太告诉她，您一直在为出轨这件事为难您太太。"可是公子不可能对外人说这种事，也没必要说……

池岛坚决否认家暴，一口咬定长田智美是在说谎。

"可是，长田太太为什么要说这种谎呢？您有什么线索吗？"

"肯定是有什么理由吧。"

池岛只回了这么一句，就停下不再开口了。倘若长田智美才是英介真正的出轨对象这件事暴露了，英介就清白了，池岛自己则会遭到怀疑。但是就这么置之不理，长田智美很有可能再从其他方向"进攻"。

眼看着陷入无处可逃的境地，池岛却出乎意料的冷静。不过，他的右肩一直莫名地歪着，感觉身体像被什么很重的东西扯着，向右侧地面倾斜。他很担心自己会摔倒。

"长田太太说，您太太就是出于这个原因才配了把备用钥匙给她的。说是为了以防万一。长田太太觉得这应该不是公子过于神经质，正在她为您太太担心的时候，就发生了这起事件……"

"可是……"

"还有，不只有长田太太的证词。您太太有个弟弟也住在东京，他上个月收到了一封信。"

警察把一张便笺的复印件递给了池岛。

"我从去年夏天起爱上了隆一以外的其他男人。我本来想和你聊聊这件事的,结果被隆一发现了。他一直骂我,打我,有时候我甚至担心他会杀了我……"

那无疑是公子的笔迹。

"她弟弟很担心,但还没来得及打电话询问,就发生了这次的事件……"

池岛摇着头,他没有读完那封信就把那张纸扔给了警察。

"警察先生,我妻子真的出轨了吗?我想请您先把这件事调查清楚。"

池岛不知道妻子究竟遇到了什么事,但对妻子是否出轨一事却极其执着。

警察露出吃惊的表情。

"查过了啊,一切都如您所说。四月的时候,公子女士去汤河源参加同学会,但中途离开,与小原在'松风'过夜。旅馆里的三名服务员认出您太太了。"

"是真的吗?绝对没搞错?"池岛确认道。

"没错。您是在怀疑您太太是否出过轨吗?"

"不……"

警察像看着什么莫名其妙的东西一样看着池岛。或许是因为自己脸上浮现出了类似放心的表情吧,池岛置身事外地想。就算他被逮捕,遭受审判,他也无法清楚地解释这一瞬间感受到的那种深切的安心感。妻子有了外遇,背叛了自己,自己最终被嫉妒折磨至疯狂,于是杀了妻子——原本剧情只是如此单纯而已。

他的不安是从长田智美提到"备用钥匙"的那个瞬间开始的。一想到自己愚蠢地误会了并未出轨的妻子,还杀了她,他就极其痛苦,这痛苦比计划失败、自己遭到逮捕更甚。计划?如今他已经非常清楚，就算没有那种计划，在那一刻，他依然会因为嫉妒和憎恶情绪的驱使而杀掉妻子。这剧情本来就是如此单纯而已。多余的因素全被剔除掉，只剩下一个无比单纯的答案：因为无法原谅妻子的背叛，所以他化身为一头野兽，凭本能咬住妻子，撕碎了她的生命。这个答案给他带来了极度的安心。杀了妻子，他并不后悔。唯一后悔的是杀了妻子之后才发现自己竟然还傻乎乎地爱着她，甚至爱到杀了她。公子大概也注意到了池岛的这种状态，所以她担心有一天自己出轨的事败露了，丈夫会真的杀掉自己。于是她才提前吐露内心的不安。

"怎么了？"

警察对他脸上浮现出的那放心的微笑感到不可思议，所以如此问道。不，并非他的表情让他们感到不可思议，而是他的动作——他的身体异样地向右倾斜着，几乎要从椅子上掉下去了。池岛不明白为什么在大大松了口气的同时，身体会擅自向右歪。他端起桌上的小茶杯，摆正坐姿。

坐在他对面的警察似乎在模仿他的动作一样，身体也微微向右倾斜着，伸手去拿茶杯。警察的脸上泛起微笑——不，不是警察的脸，泛起微笑的是那一晚的妻子。是十号晚上，他对着准备打开柜门的女人喊了声"公子"，那时妻子回过头，若无其事地冲他微笑。卧室右侧的水蓝色阴影更浓重了。他还记得自己站在那儿，身体也向一侧倾斜，这让他感到不安。那或许只是因为妻子的身体在大大地向右侧倾斜所致吧，对于面对妻子的他来说，就是向左——

妻子的右手似乎想要抓住什么东西。当时妻子右手边只有两样东西，摆在床边小桌上的座钟和台灯——就是那盏从结婚纪念物摇身变成背叛他的证据的台灯。此前池岛因为没能快速解下领带而十分焦躁的时候，曾有一个瞬间想拿那盏台灯当凶器。然而，台灯在他左边，他在短短的一瞬间判断左手拿台灯不太顺手，于是放弃了这个念头。也就是说，它在妻子的右手边，所以妻子的身体才会大大地向右倾斜——

"二位是因为我太太那个保险的事情所以怀疑我吗？但我不是那种为了拿到保金就杀害妻子的人。"池岛抓着桌沿，拼命支撑着身体说道。

"哎呀，您太太上个月已经把受益人改成小原英介了，所以您就算杀了她也一分钱都拿不到，保险金并不是您的杀人动机。"

……

"如果这件事您并不知情的话倒是另当别论，但您刚才那么说，应该是不知情的，对吧？"

池岛本想摇摇头，可是唇间却擅自吐出一丝无奈的叹息。

"详细事宜咱们去警局聊吧。"

警察说话的语气好似在安抚一个病人。而池岛也的确像个乖乖听医生话的病人一般，老老实实地点头，然后缓缓站起身。他和部下交代了一下工作，跟着警察走出了公司大门。无数好奇的视线无声地投到他身上，可他已经不在意这些了。此刻占据他整个大脑的，只有那女人的眼神。身体向右倾斜的不安仍旧固执地萦绕在他体内，坐进警车后他反倒放松了，因为两个警察将他夹在中间，两边都有肩膀支撑他的身体。

三个月不见的耀眼阳光倾泻而下，整个车子像是在突然翻转成正片、反差过强的大街上疾驰。

他只说了一句："那属于正当防卫。"这话不是对两位警察中的任何一位说的。

警察似乎把这句话当成了杀人犯自保的说辞，于是比较含糊地说了句:"等到了警察局再说吧。"

然而,池岛想说的不是自己的事,而是公子的事。

事实上,那晚公子曾一瞬间用右手抓起底座是大理石的台灯,朝着丈夫的头挥去。倘若不是他更早一步袭击了妻子的话——妻子大概是想用"正当防卫"来向警察解释自己杀夫的原因吧。那份保险,还有"担心自己会被丈夫杀掉"的谎言,都是妻子事先埋好的伏笔。不过这些恐怕并非出于她的个人意志,应该是和她的出轨对象共同谋划的。这两对奇妙的出轨男女不单约会偷情,还共享杀人计划。并且在那一晚,两个计划偶然地撞到了一起。偶然?

真的只是偶然吗?公子死了,小原英介将得到她的保险金。而如果那时公子早一秒钟抓起凶器砸死了池岛,保险金就会落入几子囊中。如此说来,从去年夏天到今年春天,那对夫妇应该一直在联手制订这个计划吧。他们想利用各自的出轨对象是一对夫妻这件事,谋划一个丈夫杀了妻子的剧本;或者反之,妻子杀了丈夫。是哪一种都无所谓,结果只取决于那一晚妻子和丈夫哪一方先拿到凶器……

从今年春天起,池岛和几子之间发生的全部,也都在公子和小原英介两人相处的夜晚发生过。公子得知丈夫和几子的关系后,就把自己的事情束之高阁,憎恨起了丈夫。在英介的教唆下,她最终决定杀掉丈夫——于是他们开始一步一步地准备,制订计划。杀了丈夫,再将其解释为正当防卫。那一晚丈夫会假出差再突然杀回来的事她也知道,所以她事先准备好了一切,就准备在当晚实施计划。当然,她并不知道丈夫是为了杀掉自己才回来的。英介只要随意找个借口,比如"我妻子和你丈夫已经忍受不了这样的四角关系了,所以他准备当场捉奸,逼迫我们离婚"

一类的就够了。就这样,那一晚,相伴十年的夫妇俩,在并不知晓彼此杀意的情况下,被小原夫妇操纵着,同时朝凶器伸出了手。

被操纵?

不,并非如此。那晚池岛所做的一切都是因公子而起,公子也一样,一切都和计划无关。那晚,她只是出于对丈夫的憎恨,才向凶器伸出了手。那一晚,他们两人在夜的右侧,在水蓝色的暗影之中,斩断了小原夫妇操纵他们的绳子,仅凭对彼此的憎恨互相残杀。这一点,池岛心里很清楚,因为公子和他是十年的夫妻了。

这件事和那对镰仓的夫妇毫无关系。那两个人此刻一定正在为计划大功告成而庆祝,并努力处理一些残留问题吧。但对于池岛来说,这些早已无关紧要。它们就像此时此刻在警车的后视镜中不断消失的满溢夏日流光的街道一般。

他的眼睛只盯着突然出现在面前的、真正的死神的脸。始终潜伏在平凡的婚姻生活之中的爱与憎恶——十年婚姻的尽头,竟然是两个人手持凶器,对彼此宣战。当时,赢了的是池岛。然而那不过是一时的胜利。如今,死神微笑着目送被警察带走、即将沦为囚犯的池岛,沉醉在胜利的喜悦之中。

那正是当晚碰巧走进卧室的池岛看到的那个若无其事的微笑。

玩沙子 ———

浪突然汹涌起来，向沙滩边袭去。少年的身体好似遗失物，被浪留在了海滩上。

是夏日的遗失物吗？铅色的大海，笼着白色荫翳的沙滩。夏天将少年的身体落在了海滩边，然后仿佛电影中淡出的一幕，缓缓消失。

少年静静地趴伏在沙滩上，一动不动，像一具被冲上岸的尸体。事实上，少年是游得太累了，彻底没了力气，他觉得自己简直像是已经死了。海浪无数次袭来，退下……沙子流淌着、蠕动着……少年的身体开始产生微小的变化，他也不知道那变化究竟是什么。仿佛已经死去的身体下方诞生了一个新生命，它像一匹小兽，出其不意地诞生了。伴随着海浪的律动，沙子依然在不停蠕动着。于是那生命转瞬成长起来，开始流露出乖戾的血性，展开暴动。少年感到恐惧，可他无能为力。他能做的，就只有伸出一只手，战战兢兢地抓住它，好似要把它丢掉一样地将它放进沙子里。一动不动或许更好，就等着这素未谋面的灼热的小怪物暴动够了，累了吧……饥饿的野兽还在发疯，它似乎要潜入一刻不停地摇动着的沙子深处去寻找猎物。沙子……沙子……沙子……近乎疼痛的灼热感让少年紧闭的眼睑颤抖，嘴巴十分痛苦地喘息。夏季最后的一股海浪猛烈地袭来，沙子变成激流，那一瞬，少年发出近乎咆哮的大声呻吟，反弓起身子。于是，那野兽断了气，和诞生时一样突然。沙子吸走了野兽迸发出的白色血液，继续蠕动着。活下来的只有沙子和海浪。一瞬间，少年感受到一种贯穿全身的疼痛，他突然觉得自己这一次是真的死了。他什么都不知道。他不清楚刚刚袭击自己身体的疼痛为什么和普通的痛感不同，还包含着一种仿佛能让身体融化的甜美感受。没错，其中因由他并不懂。他并非在那沙滩上死去，而是一切都从那一刻开始了，这一点他也不懂。少年只有十一岁，太年幼了，他对"性"这个词的意义可以说完全不了解。没错，十一岁——也就是三十年前的我。从那时起到现在，三十年过去了，此刻我正在酒店的房间等一个女人来。此时的我，依然不知道自己是否真的理解了这个词的意义。

倒不如说，当时我虽然什么都不懂，但是我的全身都能清楚地感受到那个词的意义。而如今的我躺在双人床上，用干爽的白色床单代替当时的沙子磨蹭着下半身，一边因为迟迟不来的女人感到焦躁，一边在脑中幻想今天要如何和她做爱。我现在就是这样一个四十一岁的男人，小田撩一。没错，四十一岁，职业是演员。不过，除了廉价的色情电影之外，我从没演过主角。在普通的电影和电视剧里，我的名字会隐没在一大堆人名之中。而且从十年前起，我又多了"丈夫"这么一个职业。十二年前，我和一个比我稍微知名一些的女演员结婚了，婚后两年，我开始对妻子的身体感到厌烦，与此同时，"当丈夫"就成了我的工作。

这份工作其实就是演员工作的延长。我在妻子面前连续演了十年"丈夫"，自从腻味了妻子，我和很多女性发生过关系。妻子阳子对我的出轨行为毫不在意，因为她也厌倦了我，会时不时地和其他男人玩一玩。不过，她似乎对我现在正在等待的女人略微表现出了一点兴趣。倦怠期走入了死胡同，妻子已经开始考虑离婚的事了。两个月前拍摄成人录像带的时候，我认识了一个很难称之为女演员的女性，拍摄结束后我们也时不时地上床。妻子对她的所谓兴趣，大概只是想知道我们的关系能不能拿来当作离婚的借口吧。

我对离婚这件事，还有那个女人的事都不太在乎。我想要的只是那具新鲜的肉体，因为妻子的身体已经丧失了那种新鲜感。如果妻子的身体发生奇迹，又回归到刚结婚时的新鲜程度的话，我们就这样保持婚姻的状态也完全可以。简单来说，自那个十一岁的夏天起，我就只为"性"这一件事活着了。但我却从来没想过要去了解"性"的意义。这时，床边的电话突然响了。

我保持平躺的姿势，拿起了听筒。

"我是光子。"

"你现在在哪儿？"

"在楼下大堂，我这就上去。"

"你知道我等了几个小时吗？"

我把听筒扔回到电话上，随后一跃而起。

这时我忽然听到了水声，但没有马上回忆起那是什么声音。可能是我刚刚躺在床上，好似做梦般反刍的那夏季终结之日的海浪声还在我的身体里回荡吧。

然后我才想起这是浴缸放水的声音，于是我走进了浴室。水已经溢出了一些，我拧上了水龙头。水流的声音停了，热水表面荡漾着，残留光亮的波纹。耳畔再次响起海浪声，随后，那幻想中的声音被现实中的敲门声打断。我条件反射般地看了一眼镜子，确认了一下自己的仪容。看镜子，这是正式开拍前演员的习惯。正式开拍。我露出一个苦笑，走出浴室，打开了房门。

门外站着一个女人，褪色的红色长发蜷曲着披在肩头，脸上是惯常的大浓妆。

"为什么要敲门？"

"敲门不是比按门铃更有秘密约会的感觉吗？"

女人又伸手敲了敲已在身后关上的那扇门。

"我一直都是这样做的,你今天才注意到?"

她只有眼睛泛起笑意。

"而且,你不想知道我为什么迟到了两个小时吗?"

"想啊,你为什么迟到?"

"其实我并没有迟到,我是准时来到这家酒店的。到了之后,我一直在大堂等着。"

"等什么啊?"

女人无视了我的问题,走进屋里,在床边坐了下来。她修长的双腿从短裙下显露出来。

最终,她回答了一句:"一直等到我的身体败给自控力。到这家酒店的时候,我的自控力其实是占上风的,它告诉我,绝对不能再见你了。"

"为什么?"

"因为我虽然做的是那种工作,但其实是个很认真的人。和已婚男人在镜头之外的地方上床,这件事会让我感到愧疚。"

"你之前说的明明和这个相反不是吗?你不是说和有妇之夫上床你更来劲吗?"

"之前?什么时候?"

"上周,去你家那次。"

"那是因为之前的我是另一个女人吧。还是说,今天的这个认真的我才是另一个女人呢?"

女人说着,言不由衷地故意岔开双腿,伸手抓住了站在一旁的我的手腕。我坐在床边,一只手环住她的身体,另一只摸进了她短裙下的那片阴影里。女人一边说着"不要",一边任由我的手指摸进她的双腿。

"你怎么和你太太解释？今天你们俩都没有工作吧？"

"什么都没说……她也出去见别的男人去了。"

"你太太也出轨吗？"

女人那湿润的双目闪着好奇的光。

"年轻男人？"

"比我要年轻些……"

"你们是那种类型的夫妻吗？"

虽然我不太确定女人所谓的"那种类型"是"哪种类型"，但还是冷冷地回了一声"嗯"。在床上我一向比较沉默，但女人总爱这样和我聊天。

"可你们现在不是还会同床共枕吗？上次我还在你腋窝那儿闻到了你太太的气味呢。"

"我妻子不用香水。你不是和她一起拍过几次电影吗？你应该知道的。"

"是体味啦，她的体香。我不是和她演过同性亲热的戏吗？那部电影的名字我忘了，总之拍摄结束后好多天，我身上都还留着她的气味。每次和你上床我都会想起那个味道，然后就会突然感觉自己的身体变成了你太太的身体。"

她挑起一边的眉毛，有那么一瞬，她看我的眼神似乎暗含着什么深意。随后她闭上了眼睛，唇间漏出呻吟声。可那呻吟似乎并非因为我的手指摸到了她的内裤里，而是在为自己说出的这番话感到陶醉。

"等你结了婚就明白了，一对夫妇和其他男人女人做爱有多新鲜。为了确认这一点，有时候他们只能勉强自己和对方上床。也多亏了这一点，我现在无比渴望得到你，而她也在和其他男人厮混。"

"真的吗?"

"是啊,不单是我们,所有的夫妇在床上都是色情男演员和女演员。"

"我问你'真的吗',是在问你太太现在真的在和其他男人上床吗?"

"是啊,就在和这里很像的一个房间里,除了那张床,其他所有东西都毫无意义。"

我的手指探入更深处,女人的喘息变得更加灼热。可女人突然停住了,她一把推开我的身体,伸手去摸电话。她拿起听筒,动作熟练地按下一串号码。随后她将听筒贴到耳边,一动不动。

"你打给谁啊?"我问她。

"真是不可思议,我明明从来没给你家打过电话,但把电话号码记得清清楚楚。看来是真的,你太太好像出门了,家里没人。"

女人把听筒放回到了电话上。不,只是看上去如此,其实她是把听筒放在了枕边——"不行。"我说,"她比我先出的门,这会儿说不定都快回来了。"女人没理我,回应我的只有听筒里传来的铃声。

"如果她已经回来了,那她一拿起听筒,我们这边的声音不就都被她听到了吗?"

不,或许这女人就是故意想让妻子听到吧?可是我已经没有余力去想了,我条件反射般地想去抓听筒,结果被她一把推开。那一瞬,她用一种挑衅般情绪强烈的眼神瞪着我,然后她的唇猛然堵住了我的唇。女人扑过来,将我的身体按倒在床上,伴随唇间呼出的灼热气息,她对我说:"像抱你的太太那样和我做……"

充满激情的燃烧着的声音分开我的嘴唇,流淌到我的身体里。

"像平时对她那样……"

我尚在迷茫之中，但依旧回应了女人突然显露出的激情，忘乎所以地扯开她的衣服前襟，抓住了从那衣服里跳出的一对乳房。我的嘴唇从女人唇上燃烧的热气之中逃离，搜寻她面庞上冰凉的部分。女人扯开我的裤子。我的舌头碰到她耳垂上尚且冰凉的水滴，于是拼命吮吸起来。从未在妻子身上闻到过的甘甜香水味将我的舌尖染成红色。我的身体和她的身体难舍难分，我像脱下自己的衣服一般脱掉了她的衣服，我的手从她的胸部滑向她的腹部，然后再向下探去，就在这时，我的手突然变冷了。不，是女人的手先冷却下来的。她的手仿佛从我的下半身滑落一般离开了我的身体。转瞬间热情就消失了，女人用冰冷无聊的眼神望着我。

"不行，你还是没把我当成她。你还是在用和我做爱的方式做这些事……"

"我做不到。"

我语气冰冷地扔下这么一句。

"为什么？你虽然没那么有名，但舆论一向把你归为很能进入角色的演员啊。把我当成她，你应该能做到的。"

"那么……"我从她身上移开视线，看向更远的地方，就好似透过镜头在观察她，"那么我倒要问你，你彻底变成她了吗？"

"是啊。"

"没错，你的确变成了她。"我怒吼道，"你的发色、妆容，都和那女人一模一样。表情和说话的方式也和她相同，语言习惯也一样。刚刚你从大堂打电话给我时，我的确在一瞬间把你的声音错当成了她的。'像抱你的太太那样和我做'，你是彻底变成了她才这么说的，但事实并非如此。唯独你的身体不是她的。"

"你的意思是我的身体没有那个女人年轻,不像那个叫光子的女人那么年轻,是吗?"

女人说着,眼神回到了平常妻子的模样。她的眼角稍微堆起了一点皱纹,微笑着。妻子阳子如此说道。

"老公,你可真傻,你把角色搞错了啊。"

"不行!"男人喝道。

那不是我的声音。一个男人的身影靠了过来。阳子的微笑凝固在了脸上,她的面孔被男人带来的阴影笼罩。那不是我的身影。房间里还有另外一个男人,他走到我身边,温柔地把手搭在我的肩膀上。"你很不错,完美演绎了一个可怜蠢男人的角色。不过她演得不行。"我想起来了,这是这部电影的男导演的声音。我总算回到了现实。没错,我现在正在拍电影,我扮演的角色是小田撩一。我环视房间。导演皱着眉,侧脸对我,一个男人站在他背后、面对着摄像机,还有一个青年单脚踩在椅子上,身体像比萨斜塔一样歪着,手举灯光,一动不动。而我眼前是抱着头叹着气的女演员。枕边是一直响着电话接通声的话筒。导演把一个笔记本摔到了床上,本子封皮上用马克笔写着大大的"玩沙子"三个字……没错,我终于想起来了,我是在演我自己。

导演又开始解释了起来。这三天里,他一直在执着地、反反复复地讲着这些。

"听好,你们是一对已经进入婚姻倦怠期、马上就要离婚的夫妻。不过,只是'马上',就是说还没离呢。为什么?因为虽然你们已经对彼此没了欲望,但又对丧失的欲望心怀执念。你们还在寻找重来的机会。而最后的撒手锏就在这张床上。丈夫让妻子变装成他的情人,去拥抱她。妻子就变装成丈夫的情人,被丈夫拥抱。他们想通过这种愚蠢的游戏的刺激，找回已经丢失的欲望。"

他只是换了一种表达，但讲的仍是同样的事。一通啰唆的讲解后，他对我说："你很好，你表现得最好了。"然后又转向那个女演员。"红褐色的头发，浓烈的口红，光子平时常用的迪奥毒药香水，这些都是你们夫妻关系的回春丹。你明白吧？没错，你该懂的。这个可是参考你们的现实关系写出来的故事。第一幕，少年怀抱着沙子，得到了性的觉醒，这一幕也是'小田撩一'，就是你丈夫的真实体验。他在现实生活中有个情人，你也一样，有个名叫'津上弘'的情人。我说得没错吧？比起我这个写剧本的人，你们俩应该更清楚这两个角色的情绪，不是吗？"

"可是——"

女演员试图反驳。

"不，你什么都别说了。接下来的后半部分该是其他剧情了。你这个角色有难度，这我知道。一直到前半部分最后的台词，你都演得很到位。比之前任何一轮试演都要好，不过说完台词之后你那个表情不行。那时你是回到了'妻子'的身份露出微笑，到那一瞬观众才会明白，你是装扮成他的情人的妻子。可是你没用'妻子'的眼神去笑，你为什么就演不好你自己呢？"

我开始对导演的那股顽固劲儿感到不耐烦了。于是问："那我们再从头来一遍？"

"不，没那个必要了。我觉得不过关的也就只有她最后的那个表情而已。本来是想在那个笑容后面跟一个沙滩的意象来着，算了，挪到前面好了。先来个沙滩，再接妻子的笑，把那个笑脸重拍一遍就行。我这都用光第二卷胶片了。没错，很好，就是这种表情，你刚刚不是笑了吗？没错，就是这样……就是这种把表演的事情忘记了的笑脸。保持住……胶片换好了吧，灯光OK。后半部分会随时插入一些沙子的画面，不过咱们就一直拍到这卷胶片用完吧，后续交给剪辑就好。不错，咱们进入后半部分的正式拍摄。"

我又坐回到之前的位置，盯着那女演员的脸。

沙子，沙滩上仰面平躺着一个女人。她光着身子，双腿大胆地张开。不，仔细一看就会发现，那只是一个沙子堆成的人罢了。远远地能听到海浪声，还有令人联想到夏季行将终结的灰色海风，那风将沙子堆成的脸一点点吹散。最终只有脸消失了……

淡入，女人的脸。女人的眼神回归到平日妻子的模样，她微微笑着，眼尾堆起皱纹。妻子阳子说："老公，你可真傻，你把角色搞错了啊。"

我露出"我哪儿搞错了"的质疑表情。

"你想抱的是光子，那可不行。你该抱的是变装成光子的妻子。"

女人抓住了我的手腕，动作就和抓住我下半身时一样。我倒在了她身上，用嘴唇、手指、胸口去磨蹭女人的肌肤，不经意地，同时又激烈地爱抚她。但那只是一种虚张声势的激烈，我们立刻就再次意识到，又失败了。我们的身体再度分开，这次大概是我先行动起来的。

"我错了。不是你弄错了角色，是你演错了角色。"女人说，随意地揉乱了我刚理顺的头发。

我的前发有些长了，挡在额前。紧接着，她从包里掏出一罐褐色的乳液，涂到了我的脸上。不单是脸，她还脱下我的衬衫、裤子，把裸露出来的皮肤全都抹上了乳液……用空出来的那只手，缓缓地、仔仔细细地涂抹着。我完全搞不懂她这是在做什么。

直到她用沾着唾液的手指在我的脸上到处抚摸，为这一番化妆做了收尾，然后又从包里掏出那样东西的时候，我才搞懂了她的意思。

那是一顶红色的棒球帽。它简直是津上弘的象征，因为他一直戴着这顶帽子。她像要挡住我迷茫的眼神一般，将帽子戴到我头上，并压下帽檐。

"不是我变装成你的情妇，而是你变装成我的情夫。"

再次出现沙子的画面。风将沙子堆成的女人的右腕吹散，然后又吹坏了左腕。沙子就像女人身体烧成的灰，随风飞舞，逐渐消散……

女人的声音叠入画面。

"那个男人的身体很不可思议。夏季时他会被晒得很黑，不过随着夏季结束，他的肤色就会渐渐退回白色。就像随季节变换保护色的变色龙。有好几次，我光是看他皮肤的颜色变化，就知道夏天结束了。"

淡入，我的脸。准确来讲这并不是之前的小田撩一，而是一个变装成津上弘的男人的脸。那是映在镜子中的一张虚假的脸。我对着浴室的镜子歪歪嘴、眯眯眼，或笑或发怒，尽我所知地露出津上弘的表情。女人则从我肩头望过来，仅能看到眼睛。

可以通过镜子看到角落里的摄像机。不行，我不能去注意摄像机和导演，我现在是一个可怜又愚蠢的男人，是一个想和妻子上床结果却失败了，于是只好变装成她的情夫再度尝试和她做爱的丈夫。我模仿津上弘那有些沙哑的嗓音说:"你丈夫现在在干什么呢?"

"在某家酒店和光子上床呢吧。"

女人拿起浴室里的电话听筒,贴到耳边听着。

"他还没回来呢。"

随后她又把听筒按到我耳边。一串无人接听的铃音。我的口中再度流淌出弘的声音。

"你丈夫还没和光子玩腻吗?"

"早就腻了。"

"不,他没腻。光子可比你年轻多了。上周他还跟我说,想早点儿离婚,这样就能和光子每天过快活日子了。"

我们两人在镜中对视。女人的双眼突然浮现笑意。她再度把棒球帽戴到我头上,用力将帽檐按下去,我的眼睛被挡上了,黑暗之中,我听到了女人的声音。

"已经腻了,只是他自己还没意识到。那个人啊,早就厌倦我了。不是因为什么婚姻倦怠期,是从结婚前第一次的那个晚上起就腻了,只是他佯装不知罢了。那个人啊,你没听过他十一岁那年第一次和女人做的事吗?他们在沙滩上,一边被海浪冲刷一边做爱。和那女人做爱,就等于和所有的女人都做过了。那个人以为一切从那时开始,其实一切都在那时结束了。只不过他没意识到而已……"

沙子的画面。风将女人丰满的右胸吹散了……

"你问过他那是个什么样的女人吗?"

"谁知道呢,可能就是个普通女人吧。我丈夫的事都无所谓啦。我对这具黝黑的肉体还没腻，对于我来说，最重要的就只有这一点而已。"

我的身体开始缓缓产生变化。不知是因为女人说的那番话，还是因为我发出了弘的声音，抑或那个扔在一边的电话听筒发出的单调通信音，屈辱感、嫉妒心以及各种复杂的情感扭曲混合，凝聚成了唯一的欲望。那是我迄今为止从未感受过的、未知的欲望。褐色的乳液渗透到了我的身体里，同时偷偷渗入我身体的，还有我所不知道的夏季阳光。我的身体终于燃烧了起来……我简直像变了个人似的，极其粗暴地一把抱住女人的身体。我的下半身感觉到了那种变化，女人笑了起来。她浑身都在用力地笑。全身的肌肉都在抖动，发出欢喜的笑声。配合着我脱胎换骨般的手指动作，女人的身体变成了我不认识的另一个人的身体。我伸出手，狠狠地抓住女人的左胸，仿佛要将它挖掉一样。

风将女人左边的乳房吹散了……

女人发出惊叫声。那是疼痛之中包含甜美享受的声音。那声音不是从她嘴里发出来的，听上去更像是从她的乳头迸发出来的。你和他做爱的时候会发出这种叫声吗？我本来想这么问的，但还是作罢。我已经变成那个人了。以那个人的肤色、那个人手指的动作、那个人的舌头，去和一个变装成陌生人的女人做爱。我们热烈地纠缠在一起，跨过浴缸的边缘，下半身沉入水中。浴缸里的水猛烈地荡漾着，溢出来。瞬间，那时听到的海浪的声音向我袭来……那时？

突然，海浪变得汹涌，冲向沙滩……冲塌了女人的脚腕及以下部分，然后又退回去。风又将女人的腹部一点点吹散……

那时？唯有记忆背叛了变装成他的我的身体，让那个遥远夏日的海浪声再度在耳畔响起。不，我已不是他，也已不是我；和我做爱的女人既不是阳子，也不是其他什么人。非要说的话，我是当时那个十一岁的少年。我搞不清楚那出其不意袭击了我的欲望是一种什么东西，任凭双腿间疯狂而又陌生的怪物支配着我的整个身体。海浪起伏，每次波动，女人的肌肤就随之蠕动一下。怪物还在疯狂地搜寻着猎物，它仿佛跌入了沙子做的地狱一般，向着女人的身体深处不断地陷落……

风卷起沙子，女人的上半身逐渐消失……海浪将女人的腿一点点卷走……

帽檐挡住了我的眼睛。在黑暗中，我随着海浪一同起伏，拼命地抓紧逐渐无法控制的女人的身体。那小小的野兽也在女人身体深处的那片黑暗之中拼死紧咬猎物。因为它无法抓紧那猎物，而我的身体变得愈发狂暴。女人的喘息声，我的呻吟声……身体的撞击声，还有席卷我们两副躯体的汹涌的涛声……

沙子做的下半身被风和浪侵蚀，四散崩塌……
不知何时起，我转而从女人的背后进入她的身体，但我其实无法确认，也不准备搞清楚。我失去了游刃有余的轻松感，因为我已经不是平时的那个我了。我也不知道自己抓住了女人身体的哪个部位，正玩弄着她身体的哪个部位。女人应该是抓住了浴帘，伴随着喘息声逐渐激烈，浴帘的金属环和横杆的摩擦声也越来越刺耳，频率越来越高了。

腿被海浪和海风蚕食得仅剩一半，沙堆崩塌……

我已经不是我了，我成了欲望本身。只有腰部猛烈抽动的韵律昭示着我的存在。女人的尖叫声越来越高昂，音调不断地向上攀。海浪如暴风雨一般狂乱。野兽的忍耐已到极限。它最终也没有将猎物彻底抓住，只能留下最后的一声咆哮。黑暗在眼前猛烈地翻涌起来。

海浪吞没了双腿……

女人发出一声攀到顶峰的尖叫，然后突然没了声音。浴帘上的金属环碎裂迸飞，女人的身体瘫软，倒在浴缸的水中，我也一同飞速地向着无尽的黑暗跌下去。不过那只是几秒钟的事。已经死去的野兽口中吐出最后几滴白色的血液，一切就这样突然宣告终结。只有女人发出些微喘息的声音，水波漾起余韵，其他声响全都消失了。死一般的寂静包裹着我。什么声音都没有……什么声音都？我突然注意到了这一点，扯下帽子，看向浴室的墙面。

垂挂在墙上的听筒已经没有通信音了。有人……在紧绷的寂静之中，我明显感受到有人正在聆听。我对着听筒大喊："是谁！"

"是我啊。"

那声音回答。

"你是谁啊？"我再次问道。

可是听筒那头只有沉默，没有人做出回答。我和妻子现在都在浴室，家里应该没有别人。可是却有人拿起了听筒，聆听着我们在浴室发出的声音。我扭头看向那女人。浑浊的褐色池水，女人的头浮在水面之上。她微微睁开了眼。

"是他回来了，他在听。听到了一切，那个人还没发现自己已无法被女人的身体所满足。他现在又开始独自玩游戏了，和那时候的沙子一起……"

"我就在这儿啊！"我大喊着。女人脸上透出的笑意逐渐扩散开来。她的笑容就是对一切的解答。我缓缓转头望向镜子。褐色的乳液已经剥落，我身体的肤色又回归到了之前的白色。没错，夏天结束了，我的身体不再黝黑，还有一道目光看向镜中我的那张脸，是镜头的目光。我想起来了，我一直存在于镜头中，存在于电影中。没错，我想起来了，我再一次在镜头前表演了我自己。我想起来了，我是津上弘……现实中我是这位女演员的情夫，在电影里也扮演着她的情夫，仅此而已。我想起来了，在电影里，她的情夫扮演她的丈夫，然后丈夫将身体涂黑，戴上棒球帽，扮演她的情夫，也就是我，和这个女人发生关系。

这部电影里的确也有小田撩一的戏份，但他只有一句台词，就是电话里的那句"是我啊"。没错，我总算回到了现实。真的吗？我已经没信心了。或许我就是小田撩一，我只是扮演了扮演情夫的丈夫角色的情夫，不是吗？我再次看向摄像机。我迷失在了摄像机的迷宫里，永远地丢掉了自己。观众也不知道我究竟是谁，谁都区分不出我是小田撩一还是津上弘。我总是在电影中代替观众去和女人上床，我是个唯有身体具备意义的男人。我只知道一件事，就是摄像机还在运转，我只能继续扮演我自己。我回头望着浮在浴缸中的女人的脸，说出了我的最后一句台词："你刚刚拥抱的是谁？"

沙子做的躯体只剩一个内芯，其他全都消亡了……

淡入。女人的微笑。我将那女人从浴缸里拉了出来，走出浴室，将她按倒在床上，我再次扑了上去。另一只被扔在床上的听筒吸收着我和女人空洞的喘息声。摄像机摇近，不知何时起，从那听筒里传出了一男一女的喘息声。摄像机摇远了，女人消失了。带有波纹图案的床单上只躺着我一人。我抱着床单，像是死了一样，一动不动……我，是不知道自己究竟是何人的，我。

无人的海滩。传来导演喊的一声"卡"。最后的海浪和风，将沙滩上残留的那个女人的内心也彻底打散。沙滩边的夏季结束了，只有四散的沙子，好似夏日的残响，仍旧缓缓地蠕动着……

夜的平方

那天夜里，外浦淳一十一点四十五分回到家，用自己的钥匙打开门。三分钟后，他在卧室的床上发现了被勒毙的妻子的尸体，大约一分钟后报了警。

那三分钟里，外浦坐在客厅的沙发上抽了根烟。

"家里没人，我也没觉得有什么不自然的。我事先跟她说过，晚上可能要快十二点才能到家，所以我以为妻子又出去玩了。客厅亮着灯，但这也没什么奇怪的，因为我妻子每次外出之前都会花特别长的时间化妆，然后出门那会儿又总是慌里慌张的，忘记关灯很正常。我进屋之后就坐在沙发上先抽了根烟。在我们家，只有妻子不在时我才能慢悠悠地好好抽根烟呢。我妻子一直禁止我抽烟，与其说是因为她有拒绝闻烟味的权利，不如说她单纯就是喜欢命令我。她喜欢剥夺我的各种自由，让她自己能享受更多的自由。不，她晚上出去玩什么，最近我已经不打听了，就让她随意吧。我们结婚十四年了，没孩子，责任在我。我是个在国税厅上班的小职员，工作够稳定，但是无比乏味。我妻子本来也不是那种会老老实实陪着我这种没意思的丈夫过一辈子的平凡女人。大约从上个月起，她每周会出去一两次。说给我的理由特别容易被戳破。她说她弟弟要结婚了，找她商量。不过她说起这些的时候总是一脸坦然。我妻子虽然已人到中年，但因为身材娇小，又是娃娃脸，看上去也就三十来岁的样子。而且她之前也犯过这种错的，所以我马上就想到她应该是又有男人了。不过我倒是一点都不想知道她是不是真的有外遇了。我从很久之前起就对妻子一点兴趣都没有了，今天晚上我坐在沙发上抽烟的时候，脑子里想的也不是妻子出门去了哪儿，我想的都是我自己的事。我正惦记着一个特别重要的事，该怎么说呢，我现在算是站在岔路口上吧。我是负责算钱的，整天净是看着那些和自己无关的、以亿为单位的数字。但我也快五十岁了，身体总是出问题，之前我的身体就不太好，眼看着变得更差了。要担心的事情真是太多了。不单是这个，还有别的。今天晚上又发生了一件让我很困扰的事情，我一直在脑子里琢磨该怎么办。想着想着，我发现烟已经吸完了，于是我站起身，把烟头扔到了盥洗池里，然后推开卧室门准备换衣服，因为我家的衣柜在卧室。里面很黑，但只是把门推开一点，我就看出妻子的情况不对头了。虽说是卧室，但如您所见，屋里很乱。双人床摆的位置离门特别近，客厅里的光能照进卧室。妻子仰躺在床上，头垂在床边，那光正好打在妻子的脸上，长长的头发和一条胳膊瘫在地板上……我看到她的脖子上还缠着什么东西——妻子的脸痛苦地扭曲着，一眼就能看出已经咽气了。但可能是遭受的冲击太大了吧，我有点像那种没油了的机器，反应特别迟缓。我记得我当时脑子里还在想，如果妻子能说话，她一定会对我大吼：'你磨蹭什么呢？赶快确认一下我是不是已经死了，然后报警啊！'接下来我拉亮了天花板上的灯，好似照片突然转为正片，一切顿时浮现出来。可我反而有一种头上被人套了个不透明的塑料袋的感觉，意识混沌，现实感在离我远去。我产生了这样一种感觉，我觉得自己正在做一个荒唐的梦。我靠近床边，低头看着，妻子歪斜的面孔看上去像在笑。就好像此时此刻她仍旧在和某个我看不到的男人厮混，发出快活的叫声似的。她双腿张开，大腿根仿佛装饰着黑色蕾丝做的假花，我在心里暗自感叹，那简直就像给突然死去的妻子佩戴的美丽黑纱啊。啊啊，我是先去报了警，再折回来确认尸体的，是或多少有了出事了的实感才产生这种想法的。当时,我站在尸体旁边待了大约一分钟,然后我的注意力就被某样东西吸引了。原本摆在枕边小桌上的台灯掉在了地上,和它一起掉在地上的还有一个烟灰缸,里头有几个烟头。我隐隐约约地想:幸枝严禁她的丈夫,也就是我吸烟,可是却允许那个被她带回家的陌生男人吸烟啊……"

现场搜证环节已结束,尸体也被运走解剖,此时客厅被夏夜的宁静笼罩。被害者的丈夫在接受警察讯问时说了上面那一番话。

"被当作凶器的那条领带,是您的吗?"

正在自家睡觉结果被喊醒的安原脸上浮现出平静的微笑,但能从他的声音里听出一丝不耐烦的情绪。安原是一位警龄超过二十年的资深警察,从婚姻生活的角度来说,他是早于坐在面前的命案第一发现人七年踏入婚姻的前辈。或许是有这两方面的第六感的帮助吧,看到这个好似被硬塞进狭小建筑中的外浦那庞大身躯的第一眼,安原就莫名地确信,这个男人就是凶手。

"没错,今年二月我过生日的时候,我的一个女部下送的。"

安原猜想,那位女部下应该很年轻。眼下外浦扎的是很符合小职员气质的朴素的灰色领带,但是那个用作凶器的领带却很花哨,上面有水珠的花纹。

"它之前是放在卧室的衣柜里吗?"

安原一边问,一边再次观察眼前的男人。这男人比中等体型的安原要强壮一大圈,看上去和小职员的身份很不相符。不过安原也知道,这种大块头的男人往往出乎意料地神经质,他大概也能从男人那掩藏在丰满两腮下的纤细五官中看出来。

虽然和他的体形完全不相符,但男人递给安原的名片上明确地写着，他的职业的确不过是国税厅的一名小职员。

"没错，那个……因为太花哨了，所以我从来没系过，一直收在衣柜里。一个月前妻子说她认识一个比较适合打这种领带的人，问我能不能送他，那之后我就不知道发生了什么。毕竟衣柜里有三四十根领带呢，我实在没空一根一根地确认它们都在不在。"

安原附和了一下，又问道："关于您太太正在交往的那名男性，您有什么线索吗？"

"我刚刚也说了，我是感觉到了有那么一个男人……"

"什么具体的证据都没有？"

"——没错，不过你们只要稍微查查，肯定能查到。"

外浦努力抬起又厚又肿的眼皮，用像开了两条缝一样的小眼睛偷瞄着坐在安原旁边、正在记笔记的年轻人中谷。

"您妻子之前带男人回过家吗？"

"从来没有。不，也有可能是我从来没注意到过。我说过很多遍了，我对妻子的行为毫无兴趣。"

他恨恨地说出这句话，然后摇摇头，硕大的双手掩住了脸，发出长长的一声叹息。

安原再次唏嘘了几句，但在心里却对对方的回答表示否定。无论夫妻感情如何淡薄，都不可能有丈夫对妻子的出轨漠不关心。

而安原把这件事看作常见的一时情迷，还以为能轻松解决，这份乐观心态也就到此为止了。

"还有，以防万一，得问您一下——"

安原的话说到一半，外浦突然抬起头开口。

"警察先生……"他说，眼神却忘了对焦到警察的脸上，"警察先生，你现在在怀疑是我杀了妻子，对吧？"

"不，没有这回事。"

安原慌忙摇头。

"你就是在怀疑我，你脸上挂着笑，眼睛里却没有笑意。你和我都是公务员，我看得出你的眼神在说：你就是杀了你妻子的凶手。"

外浦那双几乎陷进脸上一堆肉里的眼睛不带任何表情，死死盯着安原的脸。可是他的眼睛依然是失焦的，像是在发谵语。那沙哑扭曲的声音钻进安原的耳朵，令安原有一种毛毛虫钻进了耳朵眼的恶心感觉。

"那你不如明明白白地问我，问我是不是杀了我妻子，我觉得这样比较好。"

安原勉强维持住了脸上的笑容，问道："那我就直接问您好了，是不是您杀了您太太？"

可对方没有直接回答。

"我有不在场证明。"这个魁梧的男人说。

"我们正准备问您这个问题，请您把今天回家之前的所有行动都说一下吧。"

"嗯……今天傍晚五点半，我开车离开单位，然后在附近接上了我的情人，直接去了真鹤。我的情人可以为我提供不在场证明。刚刚法医说了，我妻子的死亡时间在九点半到十点，对吧？"

"是的，不过准确的死亡时间还得等解剖之后才能知道。"

"不用，有大概的时间就够了。当时我正在真鹤，和情人上床。"

听到这番话，安原总算反应过来，惊讶地回了句："情人？

您也有个情人？"

外浦一脸那当然了的表情，点点头。

"去年秋天在俱乐部认识了一个女服务员，后来就有了这层关系。不过，说是俱乐部，其实只是新宿巷子里的一家小店而已，属于那种我的薪水也能负担得起的地方。她在那家店干了很久了。我之所以能无视妻子的出轨，全因为一心投在她身上。"

外浦从放在沙发上的西服上衣里拿出一本手账，在上面写下一串数字，撕下那页纸递给了安原。

"这是真鹤那边的别墅的电话号码。我虽然回来了，但她应该还在那儿。当然，那别墅不是我的，是我一个朋友的。我连这个房子的贷款都得玩儿命赚钱还呢，哪买得起别墅。我那朋友这两年住伦敦，就把别墅借我了，我已经和她去那儿住过好几次了。"

外浦又把递给安原的纸条收回来，加了一个女人的名字后再次递过去。

小野田玲子——

"这是她的名字。您现在就给她打电话，她肯定能做证，我绝不是杀害妻子的凶手。"

可是——

安原暗暗思忖，如果是情妇，那有可能作伪证啊……

不过他依然站了起来，走到玄关处，按下了这串电话号码。

长长的、持续的接通音，正当安原准备放弃，要挂断电话的时候，那头终于有人接了。

"喂……"

是男人的声音。安原没说话，于是对方又问："请问您是哪位？"

对方的声音中带有些许怀疑的态度。

"那个，请问您那边是否有一位小野田玲子女士？"

安原报上了自己的名字以及身份，电话那头是一阵迟疑的沉默。

五分钟后，安原挂断电话回到了客厅。他皱着眉，眉间出现了一道深深的皱纹。看到他的表情，外浦突然嘴角歪斜地笑了起来。

"如何？能够证明我的清白吧？"

安原摇了摇头。刚刚电话中的对话，想必客厅里的人也多少听到了一些，可是——

"她已经不可能提供证词了，你的情人，在别墅同样……被勒毙了。刚才接电话的是神奈川县警。"

安原动作有些机械地看了看表，确认现在的时间是一点五十六分。

"约两小时前，真鹤站前派出所接到报案，说是一栋别墅里有个女人被害了……"他说。

旁边的中谷表情扭曲，一边摇头一边看向安原。但更惊愕的其实是安原。比起刚刚在电话里听同行说出的那件事，坐在他面前的外浦淳一的反应更令他感到惊愕。外浦看上去情绪丝毫没受影响，此刻笑意正在他唇边缓缓扩散开来。

"就算玲子死了，她也是能够证明我清白的重要证人——您没问问那个接电话的警察玲子被杀的时间吗？"

"要等出了解剖结果才能确定被害时间。不过现场检查大致估算出死者的死亡时间是在九点半左右。"

"既然如此，那她显然就能证明我不在场了吧？九点半我还和她在真鹤别墅的床上，怎么可能同一时间又在东京的床上杀害

207

了妻子呢?"

安原感觉一阵混乱。这个男人脑子里究竟在想些什么?他究竟想表达什么?

"你……你已经知道小野田玲子死在真鹤了,是吗?"

"是的。刚刚我说她在真鹤的别墅里,但我可没说她是活着的,对吧?"

"可是……"

外浦摇摇头,叹了口气。

"您还记得我发现妻子死后,是过了一分钟才联系警方的吧?我那通电话是打给真鹤的派出所的。等我打给一一〇,告知妻子被害,已经是十分钟之后的事了。那时大概是十二点吧。"

"您、您的意思是,您虽然不是在此处杀死自己太太的凶手,却是真鹤那边那桩命案的凶手?"

安原勉强从嗓子里挤出这句话,外浦一副瞧不上他那副模样的态度,爽快地回答:"是的。"

"可是……"

安原突然注意到,眼前这个魁梧的男人好似在做握力检查一般,反复握紧手里的中性笔。没错,他那钢筋一般的手指,仅用一根领带就能轻松勒断女人的脖子。此时此刻,刚刚电话里同行的声音再次回荡在安原耳边,那个警察说:我们这边的被害人也是被领带勒死的……

安原抬起头,正碰上外浦的微笑。

"一发现妻子的尸体,我最先担心的事就是被警方怀疑。您现在不就是在怀疑我吗?不过我也提醒我自己,不要担心,我有不在场证明,妻子死的时候我正在真鹤杀害小野田玲子。不过我担心真鹤那边的尸体倘若扔着不管,可能要过很多天才能被发现,也就很难推测出准确的死亡时间了。我意识到有必要让玲子的尸体立刻被发现。于是我就在这个房间,联络不记得何时记下了电话的派出所,一切都很顺利。玲子死亡的时间和妻子被害的时间几乎相同,就算开车全程在高速上飞驰,我从东京到真鹤杀掉玲子至少也得花上两个小时。所以我不可能同时在东京杀死妻子。"

外浦无视了两位茫然的警察,面带微笑,但双眼毫无表情地说:"所以,你们该相信我是真的没有杀害我妻子了吧?"

外浦幸枝被害的时间最终确定为九点半。尸检结果也大致如此。推测死亡时间和真正的死亡时间只有十五分钟出入。而且,有个男人每晚都在位于国分寺的外浦家附近跑步。那天九点二十五分左右,这男人透过外浦家卧室的窗户,看到了一个女人的身影,貌似是外浦幸枝。那身影闪现于台灯发出的淡淡光晕里,仿佛一个幻影,而且一看就是身体赤裸的。自然,年轻的慢跑者十分钟后再次路过外浦家门口时,又忍不住好奇看了过去。不过那时候灯已经熄了,窗里是黑的。也就是说,这足以让人推测出犯罪行为就是在这十分钟内发生的。杀人现场那枕畔的台灯摔到了地面上,灯泡碎了。我们猜测这是暴行发生时被害人抵抗袭击所致。

可是,在距离国分寺近七十公里之遥,无论把车开得多快,也至少得花上两个小时才能抵达的真鹤别墅内死去的那个情妇,她的死亡时间也基本能断定是在九点半。

别墅附近住着很有名的作曲家一家,他们家的小女儿是应考生,她说九点半左右听到隔壁有人在争吵,还听到了有什么东西坏掉的声音以及女人的惨叫。她关掉电视竖起耳朵准备仔细听听，结果那头的争吵声戛然而止，之后就是死寂。不过她总感觉有些不安，所以那之后也一直留意着隔壁的声音。十五分钟后，她听到了车子开走的声音，再就是两小时后，警车发出的警笛声打破了海边夜晚的宁静。

真鹤这边的尸检结果也符合预估的死亡时间，也就是说，可以推断小野田玲子的遇害时间是九点半。不，不是推测，是断定。因为该事件牵涉国家公务员，一时引发舆论骚动，不过最终由于外浦以那样一种形式死亡而得到了解决，死者的遇害时间我们也就早早确定了。明确点说吧，这两起事件发生的时间都是九点半，二者前后最多只差五分钟。而且，这两起事件不仅犯罪时间相近，犯罪现场也莫名相似。

国分寺那起事件发生后不久，我就去了真鹤的犯罪现场，跑到那栋别墅的卧室看了看。我发现，无论是房间大小，还是双人床床型以及摆放位置，床上挂的风景画，从床旁边的床头柜上跌落的烟灰缸和台灯，一切都好似国分寺那起事件现场的复制一样。不过话说回来，大多数住宅的卧室结构都很相似，这两个房间看起来差不多也没什么奇怪的。真鹤的被害者也是在情事的过程中被领带勒毙，她浑身赤裸，保持着仰面朝天的姿势，上半身垂到了地板上。这些都是两起事件的相似之处，仿佛其中一起事件是另一起的复制品。我简直产生了一种见证了一幅巧妙仿作的错觉，我甚至开始思索，这两边究竟哪一边是真的，哪一边是赝品？

在这两起事件中，最令我感到毛骨悚然的是外浦淳一这个男人。他虽然身材魁梧，但除此之外就是一个平平无奇的男人，在高峰时段的电车里，在午餐时间写字楼附近的餐馆里随处可见。但是，该怎么说呢，他仿佛没有真正的自己，仿佛只是真正的外浦淳一的仿作……或者说，他本人就是其他人的复制品。是所有的公务员都这样吗？因为我也属于公务员，所以不由得开始担心起来。不不，那个男人的确很不一样。自从他在国分寺的杀人现场突然说出那番不在场证明，我就总觉得若把他脸上那层松弛的皮肉用力一扒，就会显出一张陌生的、其他人的面孔。没错，在漫长的从警生涯中，我还是第一次遇到他这样的嫌犯。

在杀人现场接受询问时，这个男人突然坦白自己杀害了情妇玲子，然后一脸平静地表示要自首。于是我们把他领回警察局，进行了更细致的审问。

"我对她特别着迷，结果玲子跟我说她和别的男人好上了，要和我分手。我想把握最后的机会，于是把她约去了别墅。刚和她上床我就下定决心，这个女人我绝不能让给别人。这个念头如狂风暴雨般向我袭来，等反应过来的时候，我发现自己手里握着领带，领带缠在玲子的脖子上……"

外浦如此解释自己的作案动机。也的确有其他证词可以证实他的这番话。他说当晚七点左右从东鸣高速开往小田原的途中，在镇上的加油站加过油。加油站的年轻员工对他们俩有印象。说得确切些，那名员工是对当时坐在副驾驶位子上的玲子有印象。玲子是长得很像女演员 M 的冷艳系美人，那名年轻员工又正巧是 M 的影迷。他对驾驶席上的男人几乎毫无印象，还说没感觉司机身材那么庞大。不过外浦已经主动承认了罪行，所以我们认定当时驾驶席上坐着的应该就是他没错了。别墅的卧室里布满外浦的指纹，勒死玲子的那条领带是外浦当天白天上班时系的，这一点他的部下也能证明。关于那条领带，外浦是这么说的：

"回到了国分寺，在联系警方前我忽然想起，领带还缠在玲子的脖子上。于是急忙从衣柜里翻出了一条给自己系上了。"

别墅的卧室地板上落了一地的烟头,正是外浦平时吸的牌子。香烟滤嘴上留下的唾液与外浦血型一致,掉落在床单上的毛发也证明是他的,还有被害者阴道中的男性体液也属于外浦。

既然供述内容和实际情况全部相符,我们自然决定逮捕他。没想到他的态度突然变了。面对他的变化,我与其说是惊讶,不如说是毛骨悚然……

安原说出"逮捕"这个词后,有那么短暂的几秒外浦没有说话,随后他开口道:"能给我支烟吗?"

考虑到这名罪犯主动自首,出于奖励,安原微笑着回应了他的要求,给了他一支烟。外浦美美地深吸了一口,开玩笑似的说了句"真希望审讯室里别贴禁烟的牌子"。随后他又十分自然地说:"警察先生,此前我所说的一切,全都是假的。"这间逼仄的审讯室里开着冷气,甚至可以用寒冷来形容,可外浦的额头上却浮着一层亮晶晶的油汗。他那双眼睛依然没什么表情,但油腻又黏稠地纠缠着安原的双目。

"我没杀玲子。玲子不是说她和别的男人搞上了吗?杀她的就是那个男人。那天五点半我和玲子见了面,我腻烦了和玲子的关系,所以在车里就和她提了分手。结果她笑了,对我说:'分手?说得真夸张。你这样讲我可很难办啊,我现在有真心喜爱的男人,和你只是玩玩而已。'她说她今晚想见那个男人,要借我的车,还要借真鹤的别墅,于是我把车子和别墅的钥匙给了她,当即下车了。玲子自己开车去见了那个男人,和他一起去了真鹤。杀掉玲子的就是这个男人。"

"那你怎么会知道他们在小田原加油的事情呢?"安原茫然地问道。

"那是因为我在下车的时候告诉她，车里的油不够开到别墅，可以去小田原那家我们之前常去的加油站加油。我和玲子的确去过真鹤好几次，但我们只不过是一起玩玩，我并没有杀她的动机，这件事你们问问她的同事就明白了。还有，我虽然不知道那人的名字和长相，但玲子是亲口说过她有这么一个心仪对象的。就是那个男人杀了玲子。你们在真鹤的现场发现的烟头和车里的一致，对吧？那也是他嫁祸我的手法……"

"那领带又怎么说？"

"我这个人是多汗体质，五点半上车的时候就把领带摘下来了，离开时落在了车里。"

"那……您为什么一直声称自己杀了人？"

"完全是为了逃脱杀妻的嫌疑，我才说出这种谎言的。而为了圆一个谎，就又要编一个新的谎，就这么一路编造了下去。可是警察先生，玲子不是我杀的，我有不在场证明。"

"不在场证明？"

"是的，是您也非常清楚的不在场证明……"

安原皱起了眉，瞪视男人的脸。男人缓缓点了点头，视线穿过自己口中吐出的烟雾，望着安原道："因为九点半玲子在真鹤被杀时，我正在自己家杀害我的妻子。"

不，他并非精神异常，此后他接受过两次精神鉴定，均显示无异常。而且，我们能从那家伙的言行之中感受到非常缜密的算计。我虽然感受得到这种算计，却又总有一种坐在我面前的并非真正的人类，而是一幅胡乱涂抹的肖像画的感觉。和实物相比，这幅肖像画太过粗糙，一看就很假；可要说它是赝品，它又画得极为巧妙。真是一幅看不出真假，模糊不清的肖像速写。

而他的一番新供词也有相对应的证明。外浦称，事件当天他把车子借给了玲子，自己下车后直接回家了。他对妻子撒谎说是把车子留在了单位。九点二十分左右，看到身上仅围了一条浴巾就从浴室走出来的妻子，一时被他抛在脑后的欲望顿时燃起，他把妻子推倒在了床上。可是妻子却抵抗不从，称已经喜欢上了其他男人，所以拒绝和他上床。一阵突如其来的怒火控制了外浦，等反应过来时，他已经从衣柜里掏出了领带，扑向了妻子。杀掉妻子后，他茫然地抱着头，在台灯被摔坏、没有光亮的卧室里坐了好久。大约两个小时过去后，家里的电话响了，一个陌生男人的声音突然告诉他："我已经在真鹤把玲子杀掉了，用的是你车里的那条领带，罪行就算在你头上了。"那男人笑了笑继续说："关于你的事，玲子和我讲过不少，我会把车开回东京，扔到你家附近，你最好赶快去取车。"说罢他就直接挂断了电话。外浦还没从刚刚杀死妻子的震惊中缓过来，就又被新的冲击牵制住了。迷茫慌乱之中他跑出家门，按照电话里的指示找到了被扔在街角的车子，将车停进了停车场。然后，以防万一，他半信半疑地给真鹤那边的派出所打了电话报案。

哎呀，这说法听上去真是令人难以置信，但是一开始他坦白的那套杀掉玲子的说辞更加不可信。而且新一轮的调查显示，外浦杀死妻子的动机的确更自然一些。他妻子的弟弟可以作证，这对夫妻的关系已经名存实亡，幸枝曾告诉弟弟："我和别的男人好上了，我想和他结婚，但这事一旦让我老公知道了，他会杀了我的。"玲子工作的那家位于新宿的店里的同事也证实，外浦和玲子就只是单纯地玩玩，玲子的心另有所属，这件事外浦早就知情，所以并不会因此动了杀心。事件发生前一晚，外浦还去了店里，两人和平时一样有说有笑——从这番证词来看，动机方面外浦的确是清白的。而且，玲子坐进他的车里之后态度有了变化，最后外浦把车和别墅暂借给了玲子和那个男人，这种事倒也不是不可能发生。不过，一问到那个男人究竟是谁，店里的人就都说只是听说有这么一个"真爱"存在，但无论大家怎么打听，玲子就是不肯说出那个男人的名字。我们也调查了玲子遗物中的记事本，比对了上面所有的男性常客，但是没找到任何一个看起来像是她的"真爱"的男人。没错，只要能找出这个男人，警方这边就能把外浦的新供词当回事。他的供词听着更像是反复在扯一堆毫无根据的谎话，而且从动机的角度来看，明显是杀妻的动机更加强烈。所以我们再次以杀妻嫌疑审讯了他。在幸枝体内检测出的体液与外浦血型相同，她的身上还沾着丈夫的毛发。不过留在现场的香烟牌子和外浦常吸的不一样。而且，从烟头滤嘴部分测出的血型是Ａ型，外浦是ＡＢ型。不过烟头这种东西，也可以把别人吸过的拿到现场，并不能作为妻子幸枝搞外遇的证据。关于这一点，外浦的证词是："我六点半回到家，发现客厅的烟灰缸里扔着好几个烟头，我一下就明白了，在我回来前不久，家里来过男人。我很不满地问妻子：'我不在家的时候你就把男人叫来家里，还允许他随便抽烟是吗？'可妻子她一直沉默不语。三小时后，积攒在她心底的愤怒在被我推到床上的时候爆发了，变成了那句话吧。"外浦的回答合乎逻辑，我们开始尝试认同他的说法了。可是，我做不到，我觉得他又在撒谎了。结果，不出所料——

一名警察读完调查报告的全部内容，正当他向外浦确认"内容是否无误"的时候——

"不，这份报告全都是谎话，看来我还是说实话比较好。"

听到背后传来外浦仿佛自言自语一般的声音，安原看向了窗户。窗户上安了铁栅栏，透过那扇窗，能够看到警察局的后院。院子里的草木，还有对面的水泥墙，都被终于停息了的黄昏大雨淋得湿漉漉的，看上去似乎正在融化。雨滴落下，就连窗户看上去都像被闷热的暑气蒸得汗流浃背了一般。安原听到背后那个声音继续道："妻子的尸体上有我的毛发，这太正常了不是吗？那毕竟是我自己家，前一晚我还躺在那张床上睡觉呢。我看我还是说实话吧。你们费多大劲去找玲子的真爱也是徒劳，因为那个男人就是我。虽然周围人看来我们只是玩玩而已，但那样表现只是为了掩饰我们的关系已经深陷泥潭的真相。关于这一点我有证据证明。电话答录机里还留着事件发生一周前玲子的声音，你们只要听一听那段录音，就能明白我为什么必须杀掉玲子了。"

安原始终没有转过头去。犯人的声音引发他浑身一阵恶寒，又顺着他的后脊梁骨一路蹿下去。外浦是犯人……可他，究竟是哪一起事件的犯人呢？

安原闭上了眼，有些绝望地叹了口气。他已经能猜到犯人接下来要说什么了。

而犯人的确是按照他的推测说的。

"我有杀害妻子的不在场证明。因为那时，我在真鹤杀了玲子……"

原来，这男人是只蝙蝠。他以动物的外形声称自己不是鸟类，又披着鸟类的外皮声称自己不是动物。此后，他开始了一味地反复。一会儿说自己不是杀妻犯，因为有杀情妇的时间来做不在场证明，一会儿又反过来，说自己不是杀死情妇的凶手，因为有杀妻的时间来做不在场证明。真鹤和国分寺，相模和东京，这只蝙蝠振翅盘旋。外表上，他戴着公务员保守的假面具，背地里却找了情妇，过着奢侈生活，看上去似乎还有点双重人格的意思。也不知道他真实的性格究竟是什么样的，实在令人苦恼万分。如今真相大白，我们也明白了，他之所以这样做，与其说是性格使然，不如说是这男人身处的境遇所致。男人在一年前得了胃癌，接受了手术治疗。虽然手术本身很成功，可是复发的可能性极大。最终，这男人在接受公审前就病倒了，住进了警察医院，半年后死亡。也就是说，他是在被死神逼入绝境的状况中引发了所有事件。没错，事到如今我们总算知晓了这层内情，他一开始其实提到过自己的身体有些毛病，但真没想到那毛病竟然是癌症。和普通患者的做法相反，这件事只有他自己和负责手术的医生知道，周围人都以为他只是做了一台治疗轻微胃溃疡的手术。直到他的医生联系了我们，我们方才知晓。医生那边以为警方早就知道这些情况，所以过了很久才和我们提起。要是早知道他是一名癌症患者，我们应该会采用比较不同的方法去处理这起事件。可我们此前没有掌握如此重要的事实，一直当他是个莫名其妙的怪男人。他不单有双重人格，更如同蝙蝠一般有一体两面的特征。在那个八月的晚上，他甚至同时出现在了两个犯罪现场。当然了，我们也努力推理过。首先就是找同伙，但是没发现同伙。外浦的情妇深爱着的那个男人基本可以断定就是外浦本人，他妻子晚上出门约会的对象是否真实存在，我们也不知道。加上他在职场上不常和人交流，相当孤独。唯一称得上他朋友的别墅主人还远在伦敦……

如果是单独一人犯罪，那就必须找到能够推翻他不在场证明的办法了。我们想了很多可能性，但就是没法推翻那堵奇妙的"不在场证明"之墙。不，其实也简单。可能根本就没有帮他一起杀人的同伙，但有帮他制造不在场证明的同伙，只不过我们被他那蝙蝠一般的诡谲手段所蒙蔽，才没能识破简单的诡计。说他是鸟，他就自称是兽；说他是兽，他又回答是鸟。于是，我们便被他反复张开又收拢的羽翼弄得眼花缭乱了。动机这方面也令人难以理解。在搞不清作案手法的情况下，我们几乎可以认定这个男人把妻子和情妇都杀害了。但是，为什么要杀了她们呢？

那家新宿的俱乐部虽然消费不高，但我们调查后发现，以公务员的收入也很难负担得起。外浦时常出入那家店，他妻子又摆明了喜好铺张浪费，家里还要还房贷、换新车，虽然没有子女，但这些都需要花不少钱，所以他们家在金钱方面应该比较拮据。外浦的妻子投保了一份三千万的保险，外浦因为想拿保险金于是杀妻，这个逻辑倒是说得通。但他又为什么要杀了情妇呢？

在我疑惑时，我妻子提了个想法——"他会不会对妻子和情妇都感到厌烦了啊？"

我突然意识到，她这个猜想说不定是对的。一个四十六岁的男人腻烦了妻子，于是找了个情妇，可又对情妇感到腻烦，于是产生了一种想把两边都甩掉的冲动，这我也能理解。而且，在调查外浦的第三次自白的时候，我们发现他和女性的关系要比我们原以为的复杂得多。

在事件发生前一周的一天夜里，玲子给外浦打过一通电话，答录机录下了这么一番留言。

"这时候还没回家，你们是一起外出了吗？你明明告诉我你们夫妻名存实亡了，结果现在竟然幸福美满地过着小日子？究竟是谁甜言蜜语地哄骗我，说没我不行的？你给我听好了，我是为了你才一直隐瞒我们这层关系的，既然你这样辜负我，那我就要把我们的关系彻底抖出来，反正国税厅那边的高层我也认识。你要是不想让我做到那种地步,今天晚上回来了就赶快给我回电话。"

电话答录机里录下了玲子这番愤怒到发抖的胁迫语音,语音虽短,我们却从中获取了不少信息。看样子,玲子虽然让周围人以为自己还有其他伴侣,但实际上她和外浦的关系相当亲密。外浦已经开始对她感到厌倦,玲子这边却钻起了牛角尖,不愿放手。所以外浦可能有点担忧,倘若没能下定决心与其一刀两断,他很有可能就没法和玲子分手了。这段录音还说明一点,那就是外浦和玲子的事情应该已经被他的妻子幸枝知道了。毕竟幸枝是有可能比外浦早到家的,可玲子还是把那种内容大大方方地留在了录音里。

又经过一番详细的调查,我们发现事实果真如此。幸枝不但知道玲子的存在,而且这两个女人之间曾有过一番血雨腥风。外浦说幸枝对他这个丈夫毫不在意,但事实并非如此。大约半年前,外浦手下的一名三十岁出头的女性职员突然接到幸枝打来的电话,对方不分青红皂白就在电话里大骂"你是我老公的情妇对不对"?搞得这名女员工K非常头痛。

K其实就是送外浦领带的那名女下属。那条领带日后又成了外浦杀妻的工具。虽然她解释了,所有男同事过生日的时候她都会送领带,但幸枝还是彻底误会了,单方面断言"我就说我老公最近好像外头有人"。K解释到最后,幸枝才终于察觉到自己的问题,于是对K道歉并叮嘱:"这通电话的事,请不要和任何人提起,千万别和我老公说。"K还告诉我们:"但是听外浦太太的语气,她似乎坚信她丈夫一定有外遇。"所以说,幸枝认定的那个情妇,其实是玲子吧……

外浦本人虽不知情,但他身边的女性同事都在传他有情妇这件事。

又过了一个月,一个名叫 N 的大龄单身女员工看到外浦和一个按听到的描述判断应该是玲子的陪酒女进了新宿的某家酒店。

"我当时在酒店大堂的茶廊边坐着,正巧看到他们俩走进电梯。我吓了一大跳,真没想到那竟然是平时一脸严肃、特别难相处的外浦先生。更让我吃惊的是,有一个女人坐在较远些的位置,也和我一样瞪着电梯目不转睛地看。虽然我只见过她一面,但我立刻就认出来了,那女人是外浦先生的太太。"

看样子,幸枝还会跟踪监视丈夫。我们也逐渐搞清楚了,幸枝这个做妻子的,对丈夫的执着貌似比玲子更甚。正如外浦一开始说的那样,幸枝曾在前年夏天和某二流牛郎俱乐部的年轻男人交往,可那个牛郎后来说:"一开始她表现出和丈夫之间已经没感情了,准备和丈夫离婚,和我在一起。结果被耍的其实是我,那个女人完全是为了让丈夫多关注她,这才接近我的。"

而且幸枝虽然很喜欢去站前的小酒馆喝酒,并时常对酒馆老板或者客人表现出一副勾勾搭搭的态度,但实际一问,发现大家都众口一词:"那个外浦太太,其实只在乎她先生一个人。她总会把话题转回到她先生身上,也不知道是在发牢骚还是在炫耀。"

幸枝之所以逼着丈夫戒烟,也是因为担心丈夫的胃溃疡恶化。哦对了,虽然医生催促外浦把患病一事和家里人说清楚,但外浦坚持对妻子守口如瓶,所以幸枝也和周围人一样,以为丈夫得的只是胃溃疡。所以喽,想想也知道,幸枝这样的太太,一旦抓到了丈夫找情妇的证据,会对那个情妇什么态度,也多少猜得出玲子会是什么反应,对吧?

那两起事件发生的一个月前,这两个女人之间爆发了一场极为激烈的战争。那天幸枝的弟弟来访,偶然撞见姐姐正与一个应该是玲子的女人通话，并听到二者在电话里争吵。

"我姐姐称呼对方是小偷，还嘶吼说与其让你这种家伙偷我的人，不如我先把丈夫杀了再去自杀。她挂断电话之后，可能也觉得没法瞒着我了，就跟我坦白说我姐夫出轨了一个陪酒女。嗯，她没说那个人叫什么名字，只说是在新宿某个角落的三流小店里工作的下等女人。但听她的形容，应该就是小野田玲子了。"

之前幸枝也和弟弟提过自己出轨的事，还说要是丈夫知道了，可能会杀了自己。所以至少在发生那起命案前不久，在这栋公务员风格十足、老旧且呆板的房子里，就上演过一些会被登在三流杂志上的"血雨腥风"。

当然了，情妇那头也不服输。半个月后，某个周日傍晚，住外浦家隔壁的主妇在路上遇见了一个貌似是玲子的女人。

"那女人就站在外浦家门前徘徊，表情很阴沉，看上去心烦意乱的。我告诉她外浦夫妇两人出门了，家里没人。结果她眼神带着恨意，转头冲我敷衍了一句'约好了今天过来找他，看来是我来错了日子'，然后就离开了。"

玲子还十分执拗地问邻居家的主妇："他们是两个人一起出门的吗？"一个星期后，玲子就在外浦家的电话答录机里留了一通威胁的话，对吧？所以我猜，那通留言与其说是在威胁外浦，不如说是故意要让他太太听到，堵她的心呢。外浦那个男人，又胖又壮，实在看不出是个癌症患者。但仔细观察就会发现，他其实只是脸颊上肉比较多，所以看上去胖，要是把那脸颊上的肉去掉，他的五官倒也算标致。他身形魁梧，没有普通中年男人的那一身赘肉。虽说无论是在满员电车还是职场中，他这个人除了体形健壮之外再没别的什么特点了，但他的确是一部分女人很喜欢的类型。面无表情，寡言少语这一点也很受一部分人喜爱。不过,妻子和情妇两个女人以那样的方式争抢他,他应该不会因此觉得自己很受欢迎并沾沾自喜吧?前面我也提过,他身形魁梧但意外的谨慎,如果说狭窄的心胸之中逐渐蓄积阴暗,突然某一天爆发,化为对那两个女人的巨大杀意——我觉得这个逻辑也没什么问题。哎呀,就算和他身处同一境遇,我也不会像他那么做的。我这个人最厌恶犯罪了。不过,虽说税务和警察的工作完全不同,但他们似乎都被局限在了"国家"这个铁栅栏之内的某个角落里,属于永远活在封闭、一成不变的环境中的类型。所以"突然因为什么而爆发"这种理由,我也能理解。

对,有一段时间,我们只把他当成凶恶的犯人,但是如今我又多少对他产生了一丝同情。他婚后不久就父母双亡,也没有其他关系近的亲人可依靠,唯一的亲人就只有妻子,可是他们的婚姻并不成功。有意思的是,他工作单位的同事们都说从没感觉外浦是个身形特别魁梧的人,我想这不单是因为大家早就习惯了他的体形,还因为在那个只有数字和水泥、宛如无边旷野一般的大厅里,那个男人的身材会显得渺小得不可思议。明明在审讯室里坐着的时候,他就好似一头硬要把自己塞进狭小空间的怪物一样,看上去那么令人不适。可如今我再去回忆他的样子,脑海中浮现的却是一个吃力地扛着自己小小的家,汗流浃背,拼了命前行的人。仿佛一个行脚商人,扛着比自己身体还要庞大的货物在缓缓前行。

话又说回来,他杀了两名女性,这实在是不可原谅。在前一年宣告患癌的时候——说准确些,是在他接受过一次手术,医生表示复发不可避免的时候,他就开始有一搭没一搭地计划起来了。没错,也就是说,患癌,是整起事件的导火索。当生命在他措手不及之时开始倒数，他察觉到自己此前的生活是多么愚蠢，所以才构思出了那样的计划。他要把两个女人都杀了。后来他也坦白，正因为那两个女人都很爱他，他也真的很爱那两个女人，才想要痛下杀手。因为她们会比他自己更难以接受他的死亡，所以他要带上她们一起去死。

这番坦白之后，外浦直到咽气都几乎没说过什么话，因此这称得上是他的遗言了。不过也不是所有人的遗言都是在说真话、讲真事，再说，除了这两个女人，外浦还有一个情妇，他甚至只对那个女人坦白了自己患癌的事情。而正是那个女人，帮他实现了这个莫名其妙的不在场证明。

杀害幸枝和玲子的真正动机或许成了永远的谜，但我总觉得外浦可能只爱那个扮演小同谋角色的年轻情妇，而妻子和玲子只是他人生的绊脚石，所以他才要在死前来一波清算。哎呀，我这样子断断续续地讲是会把人搞糊涂的吧？不过，我只想让大家知道一点，那就是动机永远成谜了。你问那个作为同谋的女人是谁？你难道还不知道吗？就是那个送外浦领带的K呀。没错，外浦和玲子确认关系之后没多久就去接近了K，估计是出于想让对方帮自己完成这个计划的目的吧。K做证时提到的幸枝打给她的那通电话，简直是谎话连篇。幸枝应该的确给K打过电话，但"搞错丈夫的出轨对象了"完全是K编造的谎言。幸枝这边也是，明明不爱丈夫，但又因为嫉妒而发狂。

言归正传。

比起追寻杀害那两名女性的动机，我们更头疼的是想不明白他为什么要弄那么一个愚蠢的不在场证明。倒是有这么一种可能，那就是一个一直小心谨慎，体型庞大却时常被别人无视的男人，在生命的最后一刻，希望能一口气放出一枚巨大的烟花，瞬间吸引所有人的目光。即便外浦因为患癌而时日无多，我们也依然没能找到他的杀人动机。从某种意义上讲，比起让他同时出现在两处杀人现场的方法，他的杀人动机其实更吸引我。他是怎么想到用一起杀人事件作为另一起杀人事件的不在场证明的？为什么要戏弄警察呢？

毕竟，制造不在场证明的目的，不就是想逃脱杀人的罪责吗？既然如此，那为了在这个案子里给自己制造不在场证明，就声称自己是另一起案件的犯人，这难道不矛盾吗？

也有人觉得他就是在蔑视司法。他预测只要无法证明两起案件的凶手都是他，那就无法逮捕他，至少无法下达有罪判决——也就是说，如果无法证明他在两起案件中都有罪，那按法律规定，就只能判他都无罪了。

不过，想钻这种法律空子可没那么简单。事实上，当检方找到了事发当晚十点，在小田原目击到外浦的证人，就马上断定外浦是杀害小野田玲子的凶手，同时在起诉书中也提到他有杀害妻子的嫌疑。这名证人是在小田原的高速公路路口负责收费的工作人员，当时他碰巧很闲，于是就仔细观察了出入东名高速的车子型号和驾驶席上坐着的外浦的外貌特征，并且记了下来。多亏这名工作人员的证词，明确了外浦所说的"回东京的时候车子是其他男人开的，还把车扔在了我家附近"这么一句证词是在撒谎。这两起案件从案发到最终确定起诉，一共花费了近半年时间，可以说对于所有人而言都是在浪费时间。

而且，只要理清思路，这个不在场证明其实很好推翻，所以我猜外浦大概本来也没想过靠那种程度的把戏去对抗法律，并获得被判无罪的胜利。

哎呀，其实呢，外浦这个心思缜密的男人好像有妄想症，他的妄想和他的身体一样膨胀得很大。他对自己设计的那套不在场证明很有信心，坚信不会轻易被戳穿吧。不过，他这么做的目的——动机，自然不是因为想要获得无罪宣判，在他心里那种事一点都不重要。

接下来，我解释一下他的不在场证明是如何被推翻的。

半年后检方决定起诉，事件告一段落，我总算与妻子一道进行了她已催促两年的东北之行。本来想在温泉旅馆悠闲地放松一下，结果我们入住的酒店乍看是日式风格，房间里却摆着欧式大床，还是双人床。虽然这算是我们婚后第一次夫妇二人出游，但这次出游的性质其实更接近于为上了岁数后的相处做准备，提前促进一下夫妻关系，所以让我们俩睡在一张双人大床上，简直要比当年刚结婚时还让人羞耻。我们询问服务员还有没有空着的和式房间，不料对方冷淡地回答说不巧全被旅行团占了。正为难时，妻子突然发现了什么，对我说：“这床是两张单人床拼在一起的，只是看上去像双人床而已啦。”的确，因为两张床上铺了一条双人床的床单，把床单一掀就看出来了，只不过是由两张单人床拼接而成。我们俩先是合力把两张床搬开了，随后妻子又说，这样被女服务员看到了，会以为咱们夫妻俩关系不好呢。于是我们又把两张床拼了回去。正在这时我突然想到了什么，停下了手上的动作。

如果那两起事件也和这张床一样……真鹤和国分寺这两张床其实被拼成了一张的话，又会如何？

不，我不是一下子全都搞懂了的，我只是隐隐地感到无法释怀。饭后，妻子投了百元硬币，打开了电视，结果被眼前的一幕惊得大喊："这电视怎么回事啊！"画面中有一个浑身赤裸的女性在扭动身体，还有一个人身子压在她身上。妻子很快就明白这是跳到了特殊频道，正当她准备换台的时候，我阻止了她。在我眼中，电视里女人的脸和那两张我在现场照片中看到的被害人的脸重叠在了一起。

　　接下来的两天我把想法梳理清晰，回到东京后先找中谷聊了聊。我担心突然在所有人面前讲出猜想未免太过跳脱，于是挑选了部门里最年轻的中谷。中谷把那段电话录音的记录反复读了好几遍，点点头说："的确，从这个角度理解玲子那段话，也合情理。"我的想法是：那两个女人起争执，其实是为了隐瞒某个秘密而故意表演的一出戏。看来中谷也赞成我的观点。隔壁的主妇在外面碰到玲子的那天，玲子说不定真的和外浦家的某人约好了要见面，而对方没有在约好的时间内回家，这的确令玲子不高兴了。N曾经说过，她在新宿的酒店看到外浦和玲子双双进了电梯，而外浦的妻子就在不远处目光凶狠地看着这一幕。或许，当时幸枝的眼神另有他意。我的这些想象，中谷都十分认同，我便下定决心和大家讲明我的猜测。

　　事实应该是这样的：

　　警方分别在东京和真鹤两地的床上发现了两名赤身裸体的被害者，所以认为她们是在不同的地点和不同的人上床，并下意识地相信了这一点。可是，也有两个女人都赤身裸体地上了同一张床的情况吧？那一晚，位于真鹤的别墅的床上就发生了这样一幕。而且不是头一回，是已经发生好多回了。玲子和幸枝的确都拥有外浦之外的恋爱对象或者说消遣对象，但我们的眼睛却偏偏看不到这个对象，因为这个对象不是男人。而且，从这两个人的体内都发现了精液，我们就越发相信和她们发生关系的一定是男人了。然而，只要凶手是男性，那么想把精液留在被害者体内就并非难事。那晚，外浦在真鹤别墅的床上将两人杀死，然后在她们体内留下了精液。没错，这两个女人是几乎同时被杀死的，外浦魁梧的身躯在那一刻给他的人生带去了重大的"意义"。

案发现场是在真鹤的床上，而非位于国分寺的自家床上。外浦此前就对这两人的关系心生疑窦，那晚他看出这两人要去真鹤，于是偷偷乘车尾随她们。九点半，他瞅准了两人在床上翻云覆雨时突然出现，将两人勒毙。随后他又将自己的精液留在了两人体内，然后用床单包裹起妻子的尸体，扔进了车子的后备厢，运回了位于东京的自家。就这样，他将一张床上发生的凶案，替换成了两张床上的凶案——

事情就是这么简单。在第二次坦白的时候，外浦说是一个虚构的男人在真鹤杀了玲子，然后把车开到了东京自己家附近，这个说法给了我一些提示。两小时往返真鹤和东京虽然不行，但如果只走单程就没问题了。真鹤和东京的距离，和我们眼中那妻子和情妇的距离一样。实际上，发生在同一张床上的两起事件之间压根儿没有距离，而这两个女人也一样，无法用我们平常所谓的妻子和情妇之间憎恶的距离去评判。

我不知道玲子和幸枝的关系是从何时开始的，幸枝可能本就有这样的性癖，所以才无法去爱丈夫。玲子则本就是幸枝的情妇——或许是在丈夫去住院的时候，两人的关系逐渐密切。而当外浦出院后，为了获知真相，他故意接近玲子。玲子并不知晓内情，所以诱惑了外浦，但在她心里还是幸枝更加重要。虽然那通电话录音和我们猜想的意思有所不同，但也算符合推测，只不过她的那通留言不是说给外浦听的，而是给他妻子听的。不过她还要努力措辞，保证留言不会被外浦察觉异常。所以，想必玲子一直觉得自己和幸枝的关系外浦是不知情的。

幸枝意识到她们的关系很可能会被丈夫注意到，于是彻底隐瞒自己的性癖和与玲子的关系。即便是在牛郎店消遣，她也会刻意表现出对自己的丈夫极为在意的样子。幸枝还故意让弟弟听到她和玲子的争吵，应该也是为了这个吧。

但是，比这两个女人更想隐瞒这层关系的其实是外浦。他身患癌症，得知自己的人生时日无多。几乎在同时，他又发现自己投入了一切的婚姻生活不过是空中楼阁，毫无意义。妻子欺骗了自己，她的性取向使她压根儿不想生孩子，也根本不爱丈夫。还有谁的人生比他更加毫无意义！而且发现这一切时，他的人生已经快走到尽头了——外浦不想让任何人知晓自己这毫无意义的人生，而且他无比怨恨令他的人生变得无比荒唐的妻子和玲子。所以，他决定在死之前亲手清算这两个女人，葬送她们……没错，这就是我猜测的外浦杀掉两个女人的动机。

我是在东北那家旅馆的电视里碰巧看到一个女人被另一个女人压在身下，于是得出了这么一番推论。我的推理获得了大家的认同，但还存在两个重要的疑点：在我的推理逻辑中，外浦还需要一个女性同谋。因为国分寺那边，九点半时要有一个裸体女人站在窗边，并被慢跑路过的年轻人看到，这样才能完成他的不在场证明。

这个角色应该是由K来扮演的。外浦向她哭诉自己患癌将死，说动了她帮自己完成这个不在场证明。K本人也坦白了，大约九点半时，她透过窗户看到那个年轻人快跑过来了，于是就将身影投射在了玻璃上。不过，还剩一个谜团，如今已经无法解开了。

照我的推理来看，那天晚上七点钟，在小田原某个加油站被目击到和玲子在一起的男司机，应该就是幸枝吧。我觉得是幸枝穿了一身男式服装坐在玲子旁边。从幸枝的性癖角度分析，她和玲子相处时会穿男装也没什么不自然的。而且那个加油站的年轻人也说了，驾驶席上坐着的男人体形不算魁梧。不过幸枝在女性中也属于身形娇小的类型，大家普遍觉得把她误认成男性有点离谱，而且在她家里也没发现任何男装。

其实呢，我根本没有必要苦思冥想地做这些推理。我在东北旅行途中思索了一路，为此还惹怒了妻子，这样做根本就是徒劳。因为不久后，外浦的医生就发现新闻报道上没有任何关于外浦罹患癌症的消息，他感觉事有蹊跷，就向警方讲明了事实。再后来，外浦本人也在拘留所坦白了一切。

他的犯罪方式和我的推理基本吻合。真鹤的别墅里的那张床就是犯罪现场，两个全裸的女人在那张床上被害，接着外浦用车子将妻子的尸体拉回了东京。不过唯有动机和我的推理完全不同。凶手是这样解释的：

"妻子听说了我和玲子的关系后，采取了出乎我意料的行动。她说她之所以一直表现得十分冷淡，其实是因为真心爱我，发现我对她如此漠不关心，她觉得非常寂寞。如果找个情人能刺激我再一次燃起对她的爱，那我们不如三人行吧？我觉得这个提议过于唐突了，可玲子也说她和我的妻子都很爱我，这个方式说不定是我们三个最自然的相处方式。实际上我们确实把玲子叫来家里尝试了，结束后我竟然丝毫没有污秽的感觉，反而觉得这样做有种极为自然的美感。自那之后，我们共同度过了无数个这样的夜晚。你们没发现吗？那通电话留言里玲子说的话也能证明这段关系。然后就是案发那晚，我们约定好了三人在真鹤云雨一番，不过因为妻子有点事情要办，所以她是坐电车稍晚些过来的。我事先已经决定，要在当晚杀掉她们。在此之前的一次三人行，我曾在深深陶醉于这两个女人的肉体的同时，思考着如此幸福的时刻恐怕再难遇到，同时又突然想起自己将很快因癌症而死，于是悲从中来。如果她们得知我已患癌，即将去世，会比我自己更加悲痛欲绝，这两个女人这么爱我，我不如直接带着她们一起上路。几天后在真鹤，我就实施了这一计划。虽然我也无法说得非常清楚，但倘若硬要我给出一个杀人的理由，那我想这就是吧。"

由于这个男人一而再再而三地撒谎，所以他说出的话已再无任何可信度。不过他的说法至少解释了在加油站被人目击到的司机应该不是幸枝。不过即便如此，我依然坚信我的推理更接近真相。因为外浦一旦承认了妻子和另一个女人在一起，彻底无视了他这个丈夫的存在，就等于承认了他迄今为止的婚姻生活、为房子付的贷款、为偿还贷款而坚持工作的整个人生，全部都是无意义的。他可能是希望至少在最后的最后，用一个谎言来填补自己人生的空白吧。不，我们已经永远无法知道其中的真相了。就算是谎言，外浦也信了他自己说出的谎言，而且，这个男人已经死了。

因身体不适接受检查，从而得知癌症复发后不久，外浦做出了上述坦白，并被送往警察医院。公审因此延期，而他在这期间死在了医院的病床上，留下了一个疑问：他为什么要安排如此莫名其妙的不在场证明？

在他做出最后的坦白的两个月后，一个散发着死亡气息的早晨，为了寻求答案，我去医院看望了他。可是最终我还是什么都没问出来，那个男人只是对我说了声抱歉，随后就仿佛连我这个人的存在都忘了似的，带着一脸悠然自得的表情，对着虚空露出淡淡的微笑。看到他那副模样，我突然懂了。没错，死亡的阴影笼罩了过来，在他那张瘦得没了肉、看起来比我的脸还要小的脸上，投下了那悠然自得的表情。

就在那一瞬间，我顿悟了。这家伙只是想把被起诉、接受审判、法院下达判决的日子拖延下去，能拖一天是一天，所以才用那样一个不在场证明去玩弄警方和检方。那个不在场证明早晚会有一天被识破，他杀害了两个女人的事实会被证明，然后他就会被判死刑。而他的目的就是尽量拖延，让警方找到真相的时间不断向后推。仅仅是为了这个目的，他才故意把整件事弄得看上去很复杂，他才在我们面前扮演蝙蝠。他用蝙蝠究竟是鸟还是兽的问题日复一日地缠住我们，在此期间，他等待着癌症复发的那一刻到来。他唯一的担忧就是癌症复发来得太迟，导致他在此之前就遭到起诉并被判死刑。所以他才会在那一天来临时，主动推翻自己的不在场证明。

那家伙的所作所为，是对国家的一场小小的复仇。

反正也要躺在医院的狭小病床上咽气，那么是在普通医院的病床上，还是作为囚犯被监禁，躺在警察医院的病床上，两者没有太大的区别，最终也不过是个被扔进死亡牢笼的囚犯而已。人生最后的数个月、数十日，或者数日，他也只会被关在医院的小房间里，被迫一动不动地躺在床上。是作为罪犯躺在床上被警察监视，还是作为普通病人躺在床上，差距不大。不，反倒是在警察的监视下躺在床上要更好。就算他是自由身，但没有亲人，又快死了，还手头拮据，甚至连住院费都有可能掏不出来。可如果变成罪犯，那死之前国家都会为他提供病床。

没错，我想他在杀掉那两个女人的时候，就已经算计到这一步了。就是为了这个，他才利用杀人案来搅乱我们的思路，还设计了一个奇特的不在场证明。作为国家公务员，他被囚禁在了国税厅的一个角落,每天数着属于别人的钱。是那些没有任何意义的数字让他的人生变成一张白纸,而这一切的始作俑者就是"国家"。他做的这一切是对国家的一场小小的复仇,他想让死之前这最后的一小段人生能花费自己一直在数的其他人的钱。我和他立场相近,我明白他的感受。我之所以一直很亲近地喊他"那家伙",或许就是因为我总感觉我们两人很相似……

美女 ────

"你是不是又出轨了？"

早餐桌上，妻子良子说出这句话时，青泽的表现和三年前一样。他近乎条件反射般看向女儿的脸，然后又立刻移走了视线。

和三年前不同的是，这一回那移走的视线转而犹犹豫豫地偷瞄起了妻子的脸。三年前，他是先看向女儿，再看向母亲，最后才看向妻子的，但如今母亲常坐的那把椅子只有猫咪蜷在上头。前年母亲死后，女儿里绘捡了只小猫，还说"这猫咪好像奶奶呀"。那只猫眼角下垂，看上去一脸悲苦相。

除此之外，剩下的一切都和三年前的那个早上一模一样。朝阳淡淡地透过窗户洒进来，泛着落叶的颜色，似乎更像夕阳。烤箱上摆着一个造型相当时髦的铜质烧水壶。与其说是壶，不如说它更像是个装饰品。长长的壶嘴代替妻子的无言，此刻正冒着白色的热气。还有只吐出一句："说什么傻话，干吗突然提这个？"然后摆出一脸不在乎的青泽。

不，自那时起的这几年，青泽觉得自己还是有所成长的。三年前他得拼尽全力才能表演出"满不在乎"，而如今已经能自然而然地撒谎了。说出来的谎话真实得可怕，甚至能骗过他自己。

说起来，当时也和今天一样，青泽说了句："今天不喝茶了，来杯咖啡吧。"妻子仿佛在回应他这句话似的，说了句："你是不是又出轨了？"这一次他倒是有足够的时间意识到一点，那就是：还像上次那么回答肯定不行。

"你要是怀疑我，那就像三年前那样彻底调查调查我好了。"他说。不过青泽忘了，这三年里"敌人"也在成长。

"没错,我这次是彻底调查清楚了才这么说的。"

妻子依然是一种好似什么话都没说一般,极度自然的语气。她连声音仿佛都逐渐融入清晨的空气之中了。她又确认道:"要喝咖啡是吧?"随即站起身去拿水壶。

这时青泽才注意到另外一个和三年前非常不同的地方。三年前,女儿里绘刚读初中二年级,但现在她已逐渐脱离女儿的身份,以一个成熟女性的模样坐在自己面前了。说起来,她是什么时候长这么大了来着……刚刚她明明还和三年前一样,用稚嫩的双眼愣愣地望着父亲的脸呢。

"果然呀,演戏还是女人厉害。真可惜,这回妈妈赢了。"

里绘说罢,用审视蠢货一般的眼神看了一眼父亲,脸上露出淡淡的讥笑。然后她的眼神变了,带着极其浓郁的情感,从看向父亲转为看向站在厨房的母亲那状态极其自然的背影——那个背影看上去真的太自然了。

"我女儿说得对,演戏这件事,女人可是有天赋的。看她那满不在乎的模样,我都真的信她了,满心以为她这次一定拜托了私家侦探,把一切都查清楚了。"

青泽坐在吧台角落自己的固定位置上,用手勉强地支着因为烂醉而沉重的头。他大致环视了一下店内,又说:"话说回来,店里怎么这么冷清啊,今天不应该是最热闹的星期五吗?"

他又和平时一样在说些不讨喜的话。

站在吧台里的伸江十分夸张地叹了口气,说:"刚刚不是热闹过了吗?过了晚上十二点,之前再怎么热闹也会逐渐冷下去的。咱们都认识十年了,你至少也该记得这家店是十二点关门的吧。"

说罢她瞪了一眼青泽。当然，她只是摆摆样子，并不是真的生气了。

伸江一旦开始一杯一杯地倒清水，就是开始赶客的意思了。扔着不管，青泽就会一喝到底，醉倒在店里。三年前出轨的事被妻子发现后，这家伙也是跑来这儿发了一晚上牢骚，然后直接醉倒睡下。当时为了把青泽背进出租车，真不知费了多大的力气。自那以后，一旦察觉青泽开始说些难听话了，伸江就开始准备茶水。不过今晚她却不知为何不太想这么做。听青泽说，他太太前天已经带着孩子回老家了，所以伸江想着再让他待一会儿也好。

另一组客人看了眼表，说着"哎呀，十二点多了"，匆匆离开了。

见门帘放下，伸江开口道："威士忌快没了，给你来点热水兑烧酒吧？我们家可是日式酒馆啊，威士忌是给阿青你一人准备的，只会放一瓶而已，这一点也拜托你记住好不好啊？"

伸江说罢，又用焙茶兑了些烧酒给自己。她拿了把椅子摆在吧台里，和青泽并肩坐下。

"什么日式酒馆，明明就是被站前那一大批餐饮店抛下的小馆子，规模和小摊有什么区别哦。"

"好好好，你这恶言恶语我听得耳朵都起茧了。你不是大公司广告代理部的部长吗，就不能说点有新意的坏话吗？"

"哟，女掌柜吐槽得蛮到位哦。"

青泽装模作样地瞪大了眼睛，伸江没理他，小声嘀咕了一句："对啊，已经过去三年了啊……"

"什么意思啊，你怎么还挺怀念似的？"

"因为我实在忘不了那天晚上的事啦。当时你出轨公司女员工的事被发现后，不也是像这样跑到我这里来发牢骚吗？"

"跑到你这儿发牢骚……我可不是专程跑来的，我回家在这里换乘，所以就顺路过来，随口发个牢骚。"

"今天也是？"

"是啊，今天也是，平时也都是。只是你这家店正好在我要换乘的明大前这站而已啦，你别那么自恋了。"

"这样啊……因为你说一切都和三年前一样，所以我以为今天接下来你也要做和三年前一样的事呢。"伸江用半开玩笑半当真的语气说。

"接下来要做和三年前一样的事。三年前我做什么了？"青泽原本醉得通红的双眼微微恢复了一丝底色，反问道。

"哎呀，你都不记得了？我们一块坐进出租车，结果你倒头就睡，我只好让你去我家住了。"

说到这儿她笑了，又继续道："再后来的事情你不必记得，因为是我拜托你忘掉的。"

青泽一脸认真地望着伸江，几秒后，他突然好似喷口水一样把嘴里的酒吐了出来，一边喷一边又咳又笑。在笑起来之前，他用清醒的眼神认认真真地望着伸江的脸，似乎在掂量她的价格。

自己在那双眼睛中是什么模样，伸江好似照镜子一样一目了然。

"你是秋田人？说起来，从你的长相确实明显看得出是乡下来的。"

青泽刚开始来她家酒馆的时候，就这么评价过她的长相。

"说好听点儿，挺有土偶那种朴素风格的。"

"那要是说得难听点儿呢？"

"……那算了，要吵架的。"

她就长着这样的一张脸。为了帮叔父两口子张罗小酒馆的生意，伸江三十年前来了东京。后来叔父身体不好，她就开始以女掌柜的身份经营酒馆，至今已经过去十八年了。但这么多年过去了，她还是那副土气的模样。因为这家小酒馆的卖点是妈妈的滋味，所以伸江反倒觉得就维持这个模样蛮好的。几年前，她用一点点攒下的钱把店里重新装修了一下，改造成了颇具复古时髦风格的装潢。

　　"怎么不把脸重新装修一下？"

　　当时青泽这么问她。她就长着这样的一张脸，一笑，腮帮子就像两块大芋头一样凸起来，土偶一般的眼睛则会小得看不到。到了四十过半的年纪，脸上的皱纹开始显眼，于是那芋头也像根系逐渐蔓延，生根发芽了一般。十八年前，她和那个男人的关系只维持了三个月，然后对方扔下一句："长了那么一张脸，你哪有资格说什么沉迷啊爱啊一类的话？"

　　那句话简直挖空了她的一切，包括当时尚在的青春。她本想让岁月帮助自己忘怀，所以会开始主动说"我毕竟长成这副模样呀"。可是客人们个个都接受了她这句话，还会安慰她："哎呀，掌柜您这样子也挺好的。"这种回应反倒让她意识到，时至今日自己仍旧因为当初受的伤而疼痛不已。

　　关于这一点，青泽一向是有话直说的，这样倒是让伸江松了口气。

　　青泽刚才之所以大笑起来，自然是因为他觉得伸江讲了一个和她长相不符的笑话。被青泽的大笑感染，伸江也忍不住笑了起来。

　　"于是你就掉进你太太的谎话陷阱里，承认自己出轨了，是吧？"

"我当然不是直接说了'是的',但是在那种情况下我啥也没说,基本和回答'是的'效果一样吧。"

"然后呢?之后你晚上回家,发现你太太带着孩子回老家了是吧?她什么都没说就走了?"

"不,她留了一封信给我。上头写着:找侦探调查你是骗你的,我只是上个月月初在你的内裤上发现了女人的头发而已。就写了这些。"

"那也就是说,女人的第六感要比侦探更准喽。"

"没错,而且她不喜欢浪费钱。她手握我出轨的证据,但直接和我说也是徒劳,于是她沉默了近两个月,在此期间得出了属于她自己的结论,然后要求明天和我对峙。她就是这种女人啦。"

"明天?"

"我女儿今天下午往我公司打了通电话,说她妈明天想见我。估计见面就是拿离婚协议书,然后我们的婚姻就算结束了吧。"

"没有的事啦。就算您太太再怎么……呃,您太太的工作,是做……统筹(coordinator)的,对吧?"

虽然来东京已经快三十年了,伸江有自信说话已经没口音了。但不知为何,每次说英语的时候她都会特别担心自己的口音。所以她尽量不对客人们说外来语单词,不过此时面对的是青泽,她比较放松。

"你太太是负责婚礼统筹的对吧?做那种特别独立的工作,她是不会轻易和你离婚的。虽然是第二次出轨,但花上两倍,不,三倍的努力向她低头认错,总会摆平的。"

"连掌柜你都不在乎我的想法啊。我已经不准备像之前那样低头向她认错了。如果她一言不发地把离婚协议放到我面前,那我准备当场同意。"

"可是阿青你肯定不会这么做的。"

"你这话说得相当有底气啊,明明是个婚都没结过的女人,不对,是结不成婚的女人。"

"因为我有我的理由啊。我如今还单身的原因无论是不想结婚,还是不能结婚,都无所谓,反正我觉得男人口中的会和太太离婚这句话,根本就不可信。"

青泽那双醉醺醺的眼睛又有一瞬呆住了。

"唉呀,有家庭的男人嘛……"

他的视线随着语调一起拉长,再度快速地瞄了一眼伸江,似乎在观察她。这一次,青泽没有笑。

"就算你觉得你了解男人,但也不是了如指掌,对吧?"

"我呢,其实只了解那个喝醉了酒乱说话的阿青。"

有时候青泽会带部下一起来喝酒,他部下会说:"哎呀,我们部长是全公司最有型的男士,真的。喝醉的部长和平时完全是两个模样。"青泽的绅士模样在走进小酒馆后大概只能保持几分钟,也就在那短短几分钟内,能从他那大学教授一样的面孔以及一看就很昂贵的西服上看到所谓"绅士"的一鳞半爪。一旦开喝,他的脸很快就变得醉醺醺了。

"你太太呢,她见过你这副烂醉的模样吗?"

"怎么可能见过啊?无论醉到什么地步,推开我家大门的那一瞬间,我都必须换上一副为了工作应酬才喝了酒的模样。"

"可是你们都结婚二十年了,总会在不知不觉中向对方展露最真实的一面不是吗?"

"要这么说的话,我确实只穿一条内裤在家里晃荡过,不过我只是在扮演一个只穿内裤在家里晃荡的丈夫而已……你懂吧?"

"那这次的出轨对象呢，她知道阿青你的哪一面呢？"

伸江问出这句话的时候其实并没什么特别的用意，可侧脸对着她的青泽却突然陷入了沉默。他似乎忘记了举到嘴边的酒杯，也忘记了身边坐着的伸江，眼睛直勾勾地望着架子上并排摆放的日本酒酒瓶。

"是这样的表情？"

"欸？"

"你面对现在的出轨对象时，就是这样的表情吗？"

"我现在是什么表情啊？"青泽略带困惑地笑了。

"有点可怕的表情。"

"那就对了。我展示给出轨对象看的就是那种表情，不过，'现在的出轨对象'这个说法不太对，我们已经分手了。我老婆得意扬扬地发现的那根头发，是我们第一次也是最后一次的时候她留下的。说好了最后来一次，于是我们上了床。"

"那应该不要紧的，你和你太太实话实说就行了。"

"我的意思是，要是我自己不想离婚的话，这种情况下我早就低头认错了啊。大概从半年前开始吧，我发现我之所以还会回那个家，只是因为我不想失去父亲这样一个身份。仅此而已。我已经不想做丈夫了。就算离了婚，我每个月也能见女儿一次，这样的话，我不用丢失父亲的身份却能放弃丈夫的身份——在这件事上，出轨属于附属品。"

伸江用一个微笑拦住了青泽准备发出的怂恿他人也加入进来的笑声。

"果然不可信，我根本就不相信你们男人所谓的'想离婚'的说辞。"

"怎么回事，你之前在这方面受过那么重的伤吗？"

伸江露出笑脸，糊弄道："咱们别聊这些了，你还是发发牢骚吧，我愿意听。"

"不不，我可一直以为你是和那些情爱一类的事情无缘的女人。就因为这样我才比较放心，才经常顺路来你家店里喝酒呢。你要是以前有过类似的经历，那我可要重新琢磨琢磨了。"

"琢磨什么啊？"

"琢磨你会不会成为出轨对象。"

青泽稍微抬了抬那被困意侵袭而逐渐发沉的眼皮，望着伸江。

"真讨厌，你是在诱惑我吗？"

她只能赔个笑脸。毕竟也有喜欢芋头的男人，所以她也不算和情爱之事彻底绝缘。但青泽这个人，无论眼神还是身体，对她都没带过一丝色情的意思。不过，伸江或多或少也会在意青泽究竟如何看待自己，但他们刚刚也讲过那样的"玩笑"了，甚至在青泽发出爆笑前，伸江已经开始在心里嘲笑自己了。

"所以说啊，你别那么自恋了。"

青泽像是想赶走一只跟在屁股后头的狗一样摆了摆手。但他仍旧垂着眼帘，偷瞄伸江的眼神。

"能看得出来吗，出轨对象……"

他自言自语般低声咕哝，然后又突然问了一句："女掌柜，你会演戏吗？"

"阿青你自己说的，女人都是演戏的天才。"

"话是这么说，可女掌柜你的脸长成这样，一看就很笨的感觉。"

青泽如此岔开了话题，但又马上自我否定道："不……最近你和我说话的时候气质蛮高雅的。和别的客人还是老样子，有点笨拙。所以我有时候就在想啊，你是不是为了配合店里的装潢，才特意表演朴素土气的样子啊？"

他瞄了伸江的脸好几回，反复确认之后说动了自己。

然后青泽拜托道："既然如此，你能不能帮我个忙？"

随后，他将杯里的酒一饮而尽。

"和妻子离婚这件事，正合我的心意。但是，那一晚的出轨对象究竟是谁，唯有这个，离婚之后我也绝对不想让妻子知道。"青泽盯着留在杯底的梅干说道。

"你的出轨对象究竟是谁啊？"

"是你啊。"

伸江搞不清楚他这句话究竟是什么意思，她看向青泽，青泽却仍用仿佛凝望一只土偶一般的眼神看着她。这个人和十年前相比的确还是衰老了一些，那双通红浑浊的眼睛和躺在玻璃杯底、破了皮的梅干一模一样。但他那双眸的内核，也像梅子的核一样坚硬。这个人的眼神为何如此认真？那么，他之前是不是只是装醉？看样子男人也很会表演。那个男人也是这样，在说出"长了那么一张脸，你哪有资格说什么沉迷啊爱啊一类的话"之前都在演戏，表演着想和妻子分开，就在这个房间里和这个女人一起生活也好一类的戏码……

"一大早打扰您了，很抱歉。"电话听筒那头，一位女性如此说道，"不过太太您恐怕还不知道吧，您丈夫的出轨对象，是atsuko。"

说罢，那头没等任何回应就挂断了。

良子缓缓将听筒放回到电话上。

"谁啊？这么早打来电话，尚行吗？"

正在准备早饭的母亲问，随后又接着说："男人啊，就是抱着出轨虫出生的。你就当是喷了杀虫剂除了一回虫，原谅他就好了。"

味噌汤的热气伴随着母亲的声音飘了过来，这是她们家独特的气味。可这气味中总带着一丝违和感——这气味不属于她的家。虽然只相距两站地，同样的清晨，她的家和这里却有着不同的气味。

"妈妈，你的丈夫是在你开始担心他出轨前就已经死了，所以你才说得出这么不负责任的话。而且我和尚行今天傍晚要见一下面谈一谈，在此之前你也没什么好担心的。"

"那你的意思是等你们谈完我才可以开始担心是吗？总而言之，你就按照可以原谅他的大方向去谈就好。你本来就嫁得晚，现在还带着个孩子跑回娘家，我这人都老了，日子真是眼前一片黑，一点儿没指望。话说回来，刚刚那通电话，究竟是不是尚行打来的？"

"不是，只是一通骚扰电话，什么事都没有。"

事实上，她确实仿佛什么都没听到一样。电话里女人的声音很陌生，远远地飘进了她的耳朵，感觉就像是从黑暗的隧道深处，或者从极深的水底传来的一般。

"我去喊里绘起床。"

良子说罢爬上楼梯，打开了房门。女儿已经起来了，正身穿睡衣坐在化妆台前，仔细检查着刚刚睡醒的一张肿脸。

"比起你的脸，先把房间好好收拾收拾吧，不然你阿姨要生气的。你看屋里乱成什么样子了。"

良子和母亲一起睡，女儿在她妹妹的房间睡。此时女儿的床一片狼藉，毯子都掉到地上了。

"没关系啦。阿姨不是说了我们回家之前她暂时去朋友那儿住，让我们随意一些嘛。再说了，阿姨不像妈妈，她没什么整理能力。妈妈你的洁癖症严重到有点异常了，我看你不仅可以做婚礼统筹，还可以继续服务客户婚后的家庭。整理过度到把丈夫也当成碍眼的东西赶出家门，客户分头再婚，妈妈的工作也就增多了不是吗？"

良子无视了女儿的这番话，捡起掉在地上的手镯问她："这东西本来放哪儿的？"

"那边。"

"哪儿啊？"

"就是那边啊。妈妈你啊，所有东西必须放在固定的位置，不然就浑身不舒服是吧？爸爸就是实在忍不了你这一点，才去搞外遇的吧？"

良子正准备捡起地上的毛毯，手却停在了半空。不单是手，她全身都在这个瞬间静止了。还在照镜子的里绘注意到了这一点，慌忙道歉："对不起，我太过分了。"

可是，良子那道静止的视线仍停留在一根缠着绿色毯面的头发上。

"怎么了？"

"没事……你阿姨真的跟你说我们回家之前她都住外头吗？"

三天前的傍晚，良子先让里绘回的老家，等她回来的时候，妹妹已经出门了。

"是啊，反正我们会回去的吧。我和妈妈……都会回去的吧？"镜子中的里绘罕见地回归到"孩子"的表情，一脸担忧地问道。

"嗯……刚才我还在想，看你爸爸的态度，这次也准备原谅他了。可是现在情况有了变化。"

良子抓起那根头发，一边冲着阳光端详，一边回答。寒冬里的阳光好似玻璃，冰冷地凝结在窗边。而那根头发，仿佛光中的一道细细的裂缝。与此同时，原本好似被什么东西堵住，听任何声音都混沌不清的双耳，突然出乎意料地通畅了。刚刚那通电话无比清晰地流进了她的耳中。atsuko，atsuko，atsuko……耳中那厚重的沉默突然碎裂开来，唯有那个名字不停回荡在耳畔，响彻全身。

上个月在内裤上找到证据前，她就感觉丈夫身上隐隐有了其他女人的影子。那猜测全靠直觉，而她还做不到靠直觉断定那个女人是谁的程度。不，直觉没有出现任何问题。因为对于她来说，妹妹不算"女人"……没错，良子就是讨厌，讨厌那些东西不在它们的固定位置上，讨厌妹妹不在妹妹的身份里。

"这儿我来收拾，你下楼吃早饭吧。"

良子说罢，又对着走出门的女儿喊道："啊，对了里绘，你昨天用了你厚子阿姨的碗对吧？不许那样做了，绝对不行。"

她的语气颇有些神经质。

"没错，三天前我就去朋友家住了。去了野川家……野川当然是女人啦，我向姐夫你介绍过她的，就是和我在同一家报社上班的同事。哎呀，不是因为姐姐要来我才故意逃走的啦。野川住的那栋公寓发生过两次闯空门事件了呢，我算是去给她当保镖。对了，姐姐似乎也以为我是故意躲她，我不想让她误会，刚才回家露了个脸。然后姐姐跟我说，她傍晚的时候要去见姐夫，但是心里没底，想让我陪她一起去。我就说了句'好的'。总之呢，我先回朋友那边，再去我们约好的地方见面。没错，我已经出门了，现在正在车站站台上呢。没办法啊，我只能回答'好的'，要是拒绝的话她会怀疑我的，不，她已经在怀疑我了。姐姐的脸色虽然一点没变，但她那个人啊，就算死了，脸色都不会变的。"

"没错，她肯定知道今天我们三个会聊些什么。"

电话那头姐夫的声音被电车到站的广播声盖了过去，电车缓缓驶入。厚子的脑海中突然掠过三十年前姐姐的脸。她已经忘记当时是在哪个车站，也忘了为什么那么晚了还和正读中学的姐姐一起在站台上站着。电车进站前的几秒，乘客间发生推搡，姐姐眼看着就要掉下去了。厚子条件反射般试图抓住姐姐的肩膀，结果反倒像推了她一把。姐姐的身体猛地前倾，整个人被电车车灯照亮，仿佛要被那光亮吞没。大人们纷纷发出惨叫，厚子下意识地闭上了眼，随即又很快睁开，发现姐姐一脸自如地站在面前。她以为自己只是在上一秒做了个噩梦，可是姐姐掸掉了膝盖上的污渍，足以证明刚刚她的确摔倒了。可是，能做证的也只有那块污渍，姐姐一副无事发生的样子对她说："你那是什么表情啊？赶快上车坐下。"厚子感觉浑身的血液都在倒流，四周一片混乱，姐姐的脸却仿佛一张静止的照片——半个月前，和姐夫上床的时候，她身体的某个角落也浮现出了同样的一张脸。而自己之所以接近姐夫，根本原因或许只是为了让姐姐那张与生俱来的、好似石膏假面一样的脸能扭曲变形哪怕一次。因为每一次、每一次，她总是同一副模样。

甚至在她们更小的时候，有一次，厚子把姐姐十分珍爱的小鸟形状的玻璃镇纸偷偷藏进了自己的玩具盒底。可不知何时，那镇纸又回到了姐姐的桌子上，而且她还面无表情地问："它为什么在厚子的玩具盒里？"厚子回答："我不知道。"姐姐就只说了句"是吗"。父亲去世的时候也是一样，妈妈曾经对厚子说"良子一滴眼泪都没掉"。读高中时，厚子在姐姐修学旅行的时候借她的外套穿着出去玩儿。虽然她万分小心谨慎地穿完还了回来，可是修学旅行归来的姐姐马上面无表情地对她说："这件衣服送你了，我穿着太小。不过衣服的肩膀下头沾了块脏东西，最好拿去干洗店处理一下。"

无论何时，那张白色的面孔都仿佛地图一样，眉毛就在眉毛的位置，嘴唇和痣也都摆在规定好的位置上。所以，厚子或许只是想撕掉那张地图而已。电车发车了，电话那头的声音再次响起：

"怎么了？根本没什么好担心的不是吗？我们约好的，权当那时候的事从未发生过。一切都从未发生过。就算良子再怎么怀疑你，你也没必要担心。"

那声音听上去非常冷静沉着。

"可是，姐姐不是在内裤上发现了头发吗？姐姐一定会逼问你，那头发究竟是谁的。"

"就说那不是你的头发，是其他女人的。"

姐夫在电话那头干脆利落地说，语气非常坚定。

的确，自己头发的长度和发质都非常普通，就算是姐姐，毕竟也不是警方做鉴识的，无法断定那就是妹妹的头发。不过厚子先是老实回了一句"是啊"，然后又说："其实我也没必要打这通电话的，真对不起，是我不守约。那就先这样吧，我可能稍迟些到，五点之后吧，不过一定会去的，还会假装无事发生。"

说罢她就挂断了电话。姐夫的语气有种不可思议的说服力。姐夫的公司和厚子上班的报社分别位于银座的两端，从好几年前开始，他们就一年见个两三次，一起吃个饭。但不知从何时起，每次见面都开始瞒着姐姐了。也不知是从何时起，两个人的关系变得亲密，厚子甚至很自然地坦言："我不想结婚，因为遇不到姐夫这么好的男人了。"还是不知从何时起，厚子对姐夫的情感越来越热烈，仿佛陷入苦恋。

"看来，良子拥有的那些冷淡的特质，在厚子这儿统统都燃烧起来了呢。"

姐夫说得没错，厚子的性格和姐姐完全相反，她是个奔放又有激情的人。迄今为止的恋爱经验也相当丰富。但她还是头一次这么渴望一个男人。难道是到了三十五岁的门槛上，原本决心将自己的一生都献给工作的女人，心里还期望着能把剩下的最后一点青春全部投入激情燃烧的火焰之中吗？还是说，自幼生活在只有女性的家庭里，厚子不知何时开始将理想的男性形象设定成了"哥哥"这一型？不过，无论因为何种理由，她身体里的火焰都是擅自燃烧起来的。

三年前，年仅四十六岁就被提拔为大企业企划部部长的男人，将他优越的工作能力也发挥到了和小姨子的关系上。当厚子假装喝醉后说"我想占有姐夫的全部，只要一晚上就好"，姐夫笑着劝慰道："我可不能让你背叛你姐姐呀。"但是三天后，姐夫打电话到厚子的公司，在电话里语气平和地说："我忘记了，出轨的乐趣就是背叛。如果我们约定只过一晚，那我这边是可以的。"

如今想来，那大概是姐夫和她做的一场名为"出轨之夜"的生意。在床上伸出双臂拥抱前，他说："分开彼此身体的瞬间，这场出轨就算结束。"实际上，两人分开后，他还留出了让厚子平息身体内的余韵的时间。大约一小时后，他离开床畔穿上衣服，眼里微微带着笑意说"再见"，然后就离开了房间。仿佛无声地在合同上按下印章——一桩生意到此结束。而合同的内容，就是申明接下来要把此事忘掉。电车再度驶进车站。没错，一切都结束了，出轨的一切。当厚子躺在床上，听到关门声响起时，就等于在那份合同上按下了印章。可是一切根本没有结束。姐夫忘了，那只是结束出轨的合同，但，爱，这是女人的生意，就算姐夫的手腕再怎么高明，都必然会输。没错，那时候，厚子背叛的不是她的姐姐，而是姐夫。她想要的不是姐夫，而是姐姐从未流露出的表情。

松开了抓着听筒的手，他总算下定了决心。会议上下决断他在全公司都是出了名的迅速，可收拾出轨的遗留问题可不像做生意，他不确定用这个办法是否真的合适。昨晚他假装喝醉，十分巧妙地谈到了这个方法。

"喂，是我。"

接通的铃声响了十几回，对面才接起来。电话那头的女人明显也很迷茫。

"昨晚打扰了。哎呀，事情要比我昨天讲的还要复杂，所以确实还是得拜托你。她好像知道那个人就是她妹妹了，说是要和我还有她妹妹三个人一起聊聊。"

电话那头的女人没有回应他这番话，而是说："是青泽部长？还是头一回在白天听到你的声音，的确完全不像同一个人呢。"

其实，青泽也很意外，因为女人的声音完全不一样了。说起来，他光顾那家小酒馆十年了，这还是头一回给对方打电话。不看她那张脸，光听声音，音色非常清澈明亮，一听就是美人的嗓音。他平时在那儿总是喝得烂醉，再加上那张脸，导致他一直觉得对方口音很重。难道说她是在表演？昨晚女人的声音再度回荡在他耳边。女人对青泽的委托表现得很沉默，青泽问她："你是没自信对吗？"于是女人缓缓抬起头来说："我呢，知道自己不是美人，但这并不意味着我相信。"青泽搞不清楚她这句话是什么意思，但在那一瞬，她的脸好似被光照射到一般灵动，熠熠生辉。青泽也不知道自己哪儿来的信心，但他就是觉得这个女人会接受他的请求。他的预想没错，女人虽然嘀咕着："阿青，你太太是个大美人吧，上演什么你争我抢的戏码肯定够呛的……"但听到青泽说"我明天会再给你打电话的"，她又点了点头。此刻，女掌柜在电话里说："好，那我六点准时开店。不过我希望尽量由你们三个人把事情聊妥，这样就不需要我出场了。然后你以后还能和往常一样独自来我这儿喝酒。"

她如此回答。挂断电话后，青泽又抓着听筒愣了约一分钟。他此刻的情绪与其说是迷茫，不如说更接近下决定后一瞬间产生的紧张感，就像正要去签一笔大买卖。

挂断电话后，我不知不觉间坐到镜子前。镜中的那张脸笑得很勉强，双颊凸起，愈发像一颗土气的芋头。我心中有一个无比清晰的声音在回荡："不行的，你根本演不了青泽的出轨对象。"没错，我知道。可是，我的手却不相信，它们擅自活动起来，拿笔描画起了那双土偶一样的眼睛。十八年前那个男人的声音至今仍在耳畔回荡。

当时，伸江请求那个男人带她去见他太太，结果男人说出了最后的那句话。准确来说，他最后那句话的完整版本是："你是想见到我老婆，然后对她说：我是你老公的情妇，我爱他？长了那么一张脸，你哪有资格说什么沉迷啊爱啊一类的话？"那之后，十八年来她始终住在同一间公寓里，那声音仿佛堆积在房间一隅的灰尘。当时那间破破烂烂、脏兮兮的穷酸房间，如今也依然是老样子。

她在脸上涂了颜色略深的腮红。三年前，她唯一一次在电话里听到的青泽太太的声音又回荡在耳畔。那一晚，她准备乘出租车把青泽送到他家附近，可是怎么摇晃他都不醒，没办法，她只好带他回到了自己的公寓，请司机帮忙把青泽运回房间，让他躺下了。青泽睡得很沉，无奈，伸江只好在电话簿里找到他家的电话号码，打了通电话过去。

"不好意思，他酒醒前可能要先在我家休息。"

而电话那头的回应却冷漠至极："你没必要这么晚打电话过来，我又没等着他回家。"

伸江以为对方误把自己当成了丈夫的出轨对象，于是急忙报上了名字，可对面只传来比说话声更冷漠的挂断电话的声音……为了让低矮的鼻梁挺拔些，要在两侧打上阴影。那声音和十八年前伸江曾见过一面的那个男人的妻子的面容叠在了一起。男人离开她后，她因为心有不舍，便趁男人去上班的时候跑去了他家，想着只去一次就好。可是，当玄关大门打开，那男人的妻子一脸狐疑地出现在她面前时，她只说了句"哎呀，我找错地方了"，然后就逃掉了。在扭过身要逃跑前的一瞬，她看到女人脸上狐疑的表情消失了，转而换上笑容，还说了句"没关系"。如今她已经忘记自己当时究竟是想说什么，才会找去那个抛弃自己的男人家了。不，就算在当时她恐怕也不清楚吧。不过，那男人的太太在那一瞬间展露的笑容，却在经历了十八年的岁月之后，至今仍清晰地浮现在伸江的脑海中。那张脸虽然极度平凡，完全称不上美人，可是当她看到站在玄关的来访女人的脸时，仍然露出了大松一口气的放心表情。那一瞬间，这个妻子彻底放下心来，因为她排除了对方是自己丈夫的情妇的可能性。

伸江在嘴唇上涂抹着比平日里用的更加艳丽的橙红色口红。

虽然她在店里也会化淡妆，但是从不指望化妆能让自己的脸变美。化妆只能尽量遮掩她的缺陷，不过在杂志上或者百货商店看到喜欢的化妆品她就会买下来。不知不觉间，她那小小的化妆台上已摆满了只对着镜子用过一回的化妆品，它们蒙着灰尘、沾着污渍，像一堆多得要溢出来的破烂。

下唇刚涂了一半，伸江的动作突然暂停。虽然昨晚青泽对她态度暧昧，但她很清楚自己并非美人，只是不知为何，内心深处却又不相信这一点。可是，口红再涂几下，这副妆容就完成了，如此一来，她自那时起到如今这十八年间一直不愿舍弃的梦想的残片就将粉碎。一想到这儿，她突然开始害怕。镜中出现了一张画满油彩的小丑的脸，这张脸发出了比十八年前那个男人的声音还要残酷的笑声，同时又用无限怜悯的悲伤目光凝望着伸江。

约好的五点钟一到，妻子就推开了咖啡厅的大门。她环视店内，然后以最短距离径直向青泽坐着的窗边走去。

"厚子说她迟到十分钟，她总这样。"

说罢，她就正对着青泽坐了下来。

"今天不用工作吗？你周末不是经常要去上班吗？"

"今天休息。"

妻子以最低限度的用词回答了青泽的问题，然后她十分自然地从丈夫身上挪开视线，在妹妹出现前就一直望着从明大前站楼梯口溢出的人群。妻子没说错，厚子是在十分钟后出现的。她露出一个自然到连她自己都觉得难以置信的微笑，说："我难得过个周末，怎么还要被拉来当你们夫妻争吵的调解员啊？"

说罢她坐在姐姐身边，又补充道："话说回来，我本以为你们僵持不下，眼看就要离了。结果我斗志满满地来了，却在入口那儿看到你们俩俨然一对琴瑟和鸣的好夫妻模样啊。"

　　良子也若无其事地回答："真抱歉，不过平时一直都有里绘夹在中间做缓冲嘛，边上没个人在的话，我们就没法像正常夫妻那样交流。"

　　服务员来点单的时候，厚子似乎想多拖延哪怕一秒再面对接下来的正题也好一般，拿着菜单犹豫了半天，然后说："来杯咖啡吧。"

　　"那我来杯牛奶咖啡。"良子说。

　　"哎呀，原来姐姐也刚到啊。"厚子发现只有姐夫面前摆着咖啡杯，于是这么说。

　　"不，我是想等你来了再点。"

　　青泽望着面前并排坐着的姐妹俩肩膀之间的空隙，那两三厘米的空隙似乎能说明一切。即便只有一晚，自己的身体也无法硬塞进这条细细的缝隙里。这条缝隙也塞不进那个女掌柜的脸。再怎么说，让那个长着芋头一样的脸的人和这对美女姐妹并排表演"情妇"，都太过勉强了。最重要的是，良子很清楚自己的丈夫是个"外貌党"，所以她看到女掌柜那张脸的瞬间，就会知道这只是演给她看的，她反倒会更加怀疑丈夫和自己妹妹的关系。

　　厚子摆出一副干劲十足的模样，微笑着问道："我们报纸的妇女专栏正在做一个离婚特辑呢，所以我说不定能给出点有参考价值的建议哦。所以呢？问题主要在于姐夫的出轨情况有多严重对吧？姐夫怎么说，就只是玩玩对吗？"

　　良子那偷瞟厚子的眼神，充分显示出她已经察觉到妹妹在演戏了。

"是啊，只有那么一回，甚至连玩玩都不算，就是很随意的那种出轨。"

比起妻子的目光，青泽似乎更害怕直面厚子那随意的眼神，他仿佛被阳光刺到眼睛似的低着头回答。

"姐夫是这么说的。虽然还不知道姐姐是怎么考虑的，但我觉得姐夫不是那种会认真出轨的类型啦。"厚子很巧妙地说道。不过她的演技也就到此为止了。

服务员把咖啡摆在了厚子面前，又把牛奶咖啡摆在了良子面前。这时良子开口道："玩玩，也分可以被允许的和不能饶恕的两种。"

说罢，她把两人面前的杯子调换了一下位置。

"咦？牛奶咖啡不是姐姐点的吗？"妹妹不可思议地问道。

"但是，一旦我点的牛奶咖啡来了，厚子就会眼馋我的了，对吧？所以我一直在等你点单。从小时候起就总是这样，无论在咖啡厅还是在餐馆……"她又转而对丈夫说，"厚子总是眼馋我的东西。"

说这话时，她那双眼睛以极近的距离望着丈夫。

厚子的脸色变了，但是良子无视她，用干巴巴的声音继续道："冷冻柜里面放的食物能吃到今天下午，你吃了吗？其实，我本来想今天聊过之后就原谅你，然后回家的。不过情况稍微有些变化，又多了一个条件：从现在开始，你要带我去见见那个'玩玩'的对象，如果对方也说'只是玩玩'，那我就勉强原谅你。条件就这么一个，不过分吧？"

果然，她已经知道了丈夫和妹妹之间的关系，她绕了个远，但又以最短距离给出一记反击。一瞬间，青泽条件反射般想起了厚子和自己讲过的那段往事。就是当她们还是少女时，姐姐良子险些跌下站台的那件事。在一片混乱之中，唯有姐姐的脸是静止的，当时她的表情应该就和此刻一样吧？然后妹妹也和当时一样，脸上血色尽失，用恐惧的目光望着姐姐吧——甚至可以说，此时厚子眼中所见的并不是姐姐现在的脸，而是三十年前，那个车站站台上的脸。当时，死亡来袭的危险突然包围了她，此时，那张白纸一般的面孔知晓了丈夫和妹妹的背叛，但在受伤之前，她想到了这样一个反击的方法。她如惯常那般最大限度地避免了浪费，欣赏着两个人困惑的表情，强迫他们亲口坦白自己的行为。厚子顿时产生了一种想把那张白纸一样的脸撕碎的冲动，但她还是努力在自己发青的面孔上挤出一个微笑。

"没错呀姐夫，你联系一下那个女人，喊她过来呗，我也很想见见姐夫的出轨对象呢。"

她就这样把压力扔到了青泽身上。青泽为难地垂下眼帘，说了句："不，我不知道她住哪儿，也不知道她叫什么，因为就只是玩玩。厚子说得没错，只是顺路……"

青泽扭头对着窗户费力地辩解起来，中间突然停下，随后摇摇头。

"不，我还是说实话吧，这样最好。我不该撒这种蹩脚的谎，而且你已经知道我的出轨对象是谁了不是吗？"

青泽的这句话是对姐姐说的，可他的眼睛却望着妹妹，眼中带笑，眼神中写着"没办法，只能做好觉悟了"这句话。厚子闭上了眼。看来姐夫嘴上说着"假装无事发生"，结果这么快就在姐姐的攻击中败下阵来，准备坦白了啊。她倒不怕这个，但既然要坦白，她觉得这件事得由她亲口说出来。和三十年前的那一晚一样，厚子很快睁开眼，同时也准备张开嘴。可下一个瞬间，厚子皱起了眉，她发不出声音了。

因为姐夫比她抢先了一秒说:"你说要约在明大前咖啡厅见的时候,我还以为你已经知道了呢。"

不单是厚子,就连姐姐良子也皱起了眉。

"什么意思?我只是觉得明大前这边最方便我们三个人过来……"

"真的吗?"

"是啊。"

"原来如此,这只是你偶然为之?"

"偶然?"

"哎呀,因为你想见的那个女人就在明大前……"

青泽假装无视妻子和小姨子迷茫的眼神,继续说着:"走吧,没必要叫她过来,因为她就在附近。"

说罢他就站起了身。

走过车站前一串热闹的灯火后,寂静突然落在了肩头。今晚的气氛似乎比平时更幽暗。说这里被城市发展所抛弃,可不单纯是青泽酒后妄言。这家小店离大马路两三步之遥,十分矜持地矗立于夜色之中。店门口挂着的提灯样式朴素,令人略感不安。那提灯灯光柔和,倒是让疲劳的双目感到十分舒适。一路上,青泽一次都没有回头确认过那两个人是否跟上了,走到这里的时候他终于转过了头,对着身后并排走在一起的两个人抬了抬下巴,示意她们"就是这家店"。

姐妹二人的容貌差别极大,简直令人怀疑她们是否真的有血缘关系。姐姐的五官像是用圆规和尺子画出来的一般标准,妹妹的五官却像是用画笔自由描摹一般写意。不过,此刻这两个人的脸上都显现出疑惑的表情,在青泽眼里,她们的神情简直一模一样。她们还有一个相同之处——都是美人。妹妹的五官虽然没有姐姐那么标致、规矩，但她的眼睛和嘴都更大，因此看上去更明艳一些。

当掀起暖帘、推开玻璃门时，青泽不禁在心里咋舌"没戏了"。吧台里那个女人似乎感觉到了来客的气息，于是抬起了头。她的脸比平时看上去更苍老、粗野，简直就像是刚从土里挖出来的老芋头。她自己应该会比青泽更明确地感受到这一点吧。

"欢迎光临，你今天来得真早。"

伸江努力挤出这么一句。当她看到紧随青泽走进来的两个女人后，那双本来就很小的眼睛更是仿佛目眩一般眯成缝，眨了又眨。然后她就低下了头，早早认定自己已经败下阵来。

"我们坐这儿，麻烦上点儿啤酒和下酒菜。"

屋里仅有两张桌子，三个人选择了靠里的那一张，坐了下来。伸江按要求端来了啤酒，动作显得有些提心吊胆。倘若是作为一名情妇，面对男人的妻子以及妻子的妹妹，那这样的慌乱程度倒也没什么不自然的。但她好似一个初登舞台的素人，行动极度僵硬，连端着啤酒的手都磕磕绊绊的。最重要的是，她的脸本身就在否定情妇这个人物设定。今天的她看上去比平时还要粗鄙，这不只因为她眼前并排坐着一对美女姐妹，还因为她今天化的妆略浓，土里土气的皮肤就更加醒目了。如果青泽的妻子第六感不错，肯定一上来就知道她不可能是丈夫的情妇。事实也是如此。

"这是我太太，这是我太太的妹妹。这是这家店的女掌柜伸江。我们和客户喝酒的时候，常来这家店续摊。"

青泽介绍过后，伸江埋着头鞠躬行礼。接着良子对她说："三年前你给我们家打过电话对吧？就是上次这个人出轨的那次。包括那天晚上在内，我老公受您照顾了。"

良子说着，脸上露出平和的微笑。不过她立刻无视了女掌柜的存在，转而问丈夫："然后呢？为什么带我们来这家店？"

看上去良子似乎打出了一记"牵制球"，她仿佛早就看透了一切，像在说"你该不会是想说这个女掌柜就是你的出轨对象吧，真准备给我看这么拙劣的戏码吗"。

"她在哪儿？你说的那个出轨对象，在哪儿？你是准备现在把她叫到这儿来吗？"

良子还在穷追猛打。女掌柜逃回到了吧台后，她瞟着青泽，轻轻摇头表示"我真的来不了"。或许因为这是一个周六的夜晚，也可能是还没到喝酒的时间，店里并没有其他客人。座位被两侧的墙壁夹着，显得很促狭，更何况还有令人窒息的沉默。既然如此，那就只能再度打起精神，从头开始演起来了。青泽准备重新再介绍一遍站在吧台内的女掌柜，正当他准备站起身时——

"是我。"

从意外的方向传来一个声音。不单青泽和良子，就连吧台后头的女掌柜都大吃一惊地抬起了头，看向发出声音的厚子——"是我。"厚子重复道，盯着坐在自己面前的姐姐。

"姐夫的情人就是我。"

"你在说什么啊！"青泽不由得高声喊道。

这一声大喝成了导火索。

"厚子，你为什么要骗人！我的出轨对象明明是……"

这回一定要说清楚，青泽本来心里是这么想的，可不料出师未捷。

"够了，姐夫，够了。"

厚子说着，猛地转过头。

"我虽然不知道姐夫究竟为什么把我们带到这儿来，但我觉得已经没什么隐瞒的必要了。反正也藏不住了，因为姐姐全都知道了啊。她就是知道了，所以才会是这样一副表情。"

"你究竟在说什么啊！我和你之间明明什么都没有！"

青泽说出这句话，同时用眼神拼命示意对方赶快回忆起他们之间的约定。可是厚子完全无视了青泽的暗示，只是盯着姐姐的脸，看上去像是在用眼神紧逼姐姐。

"可是，就算你知道，也别摆出那么一副洋洋得意的表情好吗？因为是我告诉了你你才知道的。"

青泽并没有当场就领会厚子的意思。但是面对厚子那双大眼睛迸射出来的火花，妻子良子却一脸从容不迫地说了句："哦，是吗？其实我发现那根头发的时候就知道是故意的了。女人会为了宣示自己的存在，而故意把头发留在内裤上什么的。"

青泽大吃一惊，他忍不住想问厚子"为什么要做这种事"，但他没必要开口了。厚子的眼睛好似玻璃一样闪着光，视线的焦点紧紧锁定在良子的脸上，仿佛全身的血液都从眼睛喷涌出来。那血液猛烈地沸腾着，将滚烫的憎恶向着唯一的焦点灌注过去，试图将姐姐的整张脸都烧起来——厚子只盯着坐在旁边的姐姐看，别说女掌柜，就连姐夫这个人都被她抛到脑后了。

当时也是这样的，青泽突然想起来了。当时在床上，厚子也把正抱着她的自己忘记了，眼里只有那个从孩童时代起就死死定格在头脑一隅，甚至已经成为她一部分皮肤的姐姐的那张脸。可青泽却没有意识到这一点，还对她说"就当无事发生吧"。厚子是为了让她姐姐知道这次出轨才去诱惑青泽的，并特意把头发这样一个物证放在了内裤上，可青泽却丝毫没有意识到。厚子有时会像发牢骚一样聊起三十年前车站站台上的那件事，她说自己想把那张白纸一样的脸撕碎，然后烧掉。

然而，倘若她的愿望果真如此，那这一回她的愿望也要落空了。

"所以呢？"

良子的那张脸依然好似一张规整的地图，五官都在原来的位置上平静地待着。

"你们只是玩玩，还是动真格的？你只需说清楚这一点就好。刚刚我在咖啡馆也说了，如果他的情妇也承认只是玩玩而已，那我就原谅这个人。"

"当然不仅是玩玩而已，只是玩玩就能和姐姐的老公上床吗？"

"也有可能啊，毕竟厚子是个从儿时起就爱抢我东西的人。我就当你是玩玩，不会管你的。这次也一样不是吗？"

"才不是。我，我爱他。"

厚子拼尽全力保持着掷地有声的语气，可是姐姐的脸始终不起波澜。厚子的眼神很快就变得疲惫，然后仿佛宣告失败一般崩溃了。

听到厚子说出"我爱他"时，反倒是女掌柜的反应更强烈。她在吧台后头猛地抬起头。青泽注意到了背后的异样，转过头看向她，发现正在准备什么小菜的她停下了动作，双眼紧紧盯着厚子的脸。不过只是转瞬即逝。伸江注意到了青泽的视线，立刻垂下了眼睛。而另外两个女人则从一开始就没在意过这个女掌柜。

"厚子，你刚刚说的话，能再重复一遍吗？说第二遍，就不是玩笑话了。"

"当然能，我说，我爱我姐夫，我爱他。"

"是吗？那我就按一直以来的习惯，把他送给你好了。"

良子的脸仿佛漂白过，声音也一样，好像什么都没说似的一片空白。

"我之所以没和这个人离婚，完全是因为担心里绘。里绘是个认真的孩子，不肯吃亏，还特别讨厌麻烦。如果是只把母亲和阿姨调换一下的离婚，我估计她也会非常开心的。"

话音刚落，店门被推开，三四位客人走了进来。女掌柜慌忙从吧台跑出来说："真抱歉，我们店今天休息，是我不小心把营业的灯打开了。"

说着就准备把客人们劝出去。可良子却抢先说："不，我们已经谈完了，给您添麻烦了。把无关的他人卷进我们家的修罗场，真抱歉。"

良子站起身，她用了"修罗场"这个词，可是表情却相当平静，和修罗场差了十万八千里。

"老公，你要继续待在这儿吗，还是要和厚子一起去什么地方？你们随意吧，我先走了。"

说罢她就准备独自离开。不，在将三人都甩在身后之前，她先以微笑示意。仿佛完全没有将对方当成势均力敌的对手一般，瞬间露出一个淡淡的微笑。

下一个瞬间，青泽不知道发生了什么。只见良子那冷淡的微笑让女掌柜伸江的脸顿时变得苍白，仿佛冻住了一样。再下一秒，那张脸彻底崩塌了，看上去像坏掉了一样，狠狠地扭曲着。青泽下意识地觉得女掌柜要哭出来了，所以当她那变了形的唇间发出一串笑声时，青泽甚至没发觉对方在笑。

"这可不行呢，太太，话还没谈完哦。"

说罢，她对仍然站在门口的客人说了句"不好意思，我们今天确实不能营业了"，随后就将客人劝走了。她关上了门外的提灯，将大门在身后关好，仿佛在阻拦良子离开似的。那双土偶一般的眼睛，仿佛她微笑时脸颊凸起的线条，细得几乎看不见，可它们却真真切切地盯着良子的脸。

"阿青，不，青泽先生常常夸他的太太非常聪明。你还记得我三年前给你打过一次电话，那你应该马上就能想到吧？今早打电话到你老家，告诉你'你老公的出轨对象是厚子'的那个女人也是我啊。你明明知道，为什么还无视我？你不想知道我为什么给你打那通电话吗？"

良子那白纸一般的脸上，只有眉毛动了一下。虽然只是眉毛歪了一点，但青泽这二十年还是头一次见到如此明确地表达感情的良子。可除此之外更让青泽惊讶的是女掌柜说的话和她的脸。电话？什么电话？而且，女掌柜什么时候化了妆，她刚刚不还是素颜吗？他会误会也很正常，因为此时女掌柜的脸上，是十分自然的带着笑意的妆容。

"请您坐下吧。虽然我做的饭菜总被阿青骂，被他嫌弃，但是难得太太来了，我作为他的情人，这么努力地做料理，您至少尝上一口如何？"

说罢，她回到吧台，用特别亲昵、撒娇一般的语气说："阿青，摆到桌上去吧。"

随后将小碗小碟逐一递给青泽。女掌柜按照约定开始了表演——青泽的大脑终于意识到了这一点。但一直到刚才为止还不知所措的那张脸现在竟然无比自然，完全不像在演戏。站在面前的绝对不是他熟悉的女掌柜，而是彻底变成了其他人。不，那张芋头一样的脸，还有那土色的皮肤还和平时一样，一点没变，但不知为何，就是有哪里不一样了……

他的双手像被什么无形的东西拉扯着，擅自行动了起来。他把碗碟摆好，把刚刚险些踹飞的凳子摆正，又将保持同一姿势傻站着的小姨子按回到椅子上坐下,这才浅浅坐在了吧台旁的椅子上。良子也坐回到椅子上,眉毛已经回到了原本的位置。

"你是说,你是这个人的出轨对象?"

她的声音微微有些发抖。

"对。"

伸江爽快地回答,然后又眉头一皱,继续道:"阿青,你再向她们介绍一下我吧。你不就是为了这个目的才把你太太带来的吗?结果进来之后讲的都是些让人搞不明白的话,这样我很困扰呢。"

"嗯……"

青泽喉咙发紧,声音又尖又飘。他费了点劲儿才开口道:"这是我的出轨对象。"

不过青泽的紧张毫无意义,因为良子完全无视了丈夫,大叫一声:"骗人!"

紧接着她连珠炮似的喊道:"那厚子为什么……厚子,你为什么要坦白?刚刚你不是说'是你告诉我的'吗?今天打电话给我的那个人也说了,出轨对象是厚子啊!那电话是你让你的朋友之类的打给我的吧!"

"不……什么电话啊?这个我一点都不知道。"

厚子像已经丧失个人意志的人偶,机械地摇着头。比起什么电话,姐姐突然在自己面前五官变得扭曲,这件事明显更让她吃惊,也让她感到茫然。三十年来厚子一直想看到姐姐扭曲的脸,此时以大大超出她预估的方式,出人意料地呈现出来,这件事令她彻底陷入了迷茫——青泽能看出来的只有这些。

"电话是怎么回事?"青泽扭头望向女掌柜,"是你给良子打电话,说我的出轨对象是厚子?"

青泽看着伸江的眼神里写着"这件事咱们事先可没说过"这样一句话。而伸江只是微笑着,心领神会地点了点头。

"因为你说你出轨的事败露了呀,我一慌,就……我怕被你太太揪出来,就想找个人顶替。之前你就说过,你太太的妹妹对姐姐一直心怀非同寻常的竞争意识,当然,我承认我这样子有点不怀好意了。我想拱火让她们去争吵。说实话,我光是在一边听着,都和你太太感觉一样,觉得这个小姨子对你有意思。不过人间的事可不仅如此,女人的心有无数层次,是非常复杂的……"

她熟练地点燃一支烟,继续道:"虽然我在电话里是稍微捏着嗓子说话的,但我想着太太你这么聪明,肯定能听出我的声音啊,或者说,我很希望你能听出我的声音,注意到我的存在。如果你认为他的出轨对象是妹妹,那不就是故意让真正的出轨对象难受吗?可是太太,你竟然都不愿意往深里想一下,就只相信表面的说辞,这是因为你根本没听到我真正的声音啊。我真对你有点失望呢,看来你也没有阿青说得那么聪明嘛。"

伸江一口气说了这么多,但比起这番话,青泽更惊讶于她的姿态。她唇边斜叼着根细细的香烟,烟头飘出细长的,宛如细绢一般的云丝。她那平日里看来过厚且颜色莫名土气的双唇显现出一抹艳丽,虽然只有短短一瞬。

"如果你说的属实,那厚子为什么要说那些话?"

妻子吐出这句话时语气带着问责的态度,她的唇角还残留着一丝扭曲。青泽也总算明白了,刚刚妻子的脸为什么扭曲成了那种模样。

今早女掌柜给妻子打了一通电话,那电话看上去并不像是表演的一部分。昨晚她若无其事地问到了妻子母亲的名字,估计目的就是去查妻子娘家的座机号码。可是,一直到刚才为止,妻子都坚信，就连那通电话也是她妹妹——说准确点是她妹妹的朋友打的。虽然那只是一个小小的失误，但是对于良子这种要把一切都归到正确位置的女人来说，她无法容忍这样一个小小的失误发生。尤其这个失误还是被另一个女人——而且是出乎她意料的女人戳穿的。

注意到自己的扭曲模样似乎已被丈夫看穿，良子立刻把歪到一边的嘴巴收回到了正确位置。

"究竟怎么回事？你的意思是，厚子对我有竞争意识，所以她才瞎编了那些说辞？"

"嗯，当然了。"伸江回答。随后她无视了良子，转头微笑着看向厚子。厚子则睁大了眼睛看着眼前这三个人。戏码接连上演，她的理解力有点跟不上了，于是干脆放弃了自己的角色，化身为观众。

"我非常理解你妹妹，明白她为什么撒那种谎。我这边遇到的对手不是姐姐，是我的叔母——这家店，以前是我叔母在经营。别看我是这副模样，我叔母可是个大美人，而且脑筋转得非常快。我总是输。后来叔母卧床不起，有一次我对她撒谎，说她的一个特别重要的客人诱惑了我。虽然我后来被整得好惨，但当时看到叔母那张神色大变的脸，我心里暗喜'我总算赢了'。你的妹妹啊，对你心怀竞争意识，还总是把姐姐的东西当成宝贝。你们走进这家店的时候，她看到我时眼神一滞，那是因为她不敢相信自己姐姐的丈夫，竟然是一个会和我这种丑女人出轨的无聊男人。"

伸江隔着吧台看向厚子，似乎在催她点头，可是突然听到这么一堆台词的厚子根本不知该如何反应，只是愣愣地回望伸江。

不单是厚子，其实青泽也化身成了观众。到了这一刻，他才突然想起了自己的角色：

"……厚子，原来是这样吗？我刚才整个人都傻了，我想不明白咱们明明什么都没发生过，你怎么会突然撒那种谎。我真的完全不理解你那样做的理由呢。"

说着，他也和女掌柜一样，用眼神催促厚子快点头。厚子起初没能理解姐夫的表情，暂时只是沉默地回望他。不过最终，她开口道："是……"

她的下巴微微颤抖着，点了点头。

"这个人说得完全没错，我只是想看看姐姐会露出什么样的表情，才撒谎的。我觉得她不可能还是一副无事发生的样子。我虽然也曾经对姐夫着迷过，但那只是因为他是姐姐的老公，在我眼里有一层滤镜，仅此而已。可是，姐姐明明马上就察觉到我在撒谎，却像这个人说得一样，表现得并不怎么聪明呢。"

厚子先是看了看姐姐，随后又再次看向青泽。她似乎总算想起了自己的角色。她的双眼在一瞬间无声地在看向姐夫，似乎想看清他的表情，紧接着她就含着笑垂下了眼。那笑意有一半是有些勉强的逢场作戏，一半是自然浮现于脸上的。至少在青泽眼中是这样。虽然只有一瞬，但是厚子捕捉到了姐姐面部的扭曲。不过不是她说的那些真话让姐姐露出那种表情的，而是凭借其他女人的谎言才得到的，这一点在她心里或许略微留下了一些遗憾……

狭窄的店内重归静寂，但是一切似乎尚未结束。妹妹说的那些话仿佛一个字都没进到耳朵里，良子只是一个劲儿地盯着女掌柜看。虽然她的表情依旧很平静，若无其事，但是青泽却发现，从妻子紧闭的嘴唇里，传出了从外面的道路上刮到这家店门口的夜风的低吼。

"你还在怀疑吗？"

伸江说罢掐灭了烟头，把手伸向自己的头发。

"痛！"

她开玩笑似的表情歪了歪，拔下一根头发。

"这个是我特意留在你丈夫内裤上的出轨证据……"

说着，她从吧台探出身来，把头发递给良子。

"三年前他的出轨对象也是我。我当时还特意打电话给你，结果被太太你无视了。"

她用挑衅的眼神看向良子。良子一瞬微微起身，似乎要站起来接过那头发。但她只是瞥了一眼，就再次把视线落在伸江的脸上。

"然后呢？我丈夫说他只是玩玩，那你呢？"

"……"

"我是为了听听你们的想法才过来的，你也只是和他玩玩对吧？"

女掌柜紧闭双唇，过了一会儿才回答："不，我当然是认真喜欢他的，我爱他。"她的话掷地有声。

两个女人就那样面孔扭曲地对望着，彼此的眼神仿佛要把对方的头发全都扯起来。

在如此这般的气氛中，青泽没有丝毫插嘴的余地。

最后，还是女掌柜先收回了视线。然后她突然双手捂住脸，弓起腰放声大笑起来。青泽惊出一身冷汗，他担心女掌柜会突然坦白这"其实都是演的"，但是那笑却有着青泽想象不到的原因。突然，她的笑又戛然而止。

"刚刚那些话，是我冒着生命危险想要对另一个男人的太太说的。"

随后她补充道："我和阿青当然只是玩玩。我们已经结束了，以后请不要再来这里了。"

她的语气十分严肃，原本还掩在嘴边的双手也松开了，整张脸都袒露在了青泽眼前。

两天后，星期一的晚上，青泽在明大前这一站出了站，不过他很快走进了电话亭。

"喂？嗯，是我。怎么？店里还那么冷清？没客人对吧，怪不得马上就接了我的电话。没有，我还在工作呢。我是想和你道个谢，星期六晚上的那场戏，感谢你的帮忙。"

电话那头是短暂的沉默，然后对方说："之所以能演得那么好，全靠一个人巧妙帮衬。"

"你是说我吗？"

"不是啦，是你太太。她果然很聪明。你太太其实根本不想离婚，但是她妹妹说了那么一番话，她肯定很恼火，只能主动说要离婚了。其实她心里正苦恼呢。因为就算她想原谅丈夫，可如果丈夫的出轨对象是自己的妹妹，那这将会成为她一辈子的心结。此时我正好开始表演，于是她找到了台阶，帮我一起表演。她一定看出了我拙劣的演技，最终，你太太她一个人统筹了全场。"

"不，你的表演太精彩了，一点也不拙劣。表情也完全对应上了，你看上去真的很像一个情妇的模样。你说'我爱他'那一瞬，我甚至以为你是认真的……"

长长的沉默之后，电话那头说了一句"你别自恋了"。

"哎呀，我觉得这或许不是演戏，我是真的从很久以前起就对掌柜你……就是那么一瞬间……当时那一瞬间……"

……

"总之谢谢你了。家里的乱子总算平息，这回公司又出乱子了。我太忙了，没法去你那儿喝酒，所以就想着打通电话，至少向你表达我的感谢。"

"感谢的话你还是对你太太说吧。她不惜五官乱飞地去拼命表演呢！她那表情，也是为了统筹当时的状况而故意演的哦。阿青你呀，其实还是很爱你太太的。明明对她有那么多不满，但你其实很爱这个会为你统筹一切的太太呢。"

不过青泽心里默默觉得，当时妻子那极度扭曲、近乎崩坏的样子并不是演出来的，但他还是应了一句："有可能吧。"

电话那头的女人咻咻地笑了起来。

"怎么啦？"

"没事，我之前每次说英语都很怕走调，所以一直不敢讲。不过现在我能说得很好了。"

统筹、统筹，她又反复说了好几次，声音好似滚动的珠子，然后说："我究竟在怕什么呢？仔细想来，日本人说英语，一开始不都发音走调吗？"

短暂的沉默，青泽注意到电话亭外已经等着一个神情焦躁的男人了。于是他说了句："那就这样吧。"

对方只回了一声"嗯"。

然后他们几乎同时挂断了电话。

走出电话亭后，青泽再度踟蹰，看向走惯了的那个方向亮起的灯。他突然想到，他们两人刚刚在电话里，似乎演了一场比那天还要大的戏。但是，只犹豫了几秒钟，青泽就想起来了，这儿只不过是他回家路上途经的一个换乘站而已。于是，他朝着车站的入口迈开了步子。

BIJO by MIKIHIKO Renjo
Copyright © 1997 by Mikihiko Renjo
All rights reserved.
First published in Japan in 1997 by SHUEISHA Inc., Tokyo.
This simplified Chinese edition published by arrangement with Shueisha Inc., Tokyo in care of Bunbuku Co., Ltd., through Beijing kareka Agency
Simplified Chinese edition copyright: 2025 New Star Press Co., Ltd.
All Rights Reserved.

图书在版编目（CIP）数据

美女 /（日）连城三纪彦著；董纾含译. —— 北京：新星出版社，2025.8. —— ISBN 978-7-5133-6040-1

Ⅰ. I313.45

中国国家版本馆 CIP 数据核字第 2025F8G852 号

午夜文库
谢刚 主持

美女

[日] 连城三纪彦 著；董纾含 译

| 责任编辑 | 赵笑笑 | 责任校对 | 刘 义 |
| 责任印制 | 李珊珊 | 装帧设计 | 冷暖儿 |

出 版 人　马汝军
出版发行　新星出版社
　　　　　（北京市西城区车公庄大街丙 3 号楼 8001　100044）
网　　址　www.newstarpress.com
法律顾问　北京市岳成律师事务所
印　　刷　北京天恒嘉业印刷有限公司
开　　本　910mm×1230mm　1/32
印　　张　8.75
字　　数　152 千字
版　　次　2025 年 8 月第 1 版　2025 年 8 月第 1 次印刷
书　　号　ISBN 978-7-5133-6040-1
定　　价　58.00 元

版权专有，侵权必究。如有印装错误，请与出版社联系。
总机：010-88310888　传真：010-65270449　销售中心：010-88310811